유부남이
사는법

HISTORIAS DE HOMBRES CASADOS
by Marcelo Birmajer

Selection of stories from
HISTORIAS DE HOMBRES CASADOS ⓒ 1999
NUEVAS HISTORIAS DE HOMBRES CASADOS ⓒ 2001
ÚLTIMAS HISTORIAS DE HOMBRES CASADOS ⓒ 2004

Korean Translation Copyright ⓒ MUNHAKDONGNE Publishing Corp., 2008
All rights reserved.

This Korean edition is published by arrangement with
Agencia Literaria Carmen Balcells, S.A. through MOMO Agency.

이 책의 한국어판 저작권은 모모 에이전시를 통해
Agencia Literaria Carmen Balcells, S.A. 사와 독점 계약한 (주)문학동네에 있습니다.
저작권법에 의해 한국 내에서 보호를 받는 저작물이므로
무단 전재와 무단 복제를 금합니다.

이 도서의 국립중앙도서관 출판시도서목록(CIP)은
e-CIP 홈페이지(http://www.nl.go.kr/cip.php)에서 이용하실 수 있습니다.
(CIP제어번호: CIP2008001248)

유부남이 사는 법

Historias de Hombres Casados

마르셀로 비르마헤르 소설
조일아 옮김

문학동네

차례

한국 독자들에게 보내는 글 … 007

키신저와의 인터뷰 … 011

마지막 여인 … 035

여행하는 유대인 … 069

신앙인들이 믿음을 갖는 진짜 이유 … 157

결혼 첫날밤에 일어난 일 … 207

룩소르 호텔에 온 여자 … 233

수상한 그림 … 283

사라진 남녀 … 311

옮긴이의 말_ 일상과 유머의 유쾌한 조화 … 391

한국 독자들에게 보내는 글

 내 인생에 있어 두 가지 특별한 순간을 꼽으라면 첫째, 나의 책이 이스라엘에서 히브리어로 번역되어 출간된 것이고, 둘째, 대한민국 서울에서 한국어로 번역되어 나온 것이라고 하겠다. 두 나라의 언어는 내가 평생을 사용해온 스페인어와는 엄밀히 다르고, 히브리어와 한국어도 물론 매우 다르다.

 그러나 내가 태어나고 자란 부에노스아이레스의 유대인 지역인 온세(Once) 지역은 이렇듯 이질적인 세 언어가 동시에 사방에서 들려오는 곳이다. 상점을 지나다보면 어느 곳에는 한글 간판이 걸려 있고, 어떤 곳에는 히브리어가, 또 어느 곳에는 스페인어가 쓰여 있다. 이 상점의 주인과 직원들은 각기 자신의 언어와 제스처로 대화를 하지만 의사소통에는 큰 문제가 없다. 그리고 그런 과정을 통해 서로의 언어도 조금씩 배우게 된다.

나는 내 인생의 전부를 국적의 혼란 속에서도 질서를 이루어 나가는 곳에서 살아왔고, 내 영혼도 그 거리를 거닐며 모은 한 조각 한 조각으로 형성되었다. 이 세상 그 누구도 한 조각의 영혼만을 안고 태어나지 않았다. 우리는 모두 공통의 조각을 품고 있다.

내가 서울을 방문했을 때 한 기자가 인상 깊은 질문 하나를 던졌다. "당신은 어떻게 한국 사람들의 심리적 갈등을 그렇게 잘 꿰뚫어볼 수 있었나?" 사실 한국 독자들의 마음을 들여다볼 수 있었던 것은 온세에서 무수히 만난 한국 사람들 때문만이 아니라, 세계 여러 나라 사람들의 감성적 이야기에 관심을 갖고 파고든 결과라고 생각한다.

사람들은 각자 자신만의 방식으로 표현을 하지만 사랑이나 죽음 앞에서는 모두가 동등하다. 로미오와 줄리엣은 언어나 장소, 시대를 초월해 재현된다. 셰익스피어 시대에 태어난 사람에게 현재 우리가 살고 있는 행성을 '지구'라고 부른다고 알려준다면 그 사람은 이 사실을 받아들이지 못할 것이다. 그러나 인간의 감정은 늘 같기 때문에 적응하는 것은 어렵지 않을 것이다.

역사가들과 소설가들은 태초의 아담과 이브의 이야기를 줄곧 인용한다. 남녀의 로맨스, 그 사이에 불거진 오해, 안타까운 이별, 고통과 슬픔, 조소와 해학 등등.

아름답지만 슬프기도 한 이 세상에 기대하는 마지막 희망이 있다면 그것은 인간의 교만으로 인해 전지전능하신 분이 창조한 태양이 사라지더라도 우리 인간은 한 가닥 불꽃에 의지해 둘러앉아 이야기를 들려주며 밤을 지새울 수 있을 거라는 확신이다.

나의 책이 또다시 한국에 소개된다는 것이 작가로서 얼마나 영광스럽고 감사한 일인지 모른다. 부디 한국 독자들이 나의 이야기를 읽으며 즐거운 시간을 보내고, 페이지를 넘길 때마다 웃음과 감동, 기대를 마음껏 만끽하기를 바란다.

Kamsahapmidá(감사합니다).

Marcelo Birmajer
마르셀로 비르마헤르

키신저와의 인터뷰
Una entrevista con Kissinger

I

"넥타이 매고 갈까?" 나는 에스테르에게 물었다.

아내는 내 셔츠를 한번 쳐다보더니 그래야겠다고 대답했다.

"어떤 걸 매지?"

"당신 넥타이 하나밖에 없잖아. 그러게 하나 더 사두라고 했더니만." 아내는 그냥 넘어가는 법이 없다.

"매주 키신저만 한 인물만 인터뷰하라고 하면 당장 살 거야."

만년 가십거리나 다룰 줄 알았는데, 이제 나는 기자 생활의 정점에 도달해 있었다. 헨리 키신저, 그러니까 미국의 전 국무부장관을 인터뷰하게 되었으니 그럴 만도 하지. 기자 생활을 하면서 처음으로 몇 달 전부터 일간지 『엘 프레센테』의 국제부와 업무공조를 해오던 터였다. 마흔 줄에 접어들고도 5년이란 세월이 흘러서야 원고료를 당당하게 청구할 수 있을 만한 비중 있는 글을 쓰게 된 것이다. 내 칼럼들은 전적으로 중동지역을 다루고 있었는데 일이 너무 넘쳐났다. 그도 그럴 것이 이스라엘에 우호적인 입장으로 글을 쓰는 시평 담당자는 내가 유일했기 때문이다. 매주 내 글이 세간의 관심을 끌고 있다는 것을 증명하듯 독자들의 편지가 날아들었고, 이 문제에 정말 관심을 갖고 있는 다른 사람들의 비난도 그에 못지않게 넘쳐났다. 그렇게 채 6개월도 지나기 전에 나는 '시오니스트의 하수인' '제국주의의 첨병' 혹은 '저질 선동가'라는 별칭을 얻게 되었다. 이 모든 게 한 꼭지에 200달러도 안 되는 기사 때문에 생긴 일이다. 국제부 부장—자신의 위치를 지키기에만 급급한 인물이며, 명예보다는 직함에 더 연연하는 사람이었다—이 나를 보며 헨리 키신저 전 미국 국무부장관이 그가 컨설팅을 맡고 있는 기업의 초대로 아르헨티나에 온다는 소식을 전해주자마자 나는 그 자리에서 제발 그를 인터뷰하게 해달라고 통사정을 했다. 국제부 부장 비르힐리오 카르바할은 자신의 인맥을 동원했고, 정확히 24시간 후에 내게 긍정적인 답변을 알려왔다.

"어떻게 감사를 드려야 할지 모르겠습니다."

"뭐, 이 정도쯤이야 자네를 위해 얼마든지 해줄 수 있지. 그런데 왜 이리 피곤한 일만 골라서 하나? 키신저는 도대체 무슨 이유로 인터뷰를 하려는 건데?"

"그게 그렇게 이상합니까? 키신저를 만나고 싶어하는 사람들은 많지 않습니까?"

"자네 또래는 전혀 아니지. 그를 죽이고 싶어 호시탐탐 노리는 사람들은 천지에 깔렸지만 말일세."

"그래도 월남전에 종지부를 찍은 장본인이잖습니까."

"국제면에 그런 내용의 글일랑 아예 쓸 생각도 하지 말게." 비르힐리오는 살짝 웃으며 경고성 발언을 했다. "자네를 욕하는 글로 지면을 통째로 도배할 마음은 없으니 말이야."

아내가 넥타이를 매주고 난 후 그 모양새를 보았더니 꼭 교수대의 밧줄에 목을 걸어놓은 꼴이었다.

"키신저를 만나거든 아옌데 정부를 전복시킨 걸 후회하지는 않는지 물어봐." 아내는 도발을 시도했다.

"키신저가 전복시킨 게 아니라니까."

"아니긴 뭐가 아니야?" 아내는 분개해서 소리를 질렀다.

그러자 딸아이가 울기 시작했다. 다행스럽게도 아들 녀석은 유치원에 가 있었다. 아내는 우는 아이를 두 팔로 감싸 안아주기는 했지만, 얼굴 표정에는 여전히 격한 감정이 묻어 있었다. 아내는 침대에 털썩 앉아서 딸아이에게 젖을 물렸다.

"그럼 당신은 피노체트의 쿠데타를 도와준 미국사람들을 용서하겠다는 거야?" 여전히 분노를 삭이지 못한 목소리였다.

"키신저의 회고록을 보면, 그때 쿠데타를 계획한 건 미국이 아니었다고 적혀 있어. '미국 측에서는 쿠데타의 가능성을 알고 있었을 뿐이다.' 그게 다야. 그냥 그렇게 내버려두었던 거야. 물론 미국 정부가 아엔데의 실권(失權)을 원하기는 했어. 그건 사실이야. 하지만 키신저의 말에 의하면 미국 정부는 그 쿠데타랑 전혀 관계가 없어."

"못 말려, 정말." 아내가 말했다. "그러니까 가서 물어봐, 직접 물어보라고. 정말 후회는 하지 않는지 말이야."

딸아이는 조용히 모유를 먹고 있었다.

"아엔데는 대통령 시절 미국을 자신들의 적이라고 공개

적으로 떠들었고, 미 제국주의에 맞서 싸우겠다는 의지를 표명해왔어. 그런데 미국이 뭣 하러 그런 사람을 보호해주겠어?"

"이젠 아예 대놓고 쿠데타에 찬성한다는 거야?" 아내는 거침없이 퍼부었다.

"당신 미친 거야, 아니면 멍청한 거야?" 나 역시 신경질적으로 되받아치고는 화장실로 들어가 문을 걸어 잠갔다.

나는 변기 뚜껑을 닫고 그 위에 앉아서 치약을 집어 들고는 흥분을 가라앉히기 위해 튜브에 쓰인 글귀를 읽어내려갔다. 에스테르는 내게 치명적인 공격을 가해왔다. 그리고 두 아이의 아버지인 내게 모욕감을 안겨주었다. 그 순간 나는 왜 미국이 잘한 일에 대해서, 중남미 정치 지도자들의 모순적인 행태에 대해서 지적하지 못했을까? 그들은 느닷없이 대립을 야기했으면서도 반동분자라거나 친 쿠데타 성향의 인물이라는 비난도 받지 않았다. 내 아내를 포함해 나를 맹비난하는 좌파들과는 달리, 이 세상에서 벌어지는 일들에는 제대로 된 해법이 없다는 신념을 갖게 된 이후로 나는 어떤 식으로든 무력으로 정권을 잡은 인간들을 지지한 적이 없다. 그렇긴 하지만 한편으로는 내가 아내의 성질을 살짝 긁어놓으려 했던 것도 사실이다. 암살당한 전 칠레 대통령이 미국을 주적으로 여기고 있었다는 말이 아내의 과격한 반응을 이끌어내리라는 것을 잘 알고 있었다. 뿐만 아니라 아내가 이렇게 화를 내는 이유가 비단 정치적인 문제 때문만은 아니란 사실도 잘 알고 있었다. 저렇게 화를 내는 이유는 내가 다른 여자 때문에 사랑의 열병을 앓았었기 때문이다.

TV 드라마 〈환상특급〉에서 어느 은행의 지하 금고에 갇혀 있다가 핵폭발 이후에 살아남은 생존자처럼, 사방이 벽으로 막힌 비좁은 화장실에 갇혀 있는 지금 이 상황에서 갑자기 죄책감이 밀려들기 시작했다. 딸에게 젖을 먹이고 있는 아내에게 미쳤다고, 멍청하다고 핏대를 세웠던 내 행동이 후회스러웠다. 내 자신을 향해 품고 있었던 적개심이나 자괴감, 혹은 비뚤어진 증오가 아내의 젖을 통해 지구상에서 내가 가장 사랑하고 아끼는 피조물의 목과 위로 흘러들어갔을 것이라는 생각이 들었다. 어쩌면 우리 딸아이 몸속에 벌써 악의 꽃이 퍼져버렸을지도……

이 모든 건 콜롬비아에서 시작되었던가……? 아니다, 스페인인 것 같다. 내가 사랑의 열병을 앓고 상처를 받은 것은 스페인에서부터다. 금발에 호리호리하고 아름다웠던 그 여인. 바르셀로나의 서점에서 일을 하던 그 여인은 나를 데리고 람블라스 거리를 거닐었고, 저녁으로 새우요리를 함께 먹은 다음 얼큰하게 술에 취한 나를 자신의 집으로 이끌고 가 카탈루냐 식으로 진하게 사랑을 나누었다. 그러고 나서 아주 황급하게 나를 쪽문으로 내몰았다. 자신에게 꼭 편지를 하라는 말과 함께. 그녀에게 수차례 이메일을 보냈지만 답장 한 번 받지 못했다. 나는 그녀가 몹시 보고 싶었고, 그녀 때문에 울기도 했다. 내 아이들을 바라보면서 아빠는 그렇게 나약한 인간이 아니라고 말해주고 싶었지만 딸아이는 말도 못 하는 갓난아이였고, 아들 녀석은 그게 무슨 뜻인지도 모를 터였다. 불같은 사랑은 영원할 수 없다는 진리를 왜 몰랐던 것일까? 사랑을 나누는 순간에는 오직 타액을 교환하는 행위일 뿐이라고 맹세를 하면서 며칠만 지나면 상대의 기억 속에 내가 깊이 각인되어 있기를 바라는 이중적인 감정은 무엇 때문일까? 나는 기억이라는 것이 정액을 통해 전달된다고 생각한다. 정액 속에는 수많은 기억이 자리 잡고 있기 때문에, 내가 한 여자의 몸속으로 들어가게 되면 정액 속의 기억이 퍼지기 시작해서 마치 방사능 물질처럼 그 여자의 몸과 마음을 지배하게 된다고 믿는 것이다. 그런데 콘돔이라는 도구를 사용하게 된 이후로 남자들은 여자의 몸과 마음, 그리고 기억 속으로 제대로 들어갈 수 없게 되었다. 들어가긴 하겠지만 아무런 흔적도 남기지 않고 빠져나온다. 그런데 그녀는 도통 잊을 수가 없었다. 그로부터 일주일도 채 지나지 않아, 나는 콜롬비아에서 그 스페인 여인과 너무나도 닮은 여자를 발견했다. 그녀는 아주 활동적이고 날렵하면서도 머리는 금발로 염색을 한 기자였는데, 나를 거의 '겁탈'하다시피 다루었던 그 이베리아 반도의 여성과 쏙 빼닮은 눈을 가지고 있었다. 콜롬비아에 간 이유는 내가 집필한 아동도서를 소개하는 행사에 참석하기 위해서였는데, 그곳에는 이전에 다른 책을 출간한 뒤에 만났던 두 명의 애인이 나를 기다리고 있었다. 나탈리, 열아홉의 나탈리는 책이 출간되기 6개월 전에 만났는데, 시립도서관에서 자원봉사를 하는 아가씨였다. 그녀와는 키스까지밖에 가지 못했다. 그 동네에 야간 통행금지 사이렌이 울리기 직전이었고, 더 있다가는 마약상이나 반군 게릴라, 혹은 무장단체나 그에 준하는 사람들이 쳐들어와 그녀와 그녀의 어머니, 그리고 그 어머니의 스무 살 연하의 애인이 함께 살고 있는 자그마한 집 천장의 망가진 선풍기에 나를 매달아놓을 것만 같아 그 전에 걸음아 날 살려라 하고 도망치기에 바빴기 때문이다. 한편 풍만한 몸매를 지닌 콘스탄사는 마치 진흙과 열기로 빚어놓은 듯한 젖가슴을 가지고 있었고, 내가 상상한 것보다도 더 풍만한 엉덩이를 소유하고 있었다. 브라덴 호텔의 홍보담당자였던 그녀는 몬트세라트 산의 전경을 구경시켜주겠다며 케이블카에 오르더니 사실은 케이블카를 무서워한다고 고백했다. 나는 그녀를 끌어안고 손가락으로 그녀의 가슴을 더듬었다. 케이블카가 우리 두 사람을 산 정상에 내려놓자마자 우리는 후미진 곳으로 달려가 허겁지겁 옷을 벗어젖혔다. 산 꼭대기의 드넓은 벌판에서, 게다가 꼿꼿이 선 채로 얼마나 즐길 수 있었을지는 모르겠지만 그나마 독일 관광객 두 명이 나타나자마자 부리나케 옷을 주워 입었다.

메데인에서는 나탈리가, 보고타에서는 콘스탄사가 각자 자기만의 방식으로 나를 기다리고 있었지만 정작 내 관심을 끈 것은 바로 그녀, 사만타였다. 기자였던 그녀는 나를 취재하다가 내 소설이 실화인지, 아니면—소형 녹음기를 끄더니—나라는 사람이 '호색한'인지 물어왔다. 나는 적잖게 당황하며, 그녀가 다시 녹음기를 돌리지 않는다면 내 단편소설들은 실화에 기인한 것이며 나는 호색한의 기질이 있다고 대답하는 데 아무런 문제가 없다고 말했다. 반대로, 그녀가 녹음기를 돌리려고 버튼에 손을 가져간다면 나는 어쩔 수 없이 내 단편들은 전적으로 창작의 소산이며, 사적인 부분을 제삼자에게 밝히는 게 익숙지 않다고 대답할 것이라고 말했다.

　인터뷰가 진행되는 동안 나는 콜롬비아식 접대에 넘어갔다. 콜롬비아식 접대란 주둥아리가 아래로 기울어져 있는 위스키 여섯 병이 일렬로 놓인 카트를 선보이는 것이었고, 나는 그들의 관례에 결례를 범하지 않기 위해 시바스리갈 여섯 모금을 비웠다. 인터뷰가 끝나갈 무렵 나는 한쪽 손으로 사만타의 팔을 붙들었지만 그녀는 거부하지 않았다. 우리의 만남은 내 호텔방으로까지 이어졌고, 나는 무려 40분 동안 그녀의 환심을 사기 위해 온갖 찬사를 늘어놓았지만 헛물만 켠 셈이 되고 말았다.

　"당신 말이 맞소. 난 밝히는 놈이야." 그녀에게 말했다.

　쏟아내지 못한 욕정은 나름대로 해결해야 했지만, 우리의 만남을 화려한 키스로 마무리하며 무안함을 애써 달랠 수 있었다. 하지만 다음날이 되자, 잠을 제대로 못 자서인지 정신이 흐리멍덩한 가운데, 그녀의 온몸 구석구석에 내 힘의 상징을 남기지 못한 내 자신을 탓하게 되었다. 차라리 나탈리나 콘스탄사였다면 이보다는 훨씬 좋은 결과가 있었을 것이라는 생각도 들었다. 그 두 여자는 나를 진심으로 사랑했으니까.

키신저와의 인터뷰를 한 시간 앞둔 지금, 아내와 싸우고 화장실로 숨어들어간 나는 치약 튜브에 적힌 함유성분을 꼼꼼히 읽으면서 미국의 전 국무부장관에게 할 질문을 다시 떠올려보았다. 군사전의 해결책으로 윤리적인 정책을 펼치는 데 과연 그는 어떤 역할을 했는가. 대다수의 유명한 장교들의 생각과는 달리, 나는 윤리적인 정책은 전략 수립만큼이나 결정적이며, 비록 무기가 없으면 사기는 떨어질지 모르지만, 그 어떤 무기도 윤리라는 기본적인 수칙과 결합하지 않는다면 절대로 승리를 이끌어낼 수 없다고 생각한다. 내가 지금껏 살아오면서 느낀 것은 그 어떠한 사랑에도 약간의 권력이 필요할뿐더러 내 의견을 상대가 받아들이게끔 하는 최소한의 능력도 없으면 누군가를 사랑할 자격이 없다는 것이다. 반대로, 그 어떠한 권력이나 명령도 마지막 순간에 매력이라는 기제가 작용하지 않으면 성공할 수 없다. 내가 만나왔던 여자들 중에서 나의 이런 관점에 동의하는 여자는 단 한 명도 없었지만 그 누구도 이러한 현실에서 자유롭지는 않았다. 그런데 한 콜롬비아 여인은 아무도 모르는 내 속을 입 밖으로 꺼내게 만들어놓더니, 달래주기는커녕 오히려 무참히 짓밟았다. 사만타 고메스. 우리의 짧은 모험이 지속되던 그 시간 동안 나는 그녀의 이름 대신 성

(姓)만을 불렀다. '고메스' 하고. 왠지 그게 더 좋았다.

"당신, 전생에 동성애자였어요?" 그녀가 물었다.

"그럴 리가요." 내가 대답했다.

"그런데 왜 자꾸 나를 '고메스'라고 불러요? 마치 우리 아버지하고 관계를 갖는 것처럼 말이에요. 고메스는 남자 성이잖아요."

나는 실소를 터뜨렸다. 왠지 그 말이 웃기게 들렸다. 그 덕에 이후로는 도저히 관계에 집중할 수 없었지만 말이다. 사랑스러운 나의 고메스.

나는 침대에서, 아니, 고메스에게서 일어났다. 욕정은 해소하지도 못했는데도 온몸에서 힘이 빠져나간 느낌이었다. 나는 변기 뚜껑에서 일어나 한 손에는 치약을 들고 화장실 문을 열었다. 아내는 다른 넥타이를 준비해두고 나를 기다리고 있었다.

"치약은 어디다 쓰게?" 아내가 놀라며 물었다.

딸아이는 그새 잠들어 있었다.

"혹시라도 키신저하고 밤을 지새우게 되면 필요할까봐." 나는 치약을 다시 화장실 선반에 내려놓으며 대답했다.

"그 사람은 여자를 더 좋아할걸." 아내가 말했다.

"게다가 성공을 거머쥔 인물이고." 내가 말했다.

에스테르는 화해의 뜻으로 내게 입맞춤을 해주었다.

"물론 나만 한 행운아는 없지." 나도 한 발 뒤로 물러섰다.

II

나는 구닥다리 소형 녹음기를 상의 안주머니에 쑤셔 넣었다. 지하철을 타고 가려 했지만, 키신저 같은 인물을 인터뷰를 할 요량이라면 최소한 택시 정도는 타줘야 하지 않을까라는 생각이 들었다. 아니면 리무진이라도 대동해야 하나? 사실 키신저 같은 유명 인사는 헬기를 타고 만나러 가는 게 이상적이기는 하지만. 어쨌든 이 형편없는 녹음기로는 중요한 내용을 담아오기도 힘들 것 같았다. 키신저는 녹음기를 보자마자 아마 이렇게 외쳐댈 것이다.

"왓 이즈 디스? 노, 노, 노 코멘트! 스톱!"

한편 통역사는 키신저의 말을 통역하는 대신 동정과 경멸이 어린 눈길로 나를 바라보며 인터뷰는 이미 물 건너갔다는 제스처를 건네겠지.

택시는 어느덧 마요 대로에 있는 라스아메리카스 건물 앞에 나를 내려주었다. 20세기 후반기를 통틀어 미국 외교 무대에서 가장 영향력 있는 거물이 이 건물 어딘가에서 나를 기다리고 있을 터였다.

건물 내부로 들어서면서 신분증을 제시해야 했다. 안내인은 회전문 앞에서 사용하라며 마그네틱 카드를 하나 건네주면서 혹시 무기를 소지하고 있는지 몸을 수색했다. 그러고 나서야 마스토돈*처럼 거대한 경호원 두 명이 나를 대동하고 25층으로 올라갔다.

25층에 도착하자 경호원들은 나를 의자 하나와 유리 테이블만 덩그러니 놓여 있는 작은 사무실로 안내해주었다. 거기서도 역시 몸수색을 했다. 이번에는 금속탐지기가 동원되었고, 기계가 주머니 속의 열쇠와 동전에 닿자 경보음이 울렸다. 그 즉시 커다란 덩치의 흑인이 작은 바구니를 가져오더니 주머니 속에 있는 금속 소지품을 모두 꺼내놓으라고 했다. 그러고는 다시 나를 카메라 앞에 혼자 남겨두고 문을 닫은 다음 밖으로 나갔다.

나는 고메스를 떠올렸다. 그녀는 왜 내게 편지를 쓰지 않았을까? 왜 전화 한 통 하지 않았을까? 왜 내 생각을 하지 않았던 걸까? 내가 애가 둘이나 딸린 유부남이기 때문에?

---

* 코끼리와 비슷한 동물로, 고생대 제3기에 번생했다가 멸종하였다.

두말할 필요도 없이 이 모든 게 다 내 성적 취향이 별나기 때문이다. 나는 육체관계를 맺을 때 콘돔을 사용한다는 것은 용납이 되지 않았다. 그런 행위는 전지전능한 신에게 맞서는 것처럼 불경스러운 일이었다. 대신 나는 그녀의 몸을 보듬고 애무하면서 가능한 한 기분 좋게 해주려고 갖은 방법을 다 동원했다. 그러나 나는 그녀의 기억 속에 각인되지 못했고, 그녀는 내게 가장 끔찍한 형벌을 내렸다. 바로 망각이었다. 최근 몇 년 동안은 특별히 사랑의 감정 때문에 고생한 일이 없다. 스페인 여성과 그 연장선상에 있던 콜롬비아 여인에게 느꼈던 것 같은 강렬한 사랑을 느껴본 적이 없다. 송충이는 솔잎을 먹고 살아야 하는 것처럼 이제는 내가 속한 곳으로 돌아가야 할 때인 것이다. 열정적인 애무와 불꽃같은 매력도 없는, 원초적인 사랑을 해야 하는 곳으로. 은근한 눈길로 나를 바라보는 여인들을 신처럼 내려다보는 일도 없을 것이다. 다정한 손길, 달콤한 찬사, 거부할 수 없는 애원도 이젠 없을 것이다. 역시, 나는 나이를 먹어가고 있다. 결국 나를 사랑하고 내 상처를 치유해주었던 아내 에스테르만이 내 마음의 상처로 인한 결과를 고스란히 겪었다. 나는 늘 아내와의 관계를 원했다. 그녀의 육체는 여전히 매력적이었고, 목소리 또한 나를 흥분시켰다. 이 얼마나 다행스러운 일인가…… 신은 내게 영원히 한 여인만을 사랑하도록 허락해준 것이다. 그 외에는 절대로 안 되는 것이다. 내 마음속의 은밀한 첩자들을 발견해내고 위대한 이스라엘을 한방에 무너뜨린 두 명의 갈릴리 여인 때문에 겪은 마음의 고통을 달래기 위해서 나는 누군가와 논쟁을 벌여야 했고, 그래서 아내에게 내 정치적 견해 중에서도 가장 성가신 부분을 드러내 보였던 것이다.

빨간 머리에 몸매가 펑퍼짐한 여성이 통역사라며 골방 같은 사무실로 들어왔다. 그녀는 만화에나 나올 법한 특이한 억양의 스페인어로 미스터 키신저가 14층에서 기다리고 있다고 말했다. 우리는 다시 엘리베이터를 타고 내려갔다.

놀랍게도 키신저는 내가 생각했던 것보다 훨씬 늙은 모습이었다. 그게 뭐 그의 잘못이겠는가. 나는 그에게 녹음기를 꺼내 보여주며 인터뷰 내용을 녹음해도 되겠느냐는 제스처를 해 보였다. 나는 두 종류의 질문들을 준비해갔다. 하나는 내 호기심을 채워줄 질문이었고, 다른 하나는 기사를 작성하는 데 필요한 질문이었다. 나는 우선 내 관심사를 먼저 물어보았다.

"키신저 선생님," 통역사는 내 말을 곧바로 받아 메아리처럼 영어로 옮겨주었다. "선생님께서는 유대인 출신으로

20세기 후반기에 가장 영향력 있는 자리에 오르셨던 분이십니다. 그런데 왜 대권에 도전하지 않으셨는지 그 이유를 여쭤봐도 되겠습니까?"

키신저는 질문을 전해 듣더니 한 손으로 턱을 받쳤다. '유대인'이라는 말을 들었을 때 좀 언짢다는 표정을 짓는 것처럼 보였다. "나도 유대인이다"라고 말을 하고 싶었지만, 그냥 넘어가는 게 이로울 것 같다는 생각 덕분에 그런 실수는 면할 수 있었다.

"내가 만일 대선에 도전했는데 낙마했다면 지금까지 지켜왔던 내 영향력의 일부를 잃었을지도 모르겠습니다. 하지만 미국 대통령으로 당선이 되었다면 난 내 모든 걸 잃었을 거요."

나는 통역사가 다 통역해주기도 전에 웃음을 터뜨렸다. 시작부터 느낌이 좋았다. 난 즉시 나머지 다른 질문을 던졌다.

"월남전과 한국전에서 미국이 실패한 이유는 적절한 전략의 부재였습니까, 아니면 윤리적인 정책이 부족해서였습니까?"

키신저는 질문에 대답하기 전에 내 눈을 똑바로 쳐다보았다.

"윤리적인 정책 '덕분에' 실패했다고 볼 수 있소. 기자 양반은 정말 미국이라는 나라가 군사전에서 패배한다는 게 가능하다고 생각하는 겁니까? 우리는 월남전 당시 베트남을 초토화할 생각이 전혀 없었소. 기자 양반은 우리가 베트남을 쳐부술 수 없었다고 생각하는 거요? 윤리적 정책은 절대로 실패하는 법이 없소. 다만 승리의 영광으로 가는 길을 꽉 틀어막고 있을 뿐이오."

단 몇 마디 문장으로 키신저는 내가 5년이라는 시간 동안 책을 읽고 생각하고 정리했던 나름의 이론을 완전히 백지상태로 만들어버렸다. 나는 녹음기를 몇 초간 정지시킨 다음 통역사를 쳐다보았다. 그 다음 질문은 뭐였지? 나는 머릿속으로 백여 개에 가까운 질문을 준비했었다. 통역사의 표정을 보아하니 다음 질문이 예상보다 오래 걸린다고 생각하는 듯했다. 등골이 오싹해지며 얼굴이 백지장처럼 하얘지고 있다는 느낌이 들었다. 개인적으로, 그리고 기사에 쓰려고 준비해온 내 백 가지 질문들은 다 어디로 사라져버렸단 말인가? 마치 고메스와 그 스페인 여자가 나를 완전히 잊어버린 것처럼 나는 그 질문들을 그렇게 허망하게 까먹고 말았다. 어쩌면 이 두 여자가 한 사람일 수도 있다. 준비해갔던 백 가지 질문 중에 50개의 사적인 질문은 한 여자와, 그리고 나머지 50개의 기사용 질문은 다른 여자와 날아가버린 것이다. 두 여인은 나를 말끔히 잊었다. 그리고 나는 다름 아닌 미스터 키신저 앞에서 내 자신을 잊어버린 것이다. 머리가 텅 빈 느낌이 들었다. 눈앞엔 구름만 아른거리는 것 같았다. 비행기의 원형 창문 너머로 보이는, 인조 모직물처럼 가볍지만 정지된 상태의 구름이 아니라, 무겁고 썩은 구름, 파라오의 꿈에 나타났던 살진 암소 일곱 마리처럼 불길하게 느껴지는 구름이었다. 최악의 침묵, 결코 원하지 않았던 최악의 일이 일어난 것이다. 머릿속에 아무것도 떠오르지 않았고, 임기응변으로 다른 질문을 던질 수조차 없었다. 그러나 신기하게도 시간은 정지된 듯하면서도 계속 흘러가고 있었다. 유아론(唯我論)에서 말하는 것처럼 내가 이 세상의 존재를 인지하고는 있었지만 유아론자들은 그들의 이론에도 변수가 엄연히 존재하고 있다는 것을 깨달아야 할 것이다. 사람은 자신이 느끼는 절망의 정도에 따라 인격체를 완전 상실할 수 있으며 나아가 영적으로도 자신을 잃게 된다. 절망에 빠져드는 속도는 매우 빨라 이 세상은 늘 그래왔던 것처럼 빛과 밤하늘 아래 생사가 갈리며, 갑작스럽게 운명을 달리한 누군가가 꿈꿔왔던 소망이 남아 있는 곳임에도 불구하고 자신만이 존재한다고 느끼게 된다. 자다가 갑자기 숨을 거두는 사람이 꾸던 꿈은 관성의 법칙에 의해 여전히 이승을 떠돌게 된다.

 키신저는 더이상 질문이 없을 것 같다고 판단했는지 턱을 받치고 있던 손을 치웠다. 통역사는 당황한 나머지 진땀까지 흘리는 것 같았다. 나는 다시 녹음기의 녹음 버튼을 눌렀다. 키신저는 자리에서 일어났다.

 "미스터 키신저," 나는 영어로 질문을 던졌다. "그렇다면 사랑을 하면서 권력을 유지할 수 있는 방법은 무엇입니까? 어떻게 하면 한 여자를 정복하면서도 매너를 유지할 수 있을까요? 합의에 기반한 수평적 사랑이 과연 정당성을 얻을 수 있을까요?"

 통역사는 나를 쳐다보지도 않았다. 그녀는 내가 다시 질문자의 역할을 수행하게 된 것이 너무나 반가웠는지 질문도 듣지 않는 분위기였다. 그러고는 마치 내가 스페인어로 질문을 한 것처럼 내 말을 다시 영어로 옮기고 있었다. 사실 내 영어 발음은 통역이 필요할 정도로 형편없긴 했다.

 키신저는 자리에 다시 앉는 듯하더니 결국 그대로 서 있었다. 그는 무릎을 잠시 구부렸다가 내 질문에 답을 하기 위해 다시 폈다. 그러고는 내 눈을 똑바로 쳐다보았다.

 "아이 돈 노우." 그가 나지막이 속삭였다.

"유 돈 노우 이더?"

"아이 돈 노우." 그가 다시 말했다.

그러고는 내 곁을 지나가면서 헝클어진 내 머리를 살짝 어루만지더니 사라져버렸다. 덩치 큰 흑인이 다시 나타나 내 열쇠와 동전을 돌려준 다음 1층까지 친절히 안내해주었다. 나는 로비로 가서 신분증을 되돌려 받았다. 건물에서 나오면서 녹음기를 되감은 다음 재생 버튼을 힘차게 눌렀다. 녹음기에서는 비지스의 음악이 흘러나왔다. 빌어먹을, 이 구닥다리 녹음기는 이번에도 제대로 작동되지 않았다.

마지막 여인
La Última

누군가의 입술을 보고 깨달음을 얻거나 타인의 몸을 통해 일종의 확신을 갖는다는 것이 과연 가능한 일일까? 엘리아스 보르고보에게는 가능한 일이었다. 그녀! 마리아 파울라의 얇디얇은 입술, 그저 한 가닥 붉은 선에 불과하지만 그에겐 지극히 관능적으로 느껴지는 그 입술과 생기 넘치고 쾌활해 보이는 얼굴만으로도 그녀가 자신의 마지막 여인이 되리란 깨달음과 확신을 얻었던 것이다.

 예순다섯번째 생일을 몇 달 앞두고 떠난 투쿠만 여행은 출발부터 온통 불길한 징조투성이였다. 가뜩이나 늙어가는 것도 서러운 마당에 말이다. 공항에 마중 나온 이가 간단히 요기나 하고 가자기에 같이 얘기를 나누며 음식을 먹던 도중, 보르고보가 막 입에 갖다 대려던 밀크커피에 느닷없이 자신이 우물거리던 빵 파편을 난사하는 것이 아닌가! 차마 어찌하지도 못하고 애써 커피를 홀짝이며 보르고보는 생각했다. 앞으로 자신의 삶이 결코 순탄치만은 않으리라고……

누군가의 초대를 받아 투쿠만으로 향하는 것이 이번으로 벌써 세번째다. 이번에도 그는 영락없이 어두침침하고 습하며 냉기가 감도는 데다가 듣고 있기도 고약한 수도 배관 소음이 울려대는 방을 배정받았다. 지금까지 묵었던 호텔 방 대부분이 잠을 청할 수 없을 만큼 심한 소음이 들려오는 곳이었던지라 고요해지기를 기다리기보다는 이 정도는 그나마 참을 만하다고 자위하는 쪽이 오히려 속 편했다. 게다가 앞으로 일어날 일들에 비하면 이는 빙산의 일각에 지나지 않았다. 그는 청소년 문학에 대한 강연을 부탁 받아 다시금 투쿠만을 방문하게 되었다. 보르고보는 다른 사람들에게 멸시를 받는 존재가 되기까지 그다지 많은 시간이 필요하지 않다는 것을 이미 알고 있었다. 스무 권에 달하는 성인 문학 도서를 발간했음에도 불구하고, 비평가들과 행사 조직위원들에게 그는 여전히 아동 및 청소년 문학 작가로만 인식되고 있었다. 그가 펴낸 소설들이 날개 돋친 듯 팔려나갔고 심지어 몇 개 국어로 번역되기까지 했는데도 말이다. 도대체 무슨 이유로 그는 아동 청소년 문학 작가라는 꼬리표를 달게 된 것일까? 수상경력이 없어서? 아니면 그의 작품에서는 동시대의 저명한 작가들에게서 나타나는 문학적 깊이를 찾아볼 수 없다는 이유로? 뭐가 됐든 상관없었다. 훌륭한 책을 쓰거나 대중의 인기를 얻는 것, 심지어 노벨상 수상조차도 행복한 삶의 충분조건이 되지 못한다는 것을 그는 이미 잘 알고 있었다. 높은 권력과 지위를 꿰차고 있을지라도 자신에게 돌아오는 것은 늘 어둡고 습한 호텔방 또는 멸시와 업신여김뿐이었으니까. 모든 인간에게 공평하게 주어진 게 한 가지 있다면 그것은 바로 타인에게 상처를 주는 능력이리라! 보르고보는 성공을 결코 인생의 전부 혹은 마지막 목표로 삼지 않았다. 성공은 늘 참담한 실패의 벼랑 끝에 핀 한 송이 꽃과 같은 존재였다. 그는 일개 지역 잡지 편집장에게 굽실거리던 노벨문학상 수상자들도 보았고, 베스트셀러로 백만장자가 되었지만 명망 높은 지식인들의 신랄한 비판에 눈물을 흘린 작가도 여럿 알고 있었다. 그들과 달리 경제적으로 여유로운 삶을 누려본 적도 없을뿐더러 상복(賞福)과도 거리가 먼 보르고보에게 투쿠만의 허름한 호텔방이나 청소년 문학 포럼에 참석해야 하는 현실쯤은 그야말로 일도 아니었다. 그에게 정말 참기 힘든 고통이라면 마리아 파울라라는 여인이 자신의 인생의 마지막 여인이 될지 모른다는 사실이었다. 글쓰기를 떠나 보르고보가 가진 유일한 재주라면 바로 여자들을 매혹시키는 기술이었다. 도대체 여자들은 그의 어떤 면을 보고 매력을 느끼는 것일까? 왜 항상 그에게 긍정의 신호를 보내는 것일까? 그는 여자들과 침대에 들거나 관계를 갖기 전에 통과의례 삼아 늘 이런 질문을 던지곤 했다. 왜 자신을 허락했으며, 왜 하필 자신을 선택했느냐고…… 대부분 불편한 기색을 드러내 보였지만 개중에는 그의 눈이 좋았다거나, 그가 해주는 이야기가 재미있어서라는 그럴싸한 이유를 대는 여자들도 있었다. '그냥'이라고 얼버무리는 이들도 있었다. 보르고보는 여자들을 정복하기 전이면 늘 마음속으로 하느님께 감사기도를 드린 후 그녀들에게 귓속말로 고맙다고 속삭이곤 했다. 사실 보르고보 스스로도 자신에게 왜 자꾸 이런 기적 아닌 기적이 일어나는지 이해가 가질 않았다. 보르고보는 늘 우연한 기회를 통해 섹스 파트너를 만나왔다. 몸이 달아오른 여자들의 레이더망에는 어쨌든 늘 그가 자리 잡고 있었다.

보르고보가 섹스를 갈구해온 것은 사실이다. 그것만이

그에게 존재 의미를 부여했으며, 그것 외에 삶을 온전히 이해할 수 있는 다른 방법은 알지 못했다. 그는 자신을 거쳐 갔던 여자들 하나하나를 전부 기억하고 있다. 그리고 그들 모두에게 진심으로 감사를 느꼈다. 다만 그가 살아온 지난 시간과 지난 일들을 옛 연인들과 다시금 함께할 수 없다는 점이 못내 아쉬울 뿐이다. 그가 만났던 여자들 중에는 함께 잠자리를 갖지 못한 이들도 있었으나, 넘을 수 없었던 그 선마저도 그에겐 일종의 기쁨이었다. 하지만 그 무엇도 보르고보를 백 퍼센트 만족시키거나 그에게 위안을 가져다주진 못했다. 마리아 파울라의 입술만으로 그녀가 자신의 마지막 사랑이 될 것이라 확신한 보르고보. 그녀 없는 인생은 사막과도 같을 것이다. 존재 자체가 무의미한 황량한 사막. 보르고보는 걸레로나 쓰일 법한 천으로 싸인 꼬질꼬질한 베개에 누워 칠이 벗겨진 천장을 물끄러미 바라보며 생각했다. 과연 인생은 이렇게 끝나버리는 것인가? 그렇다고 자살을 택할 수도 없는 노릇이었다. 부에노스아이레스에 남겨진 부인과 두 자녀 그리고 손자까지 생각하면 말이다. 지금까지 인생은 늘 그의 편이었다. 하지만 인생이야말로 희로애락의 변주곡이 아니던가! 인간은 살면서 박진감, 열정, 활기라는 이름의 불나방을 쫓게 마련이다. 보르고보는 이 모든 것을 오로지 로맨스에 쏟아 부었다. 이제 그의 나이 예순다섯. 격정적 사랑을 논하기엔 너무 늙고 하찮은 존재가 되어버린 것이다. 그런 보르고보에게 마리아 파울라의 키스는 지금까지 거쳐간 모든 여자들을 대신한 이별의 식과도 같은 것이었다. '한때 당신에게 행복을 안겨주었던 모든 여자들을 대신해 내가 온 거야. 당신도 아주 가끔은 우리를 행복하게 해준 적이 있었지. 그러나 이제는 내가 그들을 대신해 당신에게 이별을 고하러 왔어.'

보르고보는 늘 자신이 여성을 만난다는 게 불공평한 처사라고 생각해왔다. 그녀들은 이 세상을 충만하게 하는 향기로운 육체와 부드럽고 즐거우며 경쾌한 목소리를 선사하는 반면, 배불뚝이에 백발은 성성하고 소심한 노인네에 불과한 자신은 그녀들을 돌보고 보호하며 위험에서 구해낼 최소한의 능력조차 없기 때문이다. 그렇다. 결코 그녀들을 위해 위험을 무릅쓸 수는 없다. 아내의 품으로 돌아가 가정을 지켜야 한다. 신의 가호가 함께하기에 보다 안전한 자신의 가족을.

보르고보는 화장실에 가려고 침대에서 일어났다. 하지만 마리아 파울라와 한 공간에 있었을 때에는 쉽사리 발이 떨어지지 않았다. 일이 년 전만 해도 옆에 있는 사람이 누가 됐건 간에 화장실 문을 열어놓고 볼일을 보곤 했다. 그러나 이제는 나이를 의식해서인지 자신의 그런 행동에 수치스러움을 느꼈다. 소변을 보는 노인네의 모습이라…… 그 얼마나 처량해 보이겠는가! 먼지 쌓인 차디찬 방바닥에 발을 디디고 있자니 집에서 신던 슬리퍼를 깜빡하고 안 챙겨 온 것에 다시금 화가 치밀어 올랐다. 반드시 챙겨야 하는 스웨터는 잊어버리면서 깊숙이 숨겨놓은 콘돔은 귀신같이 찾아내는 아내의 손을 빌려 여행 가방을 싸는 일을 그만두고, 나이 예순다섯에 처음으로 손수 짐을 챙겨왔건만…… 어렸을 적엔 어머니께서 챙겨주셨고 커서는 아내가 챙겨주곤 했다. 비로소 자신의 짐을 스스로 정리할 때가 되니 어느덧 생의 마지막 여행을 준비할 나이가 된 것이다. 어처구니없는 비유일 수 있겠지만 그에게 있어 더럽고 차가운 바닥을 맨발로 디뎌야 하는 것은 그야말로 생 고문이나 다름없었다. 슬리퍼 없이 걷는 것은 죽기보다 싫은 일인 것이다. 30년 전 어느 날 밤, 아마도 아내가 집에 새로 페인트칠을 하겠다고 나섰을 즈음이었을 것이다. 하루는 그가 소변을 보기 위해 한밤중에 일어났는데, 집이 난장판이 되어 있어 도저히 슬리퍼를 찾을 수가 없었다. 바닥은 온통 먼지투성이에 말라붙은 페인트 조각들 그리고 정체불명의 물건들로

발 디딜 틈조차 없었다. 당시 4개월이었던 딸이 정신없이 울어대자 네 살짜리 큰 애도 덩달아 울부짖으며 아빠를 찾기 시작했다. 순간 보르고보는 이렇게 소리쳤다.

"지금 당장 슬리퍼를 찾지 못하면 차라리 확 죽어버리고 말겠어!"

하지만 이내 자포자기 상태가 되어 맨발로 걸어가다가 발이 흠뻑 젖고 말았다(페인트공이 욕조에 걸려 있던 샤워 커튼을 뜯어내는 바람에 욕실 바닥이 온통 물바다였다). 젖은 발로 걷고 있자니 속세의 온갖 먼지가 발바닥에 달라붙는 것 같은 느낌이 들었다. 마치 십자가를 맨 그리스도가 된 기분이었다. 어쨌든 그 발로 겨우겨우 딸의 요람까지 가서 아이의 입에 공갈 젖꼭지를 물려주고 잘 다독여 달랜 뒤, 아들 방으로 갔다. 그런데 큰 아이가 아빠랑 같이 자겠다고 징징대기 시작하더니만…… 완전히 녹초가 되어 잠깐 아들 녀석 옆에 기대어 있다가 머리에 굿나잇 키스를 해주려는 찰나, 아이의 머리카락에 달라붙어 있던 캐러멜 덩어리가 자신의 입에 엉겨 붙어버린 것이 아닌가! 자기 전에 단 것을 먹지 말라고 그렇게 주의를 줬건만…… 보르고보는 투쿠만의 호텔 욕실에 맨발로 선 채 그날을 회상했다. 바로 어젯밤에 산 마리아 파울라의 빈 칫솔 케이스를 바라보면서. 그러나 그는 자살을 택하지 않았다. 왜? 베로니카, 마르타, 앙헬리카, 히메나, 엘레나, 에스텔라, 그리고 누구보다도 그의 부인이 그를 애타게 기다리고 있을 테니까. 하지만 슬리퍼도 신지 않은 맨발의 노인네를 과연 누가 사랑해준단 말인가! 바로 그때 전화벨이 울렸다. 마리아 파울라가 돌아온 것일까? 하지만 그런 추측은 비관론자에다 불같은 성질머리를 가진 늙은이의 기대 어린 울부짖음에 지나지 않았다. 그는 달려가 전화를 받았다. 수화기 너머에서는 그의 게이 친구 메르빌의 목소리가 들려왔다. 동화 일러스트레이터인 메르빌과 알고 지낸 지는 40년 가까이 됐다. 그는 예나 지금이나 한결같이 메르빌을 '게이 친구'로 여겨왔다. '친구'라는 단어 앞에 '게이'라는 수식어를 붙이지 않고서는 그를 친구로 받아들일 수 없었던 것이다. 어찌하다 둘만 한 공간에 남아 있게 될라치면, 보르고보는 불편하고 어색한 감정을 도저히 떨쳐버릴 수 없었다. 갑자기 메르빌이 성관계를 요구할지도 모른다는 불안감 때문이었다. 하지만 둘은 근 40년 가까이를 만나오면서 침대 근처에도 가본 적이 없었다. 늙어가면서 얻은 장점 아닌 장점이 한 가지 있다면 그것은 바로 오랜 친구 메르빌과 단둘이 만나더라도 전혀 거리낌이 없다는 것이다. 이제 와서 메르빌이 그에게 사랑의 감정을 느껴 성관계를 요구할 일도 없을 테고, 설사 그렇다 하더라도 마치 담배를 피우지 않는 사람이 누가 권하는 담배를 거절할 때처럼 당당히 '노'라고 얘기하면 그만이며, 그후로도 둘의 우정은 별 탈 없이 지속될 것이라 믿기 때문이다. 보르고보는 메르빌에게도 사랑의 아픔이 있을 것이라고는 생각지 않았다. 메르빌의 얘기만 놓고 보자면, 양적인 면에 있어서나 깊이 면에 있어서나 이 '게이 친구'가 전반적으로 늘 우월했기 때문이다. 단편적인 예로 메르빌이 남자 사냥을 나가는 밤이면 단 한 번도 빈손으로 돌아온 적이 없었다. 그런 메르빌의 섹스 경험담에는 열정과 과장, 나아가 환상이 담겨 있었다. 보르고보는 산타페 거리의 동성애자들처럼 사랑을 찾아 헤매는 이성애자들이 즐비한 거리를 좋아했다. 에이즈조차도 부에노스아이레스의 하늘 아래 밤이면 밤마다 펼쳐지는 이들의 향락의 축제를 막을 수는 없을 것이다.

메르빌이 로비에서 그를 기다리고 있었다. '일러스트레이션, 단순한 그림인가 상호 작용인가?'라는 주제의 강연을 막 마치고 오는 길이었다. 그들은 이른 점심, 즉 브런치를 들기로 했다. 아침과 점심 사이에 하는 식사를 '브런치'라고 부른다는 것을 뉴욕에 있을 때 처음 알았다. 그는 샌들에 어중간한 간절기 차림으로 내려왔다. 새로 장만한 신발로 한껏 들떠서 말이다. 메르빌은 타말* 전문 레스토랑으로 그를 안내했다. 거리를 걸으며 메르빌은 투쿠만에 있는 두 명의 선생님들과 잠자리를 했던 경험담을 들려주기 시작했다. 한 명은 초등학교, 또다른 한 명은 중학교 교사였다고 했다.

"전에는 학생들도 꽤 꼬이곤 했는데 말이야." 메르빌이 말했다. "하지만 지금은 선생으로 만족해야 해."

"교장이야말로 최악 중의 최악이지." 보르고보가 대꾸했다.

"오호라! 그럼 투쿠만에서 교장이랑?"

"아니." 보르고보가 웃으며 말했다. "꽤 오래전에 한번 교장이란 여자와 잠자리를 가진 적이 있긴 한데, 자신이 교장이란 걸 관계가 끝난 후에야 말해주더군."

그는 메르빌에게 마리아 파울라에 대해 얘기할 기분이 나지 않았다. 『엘 프로그레소』라는 일간지의 사진 작가였던 그녀는 신문에 게재할 사진을 찍기 위해 보르고보를 찾아왔다가 그의 방까지 올라가게 되었다. 그후 그녀는 보르

---

* 멕시코의 전통 음식. 옥수수 가루로 만든 얇은 빵에 저민 고기와 고추 등 여러 재료를 넣어 찌거나 굽는다.

고보의 마지막 기적이자 마지막 여인으로 남게 된 것이다. 주문한 타말이 나오기 전에 보르고보는 하우스와인을 한잔 해야겠다고 생각했다. 이른 시간이라 공복이었는데, 빈속에 와인을 마시면 취할 게 뻔했지만 그는 취하고 싶었다. 그러고는 잠들어 깨지 않길 바랐다. 혹시 깬다면 위스키를 마실 것이다. 현재로서 보르고보가 가진 유일한 해결책은 투쿠만을 떠날 때까지 계속 취해 있는 것뿐이다. 신문사에 있는 그녀에게 전화를 걸지 않을 것이다. 신문사에 전화해 그녀의 전화번호를 묻지도 않을 것이다. 변명거리를 만들어내지도 않을 것이며, 매달려 간청하지도 않을 것이다. 만일 그녀가 진정 그의 마지막 여인이라면 최소한 그를 거부하지는 않겠지. 그리고 그녀의 입술 사이에서 '예스'라는 말이 흘러나오겠지. 사랑에 관해서만큼은 늘 신의 가호가 함께했던 보르고보, 그런데 왜 신은 그런 그를 끝까지 보듬어주지 않는단 말인가!

둘은 레스토랑에 들어가 서로 마주 앉았다. 그러고 보니 메르빌은 40년 전이나 지금이나 여전히 날씬한 몸매를 유지하고 있었다. 40년이라…… 순간 인생이 허무하게 느껴졌다. 메르빌은 지금까지 단 한 번도 뚱뚱했던 적이 없었다. 반면 보르고보는 무수히 많은 체형의 변화를 겪었다.

비만이었다가, 적당히 통통했다가, 날씬했다가, 빼빼 말랐다가, 뼈만 앙상했다가 살이 조금 붙었다가…… 지금은 영락없는 할아버지 몸매가 되어버린 반면 메르빌은 여전히 군살 하나 없는 탄탄한 몸매를 유지하고 있었다. 각진 얼굴도 여전했다.

"와인 한잔할까?" 보르고보가 물었다.

"응, 한 잔만."

"여기 레드와인 두 병 부탁해요. 하우스와인으로." 그가 웨이트리스에게 주문했다.

메르빌이 놀란 토끼 눈을 하고는 보르고보의 주문을 취소하려 했지만, 끝내 그의 고집을 꺾진 못했다.

"이따 호텔까지 걸어서 나 좀 데려다줄 수 있어?" 보르고보가 말했다.

"그럼, 물론이지." 메르빌이 흔쾌히 승낙했다. "신혼부부 같다, 우리."

"신혼부부라기에는 너무 늙어버린걸."

"무슨 소리! 아직 절대 늦지 않았다고!" 메르빌이 매서운 눈초리로 쏘아붙였다.

버터 바른 빵이 나오기도 전에 주문한 와인이 먼저 나왔다. 보르고보는 마치 약을 먹듯 와인 한 잔을 단숨에 들이켰다. 자신이 지나칠 정도로 빨리 마시고 있다는 것을 그는 메르빌의 눈을 통해 깨달았다. 누구나 타인의 눈을 통해 자신의 행동을 비춰볼 수 있다. 하지만 여성의 입술을 통해 어떠한 감정을 읽는다는 것은 전혀 다른 차원의 문제였다. 마치 피할 수 없는 운명의 전주곡과 같은 것이라고나 할까. 두번째 잔은 의식적으로 한 템포 늦춰 마셨다. 계속 들이붓듯 마시다가는 메르빌이 무슨 안 좋은 일이라도 있는 거냐며 꼬치꼬치 물어올 게 뻔하니 말이다.

아직 껍질을 벗기지도 않은 타말에서는 여전히 김이 모락모락 올라오고 있었다. 그를 보다 못한 메르빌이 결국 한마디 던졌다.

"대체 무슨 일이야?"

보르고보는 침묵했다. 타말에서 올라온 김이 그의 왼쪽 눈에 들어가자 한 손으로 연기를 쫓으며, 조심스레 입을 열었다.

"한 여자랑 관계를 가졌어."

그러고는 또다시 와인 반 잔을 들이켰다. 메르빌은 아까 따라놓은 잔의 사분의 일도 채 마시지 않았는데 말이다.

"예전 같으면 파티라도 벌였을 일인데, 뭐야 지금! 술을 무슨 독약인 양 마시고 있잖아." 메르빌이 말했다.

"아니, 오히려 그 반대지. 내겐 이게 독이 아니라 약이거든."

"독이건 약이건 어쨌든 즐기고 있진 않잖아."

보르고보는 대화에 휘말리지 않으려 애썼으나, 메르빌의 눈은 그에게 쉴 틈을 주지 않았다. 보르고보의 얼굴 중 적당한 곳에 시선을 고정시킨 채 그의 대답이 나올 때까지 뚫어져라 그를 쳐다보고 있었다.

"마지막이야." 결국 보르고보가 입을 열었다.

"막잔이라고?" 메르빌이 놀라 되물었다. "이제 그만 마시는 거야?"

"마지막 여자라고. 모든 여자들이 나를 영영 떠나버렸어."

"대체 무슨 일이야?"

"나 말이야…… 죽을병에 걸렸어."

"흠, 죽을 운명이 나 말고 여기 또 한 명 있군그래."

보르고보가 입에 갖다 댔던 잔을 도로 빼내는 바람에 와인 몇 방울이 그의 옷에 튀었다.

"나 에이즈야." 메르빌이 말했다.

순간 보르고보가 들고 있던 와인 잔을 테이블에 거칠게 내려놓았다. 와인이 이리저리 튀었고 종이 테이블보도 엉망이 되었다. 애써 고통을 참아내려는 듯 반쯤 내리깐 보르고보의 두 눈에서 하염없이 눈물이 흘러내렸다. 그는 시선을 와인 잔에 둔 채 한동안을 그러고 있다가 갑자기 소리 내어 울기 시작했다.

"말이 그렇다는 거지 사실 죽을병까지는 아니야." 메르빌이 그를 위로하려 말했다. "칵테일 요법으로 에이즈 사망률이 점점 줄어들고 있다고."

하지만 그는 메르빌의 마지막 남자친구가 에이즈에 걸린 지 5년도 채 안 돼서 세상을 떠났다는 것을 이미 알고 있었다. 당시 그 남자친구는 서른 살 청년이었고, 메르빌은 예순세 살이었다. 그제야 그는 뼈만 앙상한 메르빌의 얼굴이 다름 아닌 죽음의 암시였다는 것을 알았다.

"울지 마." 메르빌이 그를 위로했다.

그러자 보르고보는 이내 울음을 멈췄다.

"아니다. 울어서 기분이 풀릴 것 같다면 차라리 맘껏 울어."

"죽을병에 걸렸다는 거 거짓말이었어. 하지만 그 여자가 내 마지막 여자인 것만은 사실이야."

"나도 파블로가 내 생애 마지막 남자인 줄 알았지."

파블로는 에이즈로 목숨을 잃은 바로 그 청년이었다. 누군가에게서 전염된 에이즈로 결국 생을 마감한 것이다. 하지만 메르빌은 파블로가 에이즈에 걸렸다는 사실을 안 후에도 그와 잠자리를 계속했다. 결국 파블로가 메르빌에게 그 몹쓸 병을 옮긴 것이리라……

"그런데 어느 날 안드레스가 내 앞에 나타난 거야." 메르빌이 말을 이어나갔다. "다음 타자가 나타나기 전까지는 가장 마지막에 내 공을 받은 선수가 내 마지막 타자가 되는 거지."

"새로운 남자친구가 생겼다는 건 알았지만 나한테는 일언반구도 없더군." 보르고보가 서운한 듯 말했다.

"그 사람이랑은 안 만난 지 꽤 됐어. 곰돌이 클럽에서 처음 알게 됐지."

보르고보는 멍한 표정으로 눈썹을 치켜떴다.

"가슴에 털이 덥수룩한 건장한 체구의 남정네들이 드나드는 바야. 보통 그런 사람들을 '곰돌이'라고 부르거든. 아메리칸 스타일이라고나 할까? 너도 생각 있으면 한번 가봐."

보르고보가 속이 메스꺼운 듯한 표정을 지어 보이자, 메르빌이 깔깔대며 웃었다.

"여자들은 나빠! 가슴이 달렸잖아." 메르빌이 말했다.

"여자들은 나빠! 가슴을 아프게 하잖아." 보르고보가 맞

마지막 여인 53

장구치며 말했다. "원래 사람 마음이란 게 아름다움 앞에서는 한없이 약해지게 마련이지."

"그렇게 심각해질 것까진 없잖아." 메르빌이 말했다.

보르고보는 대꾸하지 않으려는 듯 다섯째 잔을 들이켰다. 그러고는 잔을 떼자마자 한 섞인 울음을 토해냈다.

"그녀가 내 마지막 여자였다고. 마지막……" 보르고보는 꺼억꺼억대며 숨이 넘어갈 듯 외쳤다. "나쁜년들! 다들 나를 버리고 떠났어. 내 가슴을 갈기갈기 찢어놓고. 늙어 빠진 노인네라고 나를 버린 거야. 투쿠만에 얼마나 더 머무를지 묻기는커녕 전화하라거나 편지 쓰란 말 한마디 없었어. 결국 나를 완전히 잊은 거야. 내 마지막 여자, 내 마지막…… 메르빌, 우린 죽을병에 걸린 거야."

보르고보는 갑자기 뻘떡 일어나 메르빌 옆에 의자를 놓고 앉아 그를 껴안은 채 어깨를 들썩이며 울기 시작했다. 메르빌은 그의 머리를 쓰다듬어줬다. 메르빌의 어깨에 얼굴을 묻고 있는 동안 보르고보는 잠시나마 마음의 짐을 더는 듯했다. 그 순간만큼은 다른 사람들이 놀란 눈으로 자신이 우는 모습을 쳐다보는 것을 의식하지 않아도 됐으니까.

"내가 너무 오버했나?" 얼굴은 여전히 메르빌의 어깨에 묻은 채 울음을 멈추고는 말했다.

"그런 감이 없지 않지." 메르빌은 부인하지 않았다. "이제 나이도 있는데. 하긴, 그까짓 나이가 뭐 그리 대수겠어."

"그럼, 그렇고말고." 보르고보가 맞장구쳤다. 그러고는 이내 테이블보를 찢어서 눈물을 훔쳐내는가 싶더니 코까지 풀어댔다. "아! 한바탕 울고 나니 후련하네."

보르고보는 다시금 와인 반 잔을 들이켰다. 한편 메르빌은 그제야 한 잔을 겨우 비웠다.

"아마도 내가 죗값을 치르고 있는 건가봐."

그러자 메르빌이 두 눈을 치켜뜨며 물었다. "무슨 죄를 저질렀는데?"

보르고보가 더이상 말하기 싫다는 제스처를 취했다.

"대체 무슨 죄를 저질렀기에 그러냐고?" 메르빌이 집요하게 물고 늘어졌다.

"일전에 말이야……" 보르고보가 포크 끝으로 타말 속 내용물을 뒤적거리며 말을 이어나갔다. "일전에 애한테 젖을 물리고 있는 한 아이 엄마를 뒤에서 덮친 적이 있어."

메르빌이 느닷없이 폭소를 터뜨렸다.

보르고보는 억지로 미소를 지어 보였다.

"듣고 있자니 전에 읽은 당나귀 우화가 생각나네. 브레슬리 출판사에서 나온 책이었지 아마?" 메르빌이 기억을 더

듬으며 말했다.

"동물의 왕국에 끔찍한 페스트가 창궐해 수십 마리의 동물들이 죽어나갔어. 그러자 대체 누구의 잘못으로 주피터가 페스트라는 무시무시한 형벌을 내린 것인지 밝혀내기 위해 진상위원회가 소집됐어. 먼저 호랑이가 두 명의 인간 형제를 잡아먹었다고 고백하자, 사자가 자신은 밤비 새끼들을 잡아먹었노라고 실토했지. 이어 곰이 재미 삼아 수십 마리의 고양이를 죽였다고 털어놓자 마지막으로 당나귀 왈, 어느 날 시골길을 지나가고 있는데 집 담장 너머로 나무 이파리 하나가 삐죽 나 있더라는 거야. 그게 누구 것인지 몰라 망설여지긴 했지만 너무 푸르고 싱싱해 보여서 그냥 지나치지 못하고 먹어버렸다는 거지. 그 얘기를 들은 호랑이, 사자, 곰, 그 외 다른 동물들 모두가 만장일치로 당나귀야말로 페스트를 불러들인 주범이라 결론짓고는 당나귀를 처형했어. 얼마나 만난 여자인지는 모르겠지만 말이야, 네가 그 여자에게 쾌락을 안겨줬다는 이유만으로 감정적인 죽음을 선택한다는 게 정말이지 그럴 만한 가치가 있는 일이라고 생각해? 그 여자를 강간한 거야? 억지로 하게끔 강요라도 한 거냐고!"

보르고보는 고개를 내저었다. "그럼 대체 무슨 일이 있었는지 설명을 해보란 말이야."

"그저 하자고 졸랐을 뿐이야."

"그것 봐! 이 세상 당나귀들이 모두 처형당할 이유는 없다니까." 메르빌이 말했다.

보르고보는 메르빌이 에이즈로 곧 죽게 된다는 생각을 했다. 이 친구야말로 죽어야만 할 이유가 없었다. 그는 활기와 기쁨이 넘쳐나는 사람이었다. 파블로가 에이즈라는 것을 알면서도 도대체 왜 그와의 관계를 지속한 것일까? 동정심이었을까? 아니면 사랑? 메르빌 말로는 최대한 조심한다고 한 것이란다. 주피터는 없을지 몰라도 페스트는 사라지지 않을 것이다. 영원히……

"그보다 더 나쁜 짓도 저질렀어." 보르고보가 말했다.

"말씀해보시죠, 선생님." 메르빌이 장난스럽게 받아쳤다. "내가 그대의 죄를 사해줄 터이니."

"이번엔 정말이야. 아무래도 그 일 때문에 내가 벌을 받고 있나봐."

"무슨 벌을 받고 있는데?" 메르빌이 물었다.

"내 생애 마지막으로 정복하게 될 마지막 여자, 바로 마리아 파울라를 만나게 된 것."

"하느님이 위에서 전보라도 보냈냐? 왜 자꾸 진짜 계시를 받은 것처럼 말하는 거야?"

"진짜라니까. 정말 마리아 파울라의 입술을 통해서 신의 계시를 받았어. 그리고 그것이 바로 내가 산 이시드로 여자에게 저지른 일에 대한 벌일 테고."

"보르고보! 대체 무슨 일이 있었던 건데? 아하! 이제 생각났다. 그 차에서? 일전에 얘기했었지. 절규에 가득 찬 목소리로 말이야. 왜, 절망의 수렁에 빠져 나한테 전화했었잖아."

"가톨릭 성지였으니 훗날 벌을 받을 수도 있단 사실을 유념했어야 했어. 주변에 성당만 세 개나 됐고, 호텔 하나 찾아볼 수 없는 곳이었으니."

"근데 보르고보 자네는 유대교 신자 아니었어? 예수는 안 믿잖아."

"벌을 받는 데 있어서만큼은 존재한다고 믿어. 기적을 바랄 때는 아니지만. 벌은 어떤 신에게서든 받을 수 있는 거야. 예수님이건 마호메트건 부처님이건 간에…… 벌을 받는 순간만큼은 모든 신이 존재한다고 봐."

"그 여인네한테 어떤 몹쓸 일을 저지른 건데?

"그 여자는 내 문학 강좌를 듣는 학생이었어. 애가 넷이나 딸린 유부녀였지. 강좌가 시작되기 몇 시간 전에 만나

산책을 나갔는데 말이야. 이미 말했듯이 주변엔 온통 성당 아니면 가톨릭 학교들뿐, 호텔이라곤 찾기 힘든 마을이었거든. 어쩔 수 없이 그녀를 차에 태우고 강가로 가서는 차 안에서 키스를 했지. 그러고는 마스터베이션을 해달라고 애원했어. 한참 하고 있는데 주변을 순찰하던 경비원이 나타난 거야. 우릴 보고 놀랐는지, 아니면 아무것도 눈치채지 못했는지 그건 나도 잘 몰라. 정말 모르겠어. 어쨌든 우리가 수상해 보였는지 호루라기를 불더라고. 호루라기를! 마치 무슨 소설 같지 않아? 아마도 경찰을 부르거나 문제가 발생했음을 알리려고 불었던 거겠지. 그 여인네의 얼굴에 드러났던 굴욕감은 눈감는 그날까지 잊지 못할 거야. 어쨌든 난 운전을 해야 했기에 허둥지둥 옷을 챙겨 입고 쏜살같이 거길 빠져나왔지. 바지는 채 올리지도 못하고 말이야. 그 난리 법석을 피웠는데도 내 물건은 보란 듯이 꼿꼿이 서 있더군. 바지를 채 올리지도 못했는데…… 그 여자는 수치스러움과 절망감에 싸여 울어댔어. 그러고는 이렇게 소리쳤지. '이제 다들 알게 될 거예요. 죽고 싶어요. 죽어버리고 싶다고요!'"

"그래서 그 여자, 결국 자살했어?"

"아니. 그로부터 일주일 후 그때의 경험과 비슷한 이야깃

거리를 갖고 내 문학 강좌에 나왔어. 자신에게 즐거움을 줘서 감사하다는 인사말로 마무리를 하더군. 자신은 청소년기를 수도원에서 보낸 데다가 남편은 너무도 지루하고 재미없는 사람이라 자신이 그런 일을 겪으리라고는 꿈에도 생각 못 해봤다나. 그 순간엔 다행히 바지를 입고 있었지. 알아, 안다고. 내게 '넌 잘못한 거 없어!'라고 얘기할 거라는 거. 그럼 도대체 왜? 뭣 때문에 내가 벌을 받고 있는 건데?"

"보르고보, 그건 욥도 해결하지 못한 문제야. 그러니 자네가 알 턱이 없지."

호텔을 향해 걷기도 전에 메르빌은 보르고보에게 어깨를 내주어야 했다. 안 그러면 거의 길바닥에 나뒹굴 판이었으니. 겨우겨우 호텔에 도착한 두 사람은 각자의 방으로 흩어졌다. 보르고보는 메르빌과 작별인사를 나누며 그의 손을 꼬옥 쥐었다. 그 의미를 모를 리 없는 메르빌의 눈가가 촉촉이 젖어들었다.

"너의 그 유쾌함으로 항상 즐겁게 살도록 해. 그리고 살 수 있다는 희망의 끈을 절대 놓지 마." 그가 메르빌에게 당부했다.

방으로 돌아와 눈을 감고 있자니 속이 울렁거렸다. 그는 결국 뜬눈으로 취기를 견뎌보기로 했다. '무슨 일이든 늘 두 눈 똑바로 뜨고 헤쳐나간 난데 이 정도쯤이야 라고 자신을 달래며.

'난 비극, 조롱, 고통, 이 모든 것과 정면 승부를 해왔어. 그런데 이번만큼은, 모든 여자들이 나를 버리고 떠났다는 사실만큼은 도저히 받아들일 수 없어. 차라리 눈 감고 죽어버리는 게 낫지.'

하지만 그는 눈을 뜬 채 버텼다. 토하기는 죽기보다 싫었으니까. 대신 나가서 천천히 걷기로 했다. 그리고 몸이 더 이상 흡수하지 못할 때까지 최대한 물을 마셔 서서히 술기운을 없애야겠다고 생각했다. 감당하지 못할 만큼 마셔댄 것이 못내 후회스러웠다. 취기가 있어서일까? 약간의 오한마저 느껴졌다. 옷장을 대충 뒤적거려 오래된 얇은 점퍼를 꺼냈다. 혹시라도 밤에 춥지 않을까 해서 챙겨왔는데 날씨가 따듯해 한 번도 입을 일이 없었다. 게다가 안 입은 지 꽤 오래된 점퍼였다. 그런데 걸치자마자 안주머니에 뭔가 불룩한 것이 만져지는 것이 아닌가! 남자라면 누구나 이런 상황에서 일말의 기대감을 갖게 마련이다. 안쪽 주머니에 넣어두고는 깜빡하고 있을 만한 물건이라면…… 이미 못 쓰게 된 지폐일까? 아니면 이미 간판 내린 회사의 명함일까? 그것도 아니라면 혹시 기억조차 안 나는 여자의 주소가 적

마지막 여인 61

힌 종이일까? 그것은 다름 아닌 딱지뭉치였다. 그 사실을 안 순간 기대와 애수에 찬 감정은 이내 눈 녹듯 사라졌다.

'그나저나 이게 언제부터 여기 들어 있었던 거지?'

기억을 더듬어가던 보르고보는 순간 술이 다 깰 정도로 번쩍 정신이 들었다.

'20년이나 된 거잖아!'

하지만 곧 자신이 정신 나간 늙은이로 느껴졌다. 그건 그의 아들이 아닌 손자 녀석에게 줄 선물이었던 것이다. 손자에게 주려고 몇 달 전 손수 장만한 것인데 딱지놀이를 하기엔 애가 아직 너무 어리다는 며느리의 말에 좀더 나중에 줘야겠다고 생각하며 주머니에 넣어두었던 것이다. 보르고보는 점퍼를 벗어 딱지를 다시금 안주머니에 넣어두었다. 부에노스아이레스로 돌아가면 손자 손에 꼬옥 쥐어주리라 마음먹고서. 그러고는 어둠이 내려앉은 적막한 도시를 정처 없이 걸었다.

'이런 고요함은 위험을 부르지. 자살을 부추기곤 하니까.' 그가 중얼거렸다. 보르고보는 소도시나 마을에서 벌어지는 파렴치한 범죄, 예를 들어 딸을 살해한 아버지, 상습적 성폭행, 파티 중에 자행된 살인 사건 등을 신문에서 접할 때마다 모두가 지나치게 고요하기 때문이라고 생각했다. 대도시의 소음, 광란과 혼잡함이 악한 생각을 잠재우고 평정을 유지할 수 있게 도와주는 반면 고요, 정적, 평온함이 사람들을 악의 구렁텅이에 빠뜨릴 수 있다는 것을 아직 깨닫지 못한 것이리라. 어쨌든 그는 자신의 의지와는 상관없이 계속 걸었고 급기야 속을 게워냈다. 하우스와인과 타말이 뒤범벅된 토사물이 거리 위에 흩뿌려졌다. 더럽고 애처로운 노인네란 자괴감이 들었지만 속은 한결 편해졌다.

'자살하는 것보다야 토하는 게 낫지.'

그제야 보르고보는 호텔로 돌아갈 수 있었다. 점퍼가 더럽혀진 것쯤은 개의치 않은 채 중얼거렸다.

"그래, 행운이 뭐 별거야? 이런 게 바로 행운이지."

호텔로 돌아온 그는 방에 들어가기 전에 우선 1층에 있는 화장실부터 들러야 했다. 그후 위층으로 올라와 방문을 열고는 침대 위로 막 쓰러지려는 찰나 전화벨이 울렸다.

"마리아 파울라!" 그가 반사적으로 외쳤다.

그러자 수화기 저편에서 들려오는 한 여인의 목소리……

"아빠!"

그것이 딸의 목소리라는 것을 깨닫기까지는 몇 초가 걸렸다. 그리고 술 취한 티를 내지 않으려 목소리를 가다듬는 데에 또다시 몇 초의 시간이 흘렀다.

"사랑하는 우리 딸! 잘 있었어?" 보르고보가 소리치듯 말했다.

"언제 돌아오세요?" 대답은 생략한 채 딸이 되물었다. 목소리가 왠지 슬픔에 잠겨 있는 듯했다.

"부부싸움이라도 한 거냐? 아무튼 내일모레면 도착할 거다. 무슨 일이……"

"아니에요. 돌아오시면 같이 식사나 하러 가시자고요."

"그러자꾸나. 언제 어디서 몇 시에 볼까?"

"제가 전화 드릴게요. 별일 있어서가 아니라 그냥 안부전화 드린 거예요."

"그래. 잘 지내고 있는 거지?"

"그럼요."

"애는?"

"잘 있어요."

"그 녀석 날 기억이나 할까 모르겠다."

"기억하고말고요. 그런데 할아버지는 만날 여행만 다니신다고 골이 잔뜩 나 있어요. 저처럼요."

"사실 이 아빠는 작가가 아니라 여행가에 가깝지." 그러고는 마음속으로 중얼거렸다. '한 여행가의 죽음.'

"아빠는 스스로 작가라고 말할 때 늘 부끄러워하셨죠."

"유일하게 내 자신이 자랑스러울 때는 말이다, 내가 네 아빠라는 것을 느낄 때야. 물론 다 우리 딸내미 덕이지만."

딸이 소리 내어 웃었다. 그는 여전히 여자를 웃게 만드는 남자였던 것이다.

"그럼 돌아오시면 같이 식사하는 거예요."

"물론이다마다. 어느 분의 분부인데. 그나저나 정말 아무 일 없는 게지? 그럼 전화 기다리마. 사랑한다, 우리 딸."

"저도 사랑해요, 아빠."

술기운이 남은 데다가 딸과의 대화로 더욱 정신이 멍해진 그는 결국 침대에 쓰러졌다.

시체처럼 깊은 잠에 빠져 있던 보르고보는 전화벨 소리에 눈을 떴다. 그러고는 목소리를 가다듬지도 않은 채 전화를 받았다. 자신이 듣기에도 편치 않은 늙은이의 쉰 목소리가 흘러나왔다.

"마리아 파울라인데요."

그는 술기운이 남아 있는 것에 내심 안도했다. 다리가 떨리지도, 말을 더듬지도, 그렇다고 그녀에게 매달리지도 않았으니까.

"예, 안녕하세요?" 그가 말했다.

"다름이 아니라 제가 귀고리를 놓고 왔거든요."

"아!" 보르고보는 신께 감사드리며 말했다. "그럼 언제 찾으러 오실래요?"

"제가 그곳까지 찾으러 가기는 힘들 것 같아서요……" 말끝을 흐리며 그녀가 말했다. "죄송하지만 프런트에 맡겨주시면 안 될까요?"

"그러죠, 그럼. 어디에 두었습니까?"

"제가 그걸 빼서 스탠드 탁자 서랍 안에 넣어두었거든요."

보르고보가 서랍을 열자 귀고리가 보였다. 한 쌍의 금 귀고리였다.

"예, 여기 있네요. 찾으러 오기 힘들다고 하셔서 드리는 말씀인데, 당신을 추억할 수 있게 제게 그냥 선물로 주시면 안 될까요?"

"죄송하지만 그럴 수 없는 물건이라서요." 잠시 생각하는 듯하더니 그녀가 대답했다. 그러고는 웃음을 머금은 목소리고 말했다. "제 남자친구가 준 선물이거든요."

"그럼 프런트에 맡겨놓겠습니다."

"고마워요."

"오히려 제가 더 고맙습니다." 보르고보가 대꾸했다.

"저한테 왜……?"

"당신이니까요." 그는 말을 마치자마자 수화기를 내려놓았다.

  보르고보는 다시 잠들지 못하리라는 걸 알았다. 하지만 술을 이만큼 견뎌내는 자신이 스스로 대견스러웠다. 좀 힘들기는 했지만 참지 못할 정도는 아니었으니까. 눈은 여전히 그녀의 귀고리에 머물러 있었다. 아까 벗어두었던 점퍼가 있는 곳으로 걸어간 그는 조심스럽게 딱지상자를 꺼내 열었다. 딱지를 빼내어 주머니에 찔러 넣고는 상자를 귀고리가 있는 곳으로 들고 왔다. 그러고는 귀고리를 집어 들었다. 엄지손가락에 딱 맞는 크기였다. 한참을 뚫어져라 귀고리만 쳐다보았다. 한쪽 귀고리가 엄지손가락을 살짝 찔렀다. 그의 두 눈에 눈물이 가득 고였다. 귀고리에 작별의 키스를 했다. 그러고는 딱지상자에 그녀의 귀고리를 고이 넣어 프런트로 향했다.

여행하는 유대인
Historias de mi tribu

I

비행기 여행이 초래하는 공포심보다 더 끔찍한 것이 있다면? 그것은 여행이 불가능한 세상에 살아야 한다는 상상일 것이다. 여기서 여행이 불가능하다는 말은 강제적으로 사람들의 이동을 제한하는 전체주의 사회를 의미하는 것이 결코 아니다. 교통 기술의 발달로 공간 이동속도가 획기적으로 빨라져서 몇 분, 심지어 몇 초면 브라질에서 중국까지의 이동이 가능해지는 그런 세상의 도래를 말하는 것이다. 언젠가는 분자이동 방법으로 아르헨티나에서 유리 원통을 타면 논스톱으로 눈 깜짝할 새에 스페인에 도착하는 시대가 열릴 수도 있으리라. 하지만 그로 인해 여행의 개념이 사라진다면?…… 그래서 몇 시간에 걸쳐 수십 킬로미터를 이동해야 하는 고통스러운 불편함이 사라진다면?…… 내 남은 인생의 의미 역시 사라지고 말 것이다. 다양한 나라를 여행하고 이를 통해 새로운 여자들을 알아가는 것이야말로 내가 지금까지 심한 절망이나 권태에 빠지지 않고 살아올 수 있었던 유일한 낙이기 때문이다. 생존 능력이라고는 없는 나 같은 인간이 그나마 현실에 맞서 살아갈 수 있었던 것은 여행과 사랑이라 불리는 가벼운 환각제 덕분이었다.

여권이나 대기 시간도 없을뿐더러 멀미도 사라진 세상에서 과연 무얼 할 수 있단 말인가? 여행에서 목숨을 잃을 수 있다는 두려움이 없는 세상, 혹은 길을 잃고 헤매는 일이 없는 세상에서 도대체 무얼 할 수 있단 말인가? 아마도 기술의 발달에 저주를 퍼부으며 삶을 연명하는 멍청한 인간이 되어 있을 것이다. 그러나 한 가지 다행스러운 점은 이 이야기가 시작되는 시점은 자본이 이동하기 위해서는 운송 수단이 필요하고, 부에노스아이레스에서 투쿠만으로 가는 짧은 비행이 위대하게 느껴지는 시대라는 점이다.

우리 민족은 이처럼 서사적인 역사에 이미 익숙해져 있

다. 아르헨티나에 거주하고 있는 몇몇 유대인 집안은 단지 목숨을 부지하기 위해 셀 수 없이 많은 위험을 감수해야 했던 조상을 적어도 한 명쯤은 가지고 있을 것이다. 러시아 유대인은 대학살을 피하기 위해 버스 안쪽에 몸을 숨겨야 했고, 우리 할아버지 같은 폴란드 유대인은 나치의 만행을 피하기 위해 아르헨티나로 넘어왔다. 체스 세계챔피언 나흐도르프처럼 배 선창 바닥에 몰래 숨어 긴 여행을 했을 수도 있다. 또다른 예로 멕시코 출신인 내 편집자의 아버지 이야기도 있다. 그는 이집트 국경 근처의 키부츠에서 평온한 어린 시절을 보냈는데, 1948년 아랍군의 공격을 받았고, 시나이 전투가 일어나기 직전인 1956년에는 키부츠에서 추방되었다고 한다. 두 친구의 부인과 잠자리를 같이했다는 이유 때문이었다. 아르헨티나에 잠시 머물던 편집자의 아버지는 왜인지는 모르겠지만 아무튼 멕시코로 떠났다. 업무 관계상 아르헨티나에 온 그 편집자는 우리가 만난 지 몇 년 뒤에야 온세 지역을 같이 걸어가다가 그런 이야기를 들려주었다. 어쨌든 이야깃거리가 많은 민족인 것만은 사실이다. 내 선조들에게 있어 여행은 강제적이요, 필수불가결한 것이었다. 하지만 내 경우는 아니다. 누가 내게 여행을 하라고 강요한 것도 아니고, 전쟁을 위해 이동해야 하는 것도 아닐뿐더러 '정착할 곳'을 찾는 데 혈안이 되어 있던 것은 더더욱 아니었다. 내 인생은 어딜 가나 새는 바가지였을 테니까. 그러나 여행을 통한 사랑, 여행에서 찾게 되는 사랑에 대한 유혹만큼은 뿌리칠 수 없었다. 그리고 무엇보다 중요한 것은 여행에서 항상 좋은 동행을 만난다는 것이다. 투쿠만으로 가는 비행기에서는 이탈리아 억양이 심한 대머리 할아버지가 내 옆자리에 앉았다. 자신을 안마사라고 소개하며 전문 안마사로 활동할 수 있는 이발소를 찾고자 투쿠만 여행길에 올랐다는 이야기를 다 늘어놓기에는 90분이라는 비행시간이 부족할 정도였다.

"그런데 왜 이발소에서……?" 그에게 물었다.

그의 입에서는 구강 청정제 냄새가 풍겨왔다. 그의 황량한 머리숱 때문이었을까? 아무튼 그의 입에서 흘러나오는 '이발소'라는 단어가 왠지 우스꽝스럽게 들렸다.

"부에노스아이레스에는 이미 자리가 없어." 그가 말했다. "요가원이건 헬스클럽이건 자리가 없어. 전문 마사지사 자리를 한국인들이 모조리 꿰찼기 때문이라는 건 말할 필요도 없지."

"그런데 왜 하필 이발소냐고요?"

"일할 곳이 필요해서지. 내게 장소를 제공해줄 누군가가 필요해. 난 가게를 임대할 만한 돈이 없거든."

"하지만 왜 이발소여야만 하냐고요?" 세번째 같은 질문을 던졌을 때야 비로소 깨달았다. 대답을 기다리는 일이야말로 대화를 처음부터 다시 시작하는 것만큼이나 어리석은 짓이라는 것을…… 침묵이 흐르자 무언가가 느껴졌다. 그가 공짜로 내 팔을 안마해주기 시작한 것이다. 자신의 안마 실력을 직접 경험해보고 평가해달라는 의미였을 것이다. 나는 그의 호의를 정중히 거절했다. 그러자 그가 재킷 안주머니에서 주섬주섬 명함 한 장을 꺼냈다(카드와 손수건이 뒤죽박죽 섞인 주머니는 마치 작은 쓰레기통 같았다). 그러고는 그것을 내게 내밀었다.

"모이세스 콘스탄티니일세." 그가 말했다. 그의 이름 아래에는 부에노스아이레스의 주소와 전화번호가 연필로 적혀 있었다.

"하지만 여기 적힌 연락처는 부에노스아이레스잖아요."

"사람 일은 아무도 모르는 게지." 그러고는 더이상 아무 말도 하지 않았다.

착륙 안내방송이 나오기 몇 분 전, 앞으로 다시는 만날 일이 없을 거란 생각에 그에게 물었다.

"왜 선생님께 모이세스*란 이름을 지어줬을까요?"

"우리는 유대교 집안이거든. 내 조상들이 스페인에서는 어떻게 불렸는지는 모르겠지만, 종교재판을 피해 이탈리아로 왔을 때 콘스탄티니란 이름을 쓰기 시작했다고 하더군."

"투쿠만 어디로 가시나요?" 정말 궁금한 마음에 그에게 물었다.

"글쎄, 나도 모르지. 그런데 거기 적힌 번호로 전화하면 내 딸아이가 받을 거야. 그럼 내가 어디 있는지 말해줄 거요."

저 멀리 투쿠만 국제공항이 보였다(딱 내 초등학교 운동장만 한 크기였다). 그 순간 비행기 어디에선가 기장의 헛기침 소리가 들려왔다. 헛기침이라면 딱 질색이었다. 보통 비행기가 착륙할 때쯤 되면 기장의 맑고 또렷하고 선명한 목소리가 들리게 마련이다. 군더더기나 막힘이 없는 그런 목소리. 목청을 가다듬고자 헛기침을 하지는 않는단 말이다. 정말이지 마음에 안 들었다.

기장이 말했다.

"우선 제 소개를 해드리겠습니다."

그 순간 우리가 공항으로부터 멀어져가고 있다는 사실을

---

* 구약성서에 나오는 예언자 모세의 스페인어 이름.

깨달았다. 비록 우리 집이 어느 방향이라고 콕 집어 가리킬 순 없었지만 비행기의 움직임이 평상시 착륙 때와는 무언가 다르다는 것만큼은 직감할 수 있었다. 그놈의 헛기침이 모든 것을 망쳐놓은 것이다.

자신의 소개를 마친 기장이 착륙 안내방송을 했다. "보시다시피 현재 기상조건은 최적의 상태이며, 이제 곧 착륙할 예정입니다."

'하지만…… 만일 두 명의 테러리스트가 조종실에서 기장의 관자놀이에 총을 겨눈 채 안내방송을 하도록 명령한 것이라면?' 나는 혼자 상상의 나래를 펴기 시작했다. 비행기가 이륙하기 시작했을 때 승무원이 재난이나 사고에 대비해 산소마스크 사용법을 설명했던 바로 그 자리에 갑자기 테러분자들이 나타날 수도 있지 않은가! 복면—등산용 방한모로 쓰기 좋은 그런 두건 말이다—으로 얼굴을 가린 채 자신들의 기분에 도취되어 근엄한 목소리로 이렇게 말을 할지 누가 알겠는가? '다들 꼼짝 마! 우리는 산티아고 델 에스테로 해방전선이다. 우리는 북부 아르헨티나인의 권리인 치즈와 둘세 데 카요테* 생산을 투쿠만이 독점하는

---

* 멕시코가 원산지인 오이의 일종인 카요테(cayote)로 만든 잼.

것을 결코 좌시하지 않을 것이다. 투쿠만은 독립이라는 그 럴싸한 기치 아래 국내외 독점판매의 노예가 되어버린 아르헨티나에 주권을 부여한다는 거짓 조약에 서명한 곳이다. 우리는 이곳을 이탈해 산티아고 공항으로 갈 것이다. 그리고 산티아고를 케시요와 둘세 데 카요테의 대표 생산지로 만들 것이다!'

"정확한 이유는 잘 모르겠지만 공항 직원들의 파업으로 공항 운영에 차질이 발생하여 착륙이 30분가량 지연될 예정입니다. 본의 아니게 승객 여러분께 불편을 끼쳐드린 점에 대해 우선 사과 말씀 드립니다. 지금 착륙 허가를 기다리고 있으며 허가가 나는 즉시 다시 한번 안내방송을 해드리겠습니다."

분명 진실을 숨기기 위한 술책일 것이다. 비행기는 반정부 무장단체에 의해 납치되어 산티아고 델 에스테로로 향하고 있을 것이다. 결국 나 역시 우리 선조들의 선례를 따라가고 있는 것이다. 모이세스 콘스탄티니의 옆자리에 앉아서 그 파란만장한 역사 속으로 다시 빨려 들어가는 순간이었다. 엔테베 구출작전* 같은 경험을 하게 될지도 모를

---

* 1976년 7월 팔레스타인 인민해방전선 소속 테러리스트들이 이스라엘 여객기를 공중 납치하여 우간다의 엔테베 국제공항에 강제 착륙시키자 이스

일이었다.

  비행기가 원을 그리며 돌자 손과 머리에서 땀이 나기 시작했다. 비행기에 올라 힘들고 지루한 비행을 하는 것에 일종의 희열을 느낀다는 얼빠진 소리를 한 자가 누구였던가? 앞으로 다시는 비행기에 오르지 않으리라. 여자를 만나는 것이 무슨 대수란 말인가! 지금 그런 것이 다 무슨 소용이냔 말이다. 내가 지금 간절히 소망하는 것은 여행도, 사랑도 아니다. 그저 살고 싶은 생각뿐이다. 내 마누라 하나로도 족하다. 매일 아침 신문을 읽을 수 있는 것만으로 만족할 것이다. 만일 돈이 여의치 않다면 유대인 공동 노인 요양시설로 들어가면 된다. 물론 서른셋이라는 나이에 그런 곳에 들어간다는 것이 결코 쉬운 일은 아닐 것이다. 하지만 내 바른 생활 태도와 내가 가진 유쾌함이 노인들을 즐겁게 해줄 수 있다는 것을 안다면 결국 나를 받아주지 않겠는가. 내가 유일하게 바라는 것, 하느님께 드리는 유일한 기도는 이 비행기가 무사히 착륙할 수 있게 해주십사 하는 것뿐이다.

라엘 특수부대가 특공 작전을 펼쳐 인질을 무사히 구출해낸 사건.

II

투쿠만 국제공항에 마중 나온 사람은 이번 여행을 계획한 세바스티안 브레네르였다. 그는 내 짐을 받아들며 비행기가 연착된 데 유감을 표시했다. 수하물이 나오기를 기다리는 동안 나는 승객을 인질로 삼는 자살테러집단을 포함해 항공 관계자들을 들먹이며 욕을 해대기 시작했다.

"비행기 여행은 마치 림보 같습니다. 항상 아슬아슬해서 말입니다. 비행기는 어찌 됐건 착륙을 하긴 해야 하잖아요? 그런데 땅에 바퀴가 무사히 닿기 전까지는 한 치 앞도 내다볼 수 없다니까요. 상상해보세요. 기다리던 30분 동안 갑자기 엔진이 폭발하거나 기장이 급성 종양으로 갑자기 죽기라도 한다면……"

브레네르는 내 말에 고개를 끄덕였지만 그다지 공감하는 눈빛은 아니었다. 물론 그에게는 내 말이 그리 심각하게 와 닿지 않았을 것이다. 그 순간 나와 함께 비행기를 타고 있지 않았으니까. 죽음을 눈앞에 둔 그 곡예비행에 말이다.

모이세스 콘스탄티니는 여행 가방 하나 없이 공항을 빠져나가고 있었다. 그가 건네준 명함이 손에 닿았다. 이미 쭈글쭈글해진 데다가 축축해진 그 종잇조각을 앞에 보이는 둥근 쓰레기통에 던져버렸다.

  도착한 짐을 챙겨서 브레네르의 차로 호텔까지 이동했다. 공항 직원들에게 막 퍼부어댈 때 내 말에 맞장구를 쳐주지 않은 그가 다소 야속하긴 했지만, 가는 내내 차 안에서 조용히 해준 것만큼은 진심으로 고마웠다. 덕택에 나는 도로 옆 경치를 구경하며 갈 수 있었다. 도시는 산속 깊은 곳에 있었다. 먼발치에 산이 보이다가 느닷없이 도시 중심가에서나 볼 수 있는 술집들이 눈에 들어왔다. 나는 속으로 탄성을 질렀다. 화려한 불빛과 자연의 아름다움이 어우러진 장소야말로 늘 나를 설레게 하기 때문이다. 호텔에 도착하자 브레네르는 비밀 이야기라도 하듯 조용히 말했다. 강연장에 모셔다드려야 하니 일곱시까지 방에 들르겠노라고. 방에 들어가 짐을 풀고 난 후 샤워를 하려고 옷을 벗었다. 고급 호텔에서의 샤워만큼 기분 좋은 일이 또 어디 있겠는가? 샤워하기 딱 알맞은 온도의 물이 자동으로 나오고 바닥에 수건을 던져놓아도 잔소리할 사람 하나 없으니 말이다. 아침 샤워 때마다 아기 울음소리와 서두르라는 잔소리에 시달리는 애 딸린 유부남에게 있어 홀로 유유자적하게 즐길 수 있는 샤워야말로 일종의 에로틱한 경험일 것이다. 호텔에서 샤워를 하고 슬리퍼도 신지 않은 채 욕실에서 나와 수건은 바닥에 던져놓고 마치 레드 카펫 위를 걷듯 객실의 카펫 위를 걷는 느낌이란 그야말로 환상 그 자체이다.

새롭게 개조한 욕실을 나와 몸을 말리면서 비행기에서의 공포감 때문에 위축될 대로 위축된 내 물건을 살펴보았다. 그러고는 지금까지 머물렀던 모든 호텔의 객실에서 한 번씩은 해보았던 상상을 또다시 하기 시작했다. 과연 전화로 여자를 부르는 게 가능할까? 하지만 항상 낯 뜨겁거나 두려운 감정이 앞서곤 했다. 그럼에도 다시금 상상의 나래를 폈다. 벌거벗은 채로 구릿빛 피부를 가진 투쿠만 창녀를 맞이한다. 내 방이기에 나는 옷을 걸칠 필요도 없다. 그녀는 내가 요구하는 대로 여러 가지 자세를 취한다…… 갑자기 성욕이 끓어오르는 것을 느꼈다. 나는 침대에 누워 마스터베이션을 하고는 수건으로 뒤처리를 했다. 그 순간 누군가가 내 물건을 잡아줬더라면, 그리고 그것을 닦아줬더라면 얼마나 행복했을까!

침대에 누워 텔레비전을 켜고는 강연회에서 다룰 내용에 대해 잠시 생각했다. 아마 내 책에 대해 이것저것 물어보겠지. 유대교 신께서 나를 가엾이 여기셨는지 5년 전부터 내가 해답을 얻을 수 있는 문제만 내려주셨다는 그런 이야기들……

가방 주머니를 뒤져 '땡땡'이 그려져 있는 다이어리를 찾아냈다. 꺼내보는 일보다 어딘가에 흘리고 다니는 일이 더 많았던 물건이다. 하지만 절대 잃어버리지는 않지만 내 스스로 사용을 포기한 다른 물건들과는 달리, 이 다이어리는 1993년부터 지금까지 줄곧 나와 함께해왔다. 그 다이어리에는 나를 즐겁게 해준 소소한 이야기 외에도, 지난 7년간 직업상 겪었던 내 약점이나 쉽게 만나볼 수 없는 사람들의 이야기가 적혀 있다. 그리고 여전히 백지상태의 페이지가 남아 있다. 다이어리를 넘기다가 문득 아버지의 친척뻘인 델리아 고모가 투쿠만에 살았었다는 생각이 들었다. 다이어리에 남아 있는 전화번호나 주소를 가지고 고모를 찾아볼 수도 있을 것이다. 어렸을 때에는 고모가 부에노스아이레스에 살건 몬테에르모소에 살건 자주 찾아가보곤 했는데 열다섯 살 이후로는 발길을 끊고 지내왔다. 스물다섯 무렵에 고모의 딸인 디아나를 만난 적이 있었는데, 그녀는 후에 정신이 약간 이상해졌다. 디아나를 다시 만나기까지는 어느 정도의 시간이 지난 다음이었다. 하지만 꼭 말해두고 싶은 것이 있다면 지금까지 단 한 번도 델리아 고모를 잊은 적이 없다는 것이다. 나는 늘 고모를 생각했다. 언제 다시 고모를 만나게 될까? 아마도 고모가 생을 마감하실 때나…… 그후로는 언젠가 소설이나 수필을 쓰게 된다면 '아마도 델리아가 생을 마감하면……'이라는 제목을 달아야겠다고 마음먹었다. 나는 이 문구를 시도 때도 없이 되뇌었다. 쉬는 시간이건 술집에서건 지하철을 기다릴 때건…… '아마도 델리아가 생을 마감하면'. 생각할수록 아름다운 제목인 것 같다.

III

 델리아 고모가 죽기 전에 나는 고모와 재회할 수 있었다. 호텔에서 고모에게 전화를 걸었다. 디아나에 대한 기억으로 덜컥 겁이 났다. 고모의 아들 이름은 로헬리오였는데 지금쯤 아마 40대의 아저씨가 되어 있을 것이다. 그의 누나인 디아나는 마흔둘 정도 되었을 테고. 어린 시절, 고모네가 적어도 20년은 넘게 살았던 몬테에르모소에 놀러갈 때마다 로헬리오와 디아나는 내 소꿉친구가 되어주었다. 하지만 이미 말했듯이 열다섯 살 이후로는 더이상 고모 집을 방문하지 않았다. 내가 원해서 고모네를 찾아가는 것이 아니라 억지로 끌려가는 듯한 기분이 들기 시작했기 때문이다. 그곳에서 가장 기억에 남는 일은 황량한 해변의 모래언덕 근처에서 갑자기 튀어나온 햄스터에게 물렸던 일이다. 그후로도 로헬리오나 디아나가 가끔 부에노스아이레스를 들를 때면 한 번씩 만나곤 했다. 형과 누나가 투쿠만으로 이사 간 후 발길이 끊기긴 했지만. 그들은 아버지의 유일한 친척이었다. 그 두 남매는 어렸을 때엔 내 놀이 친구였고, 사춘기에 접어들 무렵엔 이런저런 대화를 가장 많이 나눈 상대이기도 했다. 로헬리오는 늘 술에 취해 있었는데, 내게 독재시절 신문에서 읽은 정치비화를 들려주곤 했다. 반면 디아나는 정신이 온전치 못했다. 하지만 내게 있어 그녀는 친척이기 이전에 여자였고, 마스터베이션만으로 끓어오르는 성욕을 달래야 했던 열다섯 살 무렵 내게 유일한 위안이 되어준 사람이었다. 내 기억에 디아나는 매우 큰 엉덩이의 소유자였다. 그 당시 내 눈엔 그렇게 보였다. 근친상간을 터부시하는 사회이기에 그녀를 소유할 수는 없었지만 그것 때문에 괴롭지는 않았다. 아니, 오히려 그 반대였다. 문화적 금기로 인해 소유할 수 없는 여자라는 생각에 오히려 더 짜릿한 쾌감을 느끼곤 했던 것이다.

로헬리오와 디아나의 아버지, 즉 내 고모부인 마이크는

알츠하이머병으로 오랜 투병생활을 한 끝에 투쿠만에서 숨을 거두었다. 그때가 그분을 못 뵌 지 9년 가까이 됐을 때였다. 당시 첫 아내와 헤어진 후 깊은 시름에 빠져 있었던 데다가 빌려준 돈을 받자고 먼 친척뻘인 마이크 고모부의 장례식에 가는 일이 그다지 내키지 않았다. 그래서 델리아 고모에게 전화를 걸어 위로의 말만 전했다. 그후에 안 일이지만, 당시 디아나는 로헬리오와 델리아 고모에게 두 손 두 발 다 들어 진저리를 치며 투쿠만을 떠났다고 했다. 아버지가 살아 있을 때까지만 해도 그럭저럭 견딜 수 있었지만 그 뒤로는 더이상 갑갑한 집안 분위기를 참을 수 없다면서 말이다. 디아나에게 있어 투쿠만에서의 생활은 그야말로 숨막히는 삶이었다. 이미 독립해서 혼자 살고 있는 로헬리오 대신 병상의 아버지와 노모를 오로지 그녀 혼자 힘으로 돌봐야 했으니. 그런 투쿠만에서의 삶을 뒤로하고 그녀는 결국 부에노스아이레스로 향했던 것이다.

이런 전후 사정은 어머니에게서 들을 수 있었다. 델리아 고모가 절망에 찬 목소리로 어머니에게 전화를 걸었기 때문이다. 두 분이 지난 10년간 통화한 횟수를 다 합쳐봐야 다섯 번이 될까 말까 할 것이다. 아버지가 돌아가셨을 때 한 번, 마이크 고모부가 돌아가셨을 때 한 번, 그리고 디아나의 갑작스러운 폭탄선언 후 혼란스러운 상황을 견디지 못한 고모가 또 한 번. 그 외에도 두 번쯤은 통화를 했을 것이다.

어머니에게 디아나가 부에노스아이레스 어디로 온다고 했는지 물었더니 어머니는 이렇게 대답했다.

"델리아 고모도 모르던데. 더 안타까운 건 디아나도 자신이 어디로 갈지 모른다는 거야."

다행히 수수께끼는 곧 풀렸다. 내가 혼자 살고 있던 아파트의 초인종이 울렸고, 얼마간의 달러를 호주머니에 쑤셔 넣은 채 나타난 디아나는 이름도 들어보지 못한 어느 회사에서 그래픽 디자이너로 일을 해볼 생각이라며 말도 안 되는 이야기를 꺼냈다.

그 당시엔 쉴새없이 마리화나를 피워대고 전구의 필라멘트만큼이나 삐쩍 마른 여자친구가 내 유일한 방문객이었다. 그녀는 내게 같이 글을 쓰자고 제안해왔다. 그것은 디아나가 한 말만큼이나 억지스럽고 비현실적인 것이었다.

"『라 마냐나』라는 일간지에 실을 보르헤스에 대한 논문 작업을 같이 해보는 거 어때?" 그녀가 내게 물었다.

"그에 대한 논문만 이미 수천 건이 넘을 텐데 우리가 쓴 논문에 누가 눈길이나 한 번 주겠어?" 내가 대꾸했다.

"그렇지 않아." 그녀가 고개를 내저었다. "지금까지 나온 것은 논문이 아니라 그저 도서목록에 불과할 뿐이야. 그러니까 우리가 보르헤스에 대해 제대로 된 논문을 한번 써보자고. 이거야말로 지금까지 그 누구도 손대지 않은 블루오션이라니까."

"보르헤스의 도서목록을 쓰는 사람은 아무도 없어. 그는 이미 죽었고, 더이상 책이 출간되지도 않으니까. 보르헤스나 언론에 대해 아는 거라고는 눈곱만큼도 없으면서……"

"아무도 보르헤스에 대한 논문을 발표하지 않았다니까!" 그녀가 여전히 억지를 부렸다. 피우던 마리화나를 성냥갑에 잠시 받쳐놓고 새로 피울 마리화나를 말면서 말이다. 그렇게 싫다고 했는데도 끝내 마리화나를 권하는 고집 역시 여전했다.

"그리고 난 보르헤스의 『장밋빛 모퉁이의 사나이』도 읽었어. 나보다 그 책을 잘 이해한 사람도 없을걸. 그러니까 난 보르헤스에 대한 논문도 얼마든지 쓸 수 있다고."

결국 그녀의 손을 들어주는 것으로 논쟁을 마무리 지었다. 그러고는 그녀의 옷을 벗겼다. 하지만 어느 한군데 손을 가져갈 만한 곳이 없었다. 사실 내가 마음에 두고 있던 사람은 그녀가 아니라 그녀의 언니였다. 그 여자가 다른 남자와 떠나버린 후로 꿩 대신 닭이란 생각으로 동생을 만나기 시작한 것이다. 그러고 보니 그녀의 두 다리가 액운을 막는 한 쌍의 닭다리 뼈처럼 보였다. 내가 말하지 않았던가! 누가 뭐래도 그녀는 꿩 대신 닭일 뿐이었다. 아무래도 깡마른 여자는 나 같은 호색한이 좋아할 타입은 아닌 듯하다.

반면 먼 사촌인 디아나는 주체할 수 없이 풍만한 엉덩이의 소유자였다. 적어도 내 기억으로는 말이다. 초인종 소리를 들은 나는 몸을 일으켜 벌거벗은 여자친구가 내뿜은 자욱한 마리화나 연기 사이로 넘어지지 않으려 안간힘을 쓰며 걸어가 인터폰을 받았다. 스피커 너머로 디아나의 목소리와 이름이 들려오자 내 깡마른 여인에게 말했다

"미안한데 이제 그만 가줘야겠어. 내 사촌이 왔거든."

그녀는 벌집이 된 성냥갑에 마리화나 재를 긁어모아 털어넣고는 보르헤스에 관해 쓰고 다시 쓰기를 여든 번이나 반복하다가 겨우 두 줄 적어놓은 논문 노트를 내 탁자에 그냥 놓아둔 채 다시는 안 올 사람처럼 쌩 하니 찬바람을 내며 가버렸다.

그녀가 막 나가고 나자 디아나가 집에 들어왔다. 그녀는 예전 같지 않았다. 흰머리도 꽤 난 데다가 얼굴은 왠지 더 얼이 빠진 것 같아 보였다. 하지만 마테* 끓일 물을 올려놓

겠다며 부엌으로 들어가는 뒷모습을 보는 순간 한눈에 들어온 그녀의 엉덩이는 비록 세월에 못 이겨 축 처지고 탄력이 없어지긴 했지만 여전히 내 눈길을 끌기에 충분했다.

우리 아버지도, 그리고 그녀의 아버지도 모두 돌아가신 마당에 그 누가 우리에게 근친상간의 잣대를 들이댈 수 있겠는가? 죽음이 우리에게 가장 소중했던 사람들을 데리고 간 마당에 내가 축 처진 그녀의 엉덩이에 내 살을 비벼댄다고 한들 그 어떤 권위로 우리 두 사람에게 그 대가를 요구하고 나서겠는가?

하숙집을 구할 때까지 이틀 정도 묵어가도 되겠냐는 디아나의 부탁을 나는 흔쾌히 수락했다. 그러고는 '뭐든 다 해줄게'라며 혼자 되뇌었다.

디아나는 역시나 정상적인 상태가 아니었다. 델리아 고모와 로헬리오가 마치 자신을 지난 몇 년간 노예로 부리기라도 한 것처럼 그들에게 저주를 퍼부었다. 게다가 이 세상, 특히 부에노스아이레스가 그녀에게 일종의 빚을 지고 있다고 생각하는 듯했다. 핏대를 세워가며 열변을 토하던 그녀가 갑자기 어린아이처럼 소리 내어 울기 시작하는 것

---

* 아르헨티나 전통 차.

이 아닌가! 나는 그녀의 머리를 가슴에 끌어안고는 손을 쓰다듬어주며 위로를 했다. 물론 내가 생각하던 해피엔딩은 일어나지 않았다. 그녀에게 키스해달라고 부탁할 수도 없는 노릇이었고, 그렇다고 무턱대고 내가 그녀에게 키스를 할 수도 없었다. 어쨌든 우리는 먼 사촌지간이었으니 말이다! 나는 그녀를 만져주고 싶었다. 내가 할 수 있는 일이라곤 내가 하고자 하는 행위가 무엇인지 그녀가 이해하지 못하게 해달라고 기도하는 일뿐이었다. 느끼기는 하지만 이해는 하지 못하도록, 그래서 우리의 행위가 절대 근친상간이라는 생각이 들지 않도록 말이다.

그녀는 정오쯤 우리 집에 왔다가 마테도 거의 마시지 않고 가방도 그냥 내버려둔 채 화장실 한 번 들르지 않고 그냥 나가버렸다. 그녀의 말을 빌리자면 '알고 지내는 사람들'을 만나기 위해 나간다고 했다. 어느덧 시계는 오후 여덟시를 가리키고 있었다. 나는 초조한 마음으로 그녀를 기다렸다. 속옷도 입지 않고 달랑 추리닝 바지만 걸친 채 한 손에는 담배, 다른 손에는 위스키 잔을 들고 〈심슨 가족〉을 보면서 말이다. 그녀가 문을 여는 소리가 들리자 나는 이쯤에서 고통을 덜어주신 데 대해 신에게 감사드렸다.

디아나는 피곤하다면서 저녁 생각도 없다고 했다. 원한

다면 피로를 덜어주는 의미에서 마사지를 해주겠노라고 했지만, 그녀는 마사지가 피로 해소에 그다지 도움이 될 것 같지 않다며 거절했다. 나는 디아나에게 다가가 그녀를 안아줬다. 가족으로서 말이다. 그러고는 그녀에게 말했다.

"누나, 내가 언제까지나 누나를 지켜줄게."

디아나의 축 처진 엉덩이가 내 물건에 닿을 때까지 그녀를 빙그르르 돌려서는 목덜미를 마사지해주는 척하면서 속옷도 입지 않은 추리닝 차림으로 내 몸을 그녀의 바지에 비벼댔다. 심슨이 마지에게 로봇이 부러진 것은 밀하우스 탓이라고 말하는 순간 내 물건이 불끈 솟구치는 것을 느꼈다.

디아나는 내 일탈을 받아주지 않았다. 여전히 차갑고 냉소적인 미소를 띠고 있을 뿐이었다. 그녀는 내 음탕한 짓을 거부하지도 그렇다고 동조하지도 않았다. 반면 나는 이미 달아오를 대로 달아올라 있었다. 겨우 감정을 추스르고는 그녀에게서 떨어지면서 말했다.

"화장실 좀 다녀올게."

변기에 정액을 모두 쏟아내었다. 내 물건을 잡고 흔들 필요조차 없었다. 그러고는 방으로 돌아왔다. 그녀가 내 헐떡임과 격렬히 움직이는 소리를 들었는지는 잘 모르겠다. 하지만 내가 마치 순수하게 소변을 보러 화장실에 다녀온 것처럼 아무렇지도 않게 나를 대한 것만은 사실이다.『예루살렘 리포트』를 흥미 없다는 투로 넘겨가면서 말이다.

그녀에게 베개와 담요 그리고 깔개를 줬다. 그러자 디아나는 이제 그만 자고 싶다며 자기는 신경 쓰지 말고 편하게 하고 싶은 것을 하라고 했다. 그러고는 곧장 침대로 들어가 버렸다.

나는 불을 껐다. 그러자 다시금 욕정이 꿈틀거렸다.

"얘기 좀 하다 잘까?" 내가 물었다.

"나 너무 피곤해." 거의 다 죽어가는 목소리로 그녀가 말했다.

나도 침대에 누웠다. 여전히 그녀의 이불 속으로 들어가고 싶다는 생각을 떨쳐버릴 수가 없었다. 선조들을 농락하고 그들의 규범을 어겨가면서 남자로서 그녀를 탐하는 게 아니라 그냥 사촌동생으로, 아니면 게임을 하듯이 그녀의 품속으로 들어가고 싶었다. 하지만 결국 욕망을 포기한 나는 스스로에게 말했다. 이젠 보르헤스의 논문을 쓰겠다고 설치는 '꿩 대신 닭'이나 도와주자.

다음날 디아나는 샤워를 하고 머리 손질까지 마친 후 내게 이만 가보겠노라고 말했다. 욕실에서 나오는 그녀는 너무 아름다웠다. 전날 보이던 흰머리도 보이지 않았다. 처음엔 이틀 밤을 묵어가겠다던 그녀가 하루 만에 가겠다고 나선 것이다.

"그나저나 잘 잤어?" 내가 물었다.

"응, 잘 잤어."

"불편한 건 없었고?"

겨우 하룻밤 묵었을 뿐인데 나는 마치 한 달 정도 묵은 사람에게 묻는 투로 이야기하고 있었다.

"너무 편하게 잘 잤어." 그녀는 잠시 뜸을 들이고는 말을 이었다. "이해가 안 되는 부분들도 좀 있긴 했지만……" 그러고는 더이상 아무 말도 하지 않았다.

그게 무엇인지 궁금했지만 캐묻지 않았다. 그녀의 대답을 받아들일 수 없을 것 같았다. 너무도 수치스러운 마음에 죽어버렸을지도 모른다. 그 누구도 사실을 말하지 않는 것이 바로 게임의 규칙이었다.

게다가 나는 양치질을 하기도 전이라 무슨 말을 하려야 할 수도 없었다. 그렇게 내가 화장실에 있는 동안 그녀는 떠나버렸다.

부에노스아이레스에 며칠 더 묵었는지 아니면 그녀의 친구 혹은 그녀만큼이나 보잘것없는 나이든 남자친구가 있을지 모르는 투쿠만이나 몬테에르모소로 떠나버렸는지는 나도 잘 모르겠다. 뭣 때문에 우리 집에서 더 머물지 않고 그렇게 떠나버린 것일까? 대체 얼마나 더 좋은 대안이 있었기에……

디아나가 그렇게 떠나버린 후로 어떤 후환이 닥칠지 몰라 내내 두려움에 떨어야 했다. 혹시 그녀가 우리 어머니 혹은 델리아 고모나 로헬리오에게 뭐라고 하진 않았을까? 그래서 그들이 나를 어린아이 혼내듯이 혼내진 않을까? 아니면 건장한 체격의 로헬리오가 자신의 누나에게 치욕스러운 행동을 한 것에 대한 죗값이라며 나를 흠씬 두들겨 패지는 않을까?

'더 이상 이렇게 지낼 수는 없어.' 스스로 되뇌었다. '무슨 일이건 대가가 따르게 마련이지. 그런데 대체 무슨 생각으로 그런 짓을 한 걸까? 그래, 이 모든 게 다 그 꿩 대신 닭이 남기고 간 마리화나 연기 때문이야.'

급기야는 자살충동까지 일었다. 끊임없이 로헬리오와 델리아 고모의 환청이 들렸다. 그들이 내 면전에 증거를 들이댈 것만 같아 두려웠다. 순간 정신적 공황상태에 빠져들었다. 왜 디아나는 스스로 목숨을 끊을 생각을 하지 않는 걸까? 모든 것을 알아버린 어머니의 얼굴을 어떻게 쳐다볼 수 있단 말인가? 다른 가족들 앞에는 어떻게 다시 설 수 있단 말인가? 하늘에 계신 우리 아버지는 또 어떻고. 이제 더 이상 내 걱정을 하진 않으시겠지만. 망자는 우리가 무슨 일을 하든 방치해둔다. 더이상 우리를 통제하지 못해서가 아니다. 그들 스스로도 비슷한 행동을 저질러놓고 사라져버렸기 때문에 우리에게 어떠한 책임도 물을 수 없는 것이다. 같은 일을 저지른 그들이 우리에게 무엇을 강요할 수 있단 말인가?

어쨌든 델리아 고모에게 전화하는 일은 결코 쉽지 않았다. 전적으로 위험을 감수해야 했으니까.

IV

디아나는 델리아 고모와 함께 살고 있지 않았다. 전화를 걸자마자 직감적으로 알 수 있었다. 고모에게 디아나의 안부를 묻자 그녀가 집을 나가 몬테에르모소에 산 지 5년도 더 되었다고 말해주었다. 일종의 저축 개념으로 남겨둔 몬테에르모소의 집에서 마치 무슨 마녀처럼 혼자 살고 있다고 했다. 내 근친상간적인 행동을 폭로하진 않았을까? 내 행동을 고발하는 내용을 적어놓은 일기장을 놓고 간 것은 아닐까? 아니면 혹시 나를 원망하는 글이 담긴 유언장을 남기지는 않았을까? 델리아 고모의 목소리로 짐작해볼 때 적어도 그런 일은 없는 듯했다. 아니면 알츠하이머병을 앓았던 그녀의 아버지 마이크에게 내 추행을 털어놓거나 생각 없이 그 일에 대해 중얼거리지는 않았을까? 우리는 우리의 행동이 낳은 결과의 90퍼센트는 모르고 살게 마련이다. 느닷없이 델리아 고모가 나를 집으로 초대했다. 나는 고모에게 지금 강연을 하러 가야 하고 적어도 두 시간은 걸릴 것이며 끝나면 너무 늦을 것 같다고 변명 아닌 변명을 늘어놓고는 될 수 있으면 다음날에라도 찾아뵙겠노라고 했다. 고모는 자신의 집까지 오는 길을 상세히 설명해주었다. 고모 집은 시골에 있었다. 도시와 통하는 도로가 옆으로 나 있는 산기슭에 말이다.

나는 여전히 벌거벗은 채로 침대에 누웠다. 난방시설이 꽤나 잘 돼 있었다. 텔레비전을 다시 켰다. 언제 봐도 재미있는 6년도 더 된 코미디 프로가 방영되고 있었다. 그것을 보다가 나도 모르게 잠이 들어버렸다. 다시 씻고 강연장으로 출발하기까지 고작 30분 남짓 남았을 때 방의 초인종이 울렸다.

세바스티안 브레네르가 로비에서 기다리고 있었다. 그의

차에 올라타고는 '투쿠만 시온주의 연맹'으로 향했다.

강연에 참석한 이들 중 내 책을 읽은 사람은 손에 꼽을 정도로 소수였다. 강연에 임하기 전에 나는 미리 예상 답변을 준비해갔다. 하지만 문제는 교수인지 뭔지 하는 사람들 중 어느 누구도 질문을 준비해오지 않았다는 것이다. 나 역시 질문에 대한 답변만 준비했지 다른 이야깃거리를 들고 오지 않았던 터라 강연장은 얼마간 어색한 침묵에 휩싸였다. 그러던 중 갑자기 빨간 머리에 틀니를 한, 예순은 족히 돼 보이는 할머니가 내 저서가 뭘 다룬 책이냐고 질문을 해오는 것이 아닌가! 그 순간 이보다 더 좋은 질문거리가 있을까라는 생각에 최선을 다해 성심성의껏 답변을 했다. 마치 내가 책에서 사랑 이야기를 다루기라도 한 듯 나는 어느새 이성 관계의 전문가가 되어 그 자리에 서 있었다. 강연장이 나도 모르는 사이에 상담소로 변해버린 것이다. 그곳에 모인 수많은 노인들과 중년 남성들, 그리고 몇 안 되는 젊은 아가씨들이 인생의 가장 큰 수수께끼라고 할 수 있는 결혼생활과 이성 관계에 대해 질문을 퍼붓기 시작했다. 그중 한 남성이 내게 이렇게 물었다.

"당신네 부에노스아이레스 출신 중에 카초 카스타냐*라는 사람이 '빌어먹을 습관 때문에'라는 제목의 노래를 부른 적이 있는데, 왜 거 있잖소, 심한 바람둥이였던 한 남자가 결국에는 외톨이가 됐다는…… 만일 당신이 이 노래의 작사가라고 가정했을 때 주인공을 부에노스아이레스 남자 대신 투쿠만 여자로 했더라면 어땠을 것 같습니까?"

이해가 가질 않으니 다시 한번 질문을 해달라고 부탁하자 그는 토시 하나 빠뜨리지 않고 질문을 되새김질했다.

"글쎄, 잘 모르겠는데요." 나는 있는 그대로 대답했다.

그는 만족스럽다는 듯 미소를 지어 보였다. 자신이 대답하기 힘든 무의미한 질문을 던졌다고 생각하기는커녕 오히려 자신의 까다롭고 깊이 있는 질문으로 나를 꿀 먹은 벙어리로 만들었다고 생각하는 듯했다.

어떤 여성은 이런 말을 했다.

"대화, 그러니까 커플이 관계를 지속할 수 있는 유일한 방법은 대화라고 생각해요."

그녀의 눈에는 눈물이 가득 맺혀 있는 것 같았다. '대체 지금 내가 여기서 뭘 하고 있는 거야? 내가 이들에게 해줄 말이 뭐가 있다고. 이 뻔뻔하고 가증스러운 모습 하고는. 난 늙어서 분명 천벌을 받을 거야. 아니, 늙을 때까지 기다

---

* Cacho Castaña(1942~). 아르헨티나의 가수이자 배우.

릴 필요도 없겠지. 어서 부에노스아이레스로 돌아가야 해. 디아나에게 모든 것을 털어놓기에 아직 늦지 않았어.'

분홍빛이 감도는 벽에 포스터들이 붙어 있었다. 시온주의 연맹 건물 벽은 꽤나 눅눅했지만 칠이 벗겨질 정도는 아니었다. 통곡의 벽 뒤편으로 푸른 하늘이 그려진 포스터, 이스라엘의 산업도시이자 항구도시인 하이파의 뒤편으로 푸른 하늘이 그려진 포스터, 사막 한가운데 철책선이 놓인 키부츠의 포스터 그리고 1966년이란 기록이 남겨진 토마토 그림의 포스터. 항상 그렇듯이 또 토마토였다. 왜 유대인들은 사막에 다른 작물은 심지 않았던 걸까? 아스파라거스도 있고, 가지도 있고, 아보카도도 있는데…… 오로지 토마토, 토마토, 토마토…… 그렇게 한 가지만 집중 경작하는 실수는 저지르지 말았어야 했다.

"남과 북 어디를 가든 유대인 단체의 건물이라면 늘 이러한 포스터들을 만나볼 수 있습니다. 언제 봐도 감동적인 포스터이지요. 어디를 지나가든 이와 같은 포스터를 통해서 그 장소들을 떠올릴 수 있다는 것은 실로 대단한 일이라고 생각합니다." 내가 말했다. 스스로 감동스러워하며 청중에게 시선을 고정시킨 채 답변을 기다렸다. 하지만 참석한 사람은 아무도 이스라엘에 대해서 말하고 싶어하지 않는 것 같았다. 그 포스터들은 날짜가 명시되어 벽에 걸려 있었다. 그 오랜 시간 동안 강연장 벽에 걸린 채 사진 속의 장소를 떠올리게 하기보다는 그냥 그대로 잊힌 존재가 되어버린 듯했다.

누군가 현대의 결혼생활이 위기에 빠졌다고 생각하느냐는 질문을 던졌다. 나는 아니라고 대답한 뒤 강연을 끝마쳤다.

세바스티안 브레네르는 내가 서 있는 무대로 올라와서 참석자들과 내게 감사의 인사를 전했다. 그러고는 내 책들이 투쿠만 도서전에서 판매되고 있다는 말도 잊지 않고 덧붙였다.

마치 안부를 물으러 온 친척처럼, 혹은 무언가를 잃어버려 찾아 헤매는 사람들처럼 단상 주변으로 순식간에 사람들이 모여들었다. 어딜 가나 꼭 한 박자 느리게 움직이는 사람들이 있게 마련이지 않은가. 강연 도중에는 질문 한 번 할 생각을 않던 사람들이 강연이 끝나자마자 일장 연설을 늘어놓기 시작했다. 일반 참석자들과 함께 섞여 있기에는 스스로 너무 박식하다고 자찬하는 교수들은 내가 '범인(凡人)'들과의 대화를 끝내자 그제야 마치 올림포스의 신이라도 되는 듯한 자태로 말을 걸어왔다.

"저는 무르노프 교수라고 합니다. 현재 말레이시아에서 '대인 관계 연구소'를 운영하고 있지요. 앞선 강연에서 말씀하신 것들이 단지 서구세계에만 한정된 이야기인지, 아니면 동남아 지역까지도 적용될 수 있는 내용인지 묻고 싶습니다."

"전적으로 서구세계에만 적용되는 이야기입니다."

"하지만 그렇다면……" 무르노프 교수가 말을 이었다.

"도대체 왜 강연중에 질문하지 않고 이제 와서야 질문하시는 겁니까?" 나는 이유를 좀 말해달라는 투로 그에게 항변성 질문을 던졌다.

백여 명 정도 되는 무르노프 교수 같은 사람들의 시선은 이스라엘 포스터처럼 늘 똑같았다. 그들은 일반대중을 무슨 평민 보듯 동정과 무시의 시선으로 바라보고 있었다. 무르노프와 같은 교수들은 그들 스스로를 결코 일반적 청중이라고 생각하지 않고, 우매한 대중을 이해시켜야 하는 임무를 띤 특별한 사람들이라고 생각하는 것이다.

단상 옆에서 한결같이 침묵을 지키고 있던 한 아주머니가 마치 큰 임무를 띤 사람처럼 내게 물어왔다.

"그런데 선생 결혼은 했어요? 자식은 있나요? 만일 그렇지 않다면 선생은 아무것도 얘기할 자격이 없는 거예요."

나는 그녀에게 결혼도 했고 자식까지 있다고 말해주었다. 그러고는 더이상 아무 말도 하지 않았다. 아니, 해서는 안 될 것 같았다.

머리가 벗겨진 한 남자가 자신은 투쿠만에 이민 온 유럽인들을 다룬 소설을 쓴 적이 있는 작가라며 간단하게 자기소개를 했다. 한편 금발에 꽤나 여성스러워 보이는 또다른 남자는 내게 악수를 청하면서 이렇게 말했다.

"당신 책을 읽은 적이 있어요."

"다행히 제 책을 읽은 독자가 한 명은 있었군요." 내가 대꾸했다.

"그런데 그 책 별로더라고요." 그러고는 마치 보이지 않는 누군가가 우리를 소개시켜준 것처럼 악수를 했다.

이런 일을 당하는 것이 처음은 아니었다. 생면부지의 작가에게 다가가 그의 책이 별로라는 말을 서슴없이 내뱉는 기분은 과연 어떨까? 나는 지금까지 단 한 번도 그래본 적이 없다. 작가들에게 다가가 당신의 작품이 내게 큰 즐거움과 감동을 안겨줬다는 말을 전하며 인사를 나눠본 적은 있지만 말이다. 뭐, 이 세상엔 워낙 각양각색의 사람들이 살고 있으니……

마지막으로 내게 다가온 사람은 정 가운데로 가르마를

타서 마치 플로렌시오 산체스*인 양 머리를 빗어 넘기고, 콧수염은 잔뜩 힘을 주어 위로 세웠고, 푸른색 조끼에 하늘색 재킷을 걸친 남자였다. 그 사람이 내게 말도 걸어오기도 전에 나는 잔뜩 긴장부터 했다. 가운데 가르마는 그다지 눈에 거슬리지 않았지만 꼿꼿이 위로 세운 콧수염을 보고 있노라면 늘 왠지 모를 거부감이 일곤 했다. 수염 끝이 위로 향하도록 고정하기 위해 거울 앞에서 몇 시간이고 콧수염을 만지작거리고 있는 모습이 머릿속에서 떠나질 않았기 때문이다. 내가 추구하는 남성다움과는 완전히 상반되는 인물이었다. 남자라고 해서 외모를 전혀 가꾸지 않고 방치해두는 것도 문제지만, 그렇다고 수염에 잔뜩 힘을 주고 다니는 것은 내겐 도저히 용납할 수 없는 일이었다. 남자는 수염에 힘을 주어서도 안 되고, 말총머리를 해서도 안 되며, 귀고리를 착용해서도 안 된다는 것이 바로 내 지론이다. 그 남자가 누구와 이야기하든 간에 나와는 상관없는 일이었다. 하지만 그 콧수염을 위로 세운 인간을 보고 있자니 치밀어 오르는 화를 주체할 수 없었다. 그런데 우리의 위대한 아라라트** 씨께서 마치 오랜 동지를 대하듯 내 팔을 잡

---

* Florencio Sánchez(1875~1910). 우루과이의 극작가.
** 터키 동쪽에 있는 화산.

으며 말을 거는 것이 아닌가!

"저 역시 그 포스터들을 보고 매우 감동 받았습니다. 이스라엘 포스터 말입니다. 그곳에서 수년을 살았거든요."

나는 고개를 끄덕이며 그의 말을 경청했다. 아니, 최소한 다른 생각은 하지 않았다.

세바스티안 브레네르가 '파키토'라는 전통 타말 레스토랑으로 나를 안내하겠다고 해서 우리는 그의 차에 함께 올라탔다. 가는 길에 콧수염 사나이는 집 앞에 내려주기로 하고 말이다. 차 안에서 그가 자신은 페르난도 불만이라며 자기 소개를 하기 시작했다.

"이스라엘 키부츠에 살 때, 방에 보카* 포스터를 늘 붙여놓았었소. 이스라엘에서 10년을 살았는데, 그동안 키부츠에 살건 다른 도시에 살건 보카 포스터와 늘 함께했지요. 지금은 이곳, 제 클럽에 이스라엘 포스터를 붙여놓았습니다."

"왜 이곳으로 돌아오셨나요?" 그에게 물었다.

"그곳 생활에 적응을 못했어요. 집사람도 마찬가지였고. 그래서 한바탕 전쟁을 치렀죠. 왜냐고 물으시면 뭐라고 설명을 해야 할지…… 이야기하자면 너무 깁니다. 이제 거의

---

* 아르헨티나의 유명 프로축구 클럽인 보카 주니어스(Boca Juniors)를 가리킨다.

다 왔네요. 저는 선생이 묵고 계신 호텔에서 두 블록 떨어진 곳에 살고 있습니다."

차가 멈춰 섰다.

"괜찮으시다면 내일 다시 만나서 얘기나 좀더 나누지요."

나는 달리 뭐라고 대꾸하지 않았다. 그저 친절하게 인사만 건넸다. 브레네르는 곧장 파키토라는 레스토랑으로 차를 몰았다.

레스토랑까지 1킬로미터 남짓 남았을 때, 스스로에게 물었다. 불만의 제의를 왜 그렇게 매몰차게 거절했을까? 왜냐하면 그는 이스라엘에 대한 내 관심을 악용해 흥미를 끌 만한 얘기를 늘어놓으며 혼을 쏙 빼놓을 여지가 있는 작자들 중 하나이며, 그런 사람과 만난다면 내가 위험에 빠질 공산이 크다고 생각했기 때문이다. 우리 민족은 유구한 역사를 지녔기에 후손들에게 전해줄 이야기가 많다. 그러나 단지 우리가 가진 역사가 탐이 나서 같은 민족인 척하는 이들도 많다. 그렇다고 지나치게 신경 쓸 필요는 없었다. 다음날 오후 일곱시까지는 비행기에 탑승해야 하니까. 잠시 산책을 나갔다가 델리아 고모네를 방문할지도 모르고, 어쨌든 다섯시 전까지는 호텔로 돌아가기 힘들 것이다. 씻고 짐을 챙겨 브레네르의 차를 타고 공항에 도착할 시간을 모두 고

려했을 때 다섯시는 그리 넉넉한 시간은 아니었다.

하지만 불만을 거리에서 우연히 마주치기라도 한다면 혼자만의 여유를 즐기고 호텔방의 안락함을 누릴 수 있는 내 자유를 박탈당할 게 뻔했다.

브레네르의 차가 번화가로 들어서는 듯하더니 어느새 국도로 접어들었다. 그는 길 옆에 있는 '파키토'라고 쓰인 네온 간판을 가리켰다.

"이 길은 산과 도시를 연결하는 도로입니다."

"그렇다면 델리아 고모 댁이 이 근처 어딘가에 있겠는걸." 내가 생각하기에도 꽤 큰 소리로 중얼거렸다.

브레네르가 맞장구를 쳤다. 고모를 알고 있었던 것이다.

V

그날 저녁식사로 나는 그만 녹다운이 되어버렸다. 타말과 우미타*뿐만 아니라 기름진 로크로**에 양고기 갈비살 두 덩어리를 한자리에서 먹어치웠던 것이다. 거기에 레드

---

* 옥수수 가루 반죽을 소금으로 양념하여 푹 찐 후 각종 야채를 곁들인 요리.
** 옥수수, 고구마, 고기 등의 재료를 넣어 만든 스프.

와인을 혼자 두 병이나 마셨으니…… 하지만 취기로 기분이 좋아지기는커녕 소화불량 비슷한 증세를 보이며 속이 더부룩해졌다. 졸음이 쏟아지는 데다 속이 울렁거리고 온몸이 주체할 수 없을 정도로 으슬으슬 떨렸다. 그날 저녁식사에는 시온주의 연맹 회장과 그의 부인이 자리를 함께했다. 그녀는 성형수술로 광대뼈를 잔뜩 부풀렸는데, 마치 피부 속에 모래를 가득 채워넣은 듯 보였다. 다 같이 앉아서 저녁을 먹기 시작하는데, 보아하니 그녀의 엉덩이는 여전히 탱탱한 듯했으나 얼굴은 정말 가관이었다. 못생긴 여자들만 모아놓은 여군에서도 거의 장군감이었으니. 지금까지 내가 도저히 범접할 수 없었던 여자들 중 하나였다. 그런 그녀가 아로페 시럽*을 넣은 케시요를 한 조각 권하는 순간, 그녀의 광대뼈에 아로페 시럽이 가득 차 있는 상상을 하다가 하마터면 구토를 할 뻔했다. 더이상 못 먹겠으니 호텔로 데려다달라고 브레네르에게 부탁했다. 누군가가 계산을 하는 듯했는데 순간 눈을 떠보니 어느새 브레네르의 차에 타고 있었다. 그는 내 손을 꽉 쥐고 부축해서 나를 호텔로 데려다주고는 다음날 다섯시에 데리러 올 테니 그전까

---

* 투쿠만 지역에서 사용하는 캐러멜 시럽의 한 종류.

지 개인적인 볼일을 보라고 일러주었다.

프런트에서 열쇠를 찾은 후, 더부룩한 속에 떨리는 몸을 이끌고 간신히 의식을 잃지 않으며 생각했다. '이번에도 전화로 여자를 부르지 못했군그래.'

다음날 나는 전날과 달리 정상으로 돌아온 몸 상태에 기분이 좋아졌다. 게다가 델리아 고모 집을 방문한다는 기대감으로 설레기까지 했다. 텔레비전의 음악채널을 틀어놓고 욕실로 향했다. 샤워기 아래서 익숙한 멜로디에 가사를 멋대로 붙여 흥얼거렸다. 인생은 한번 살아볼 만한 것이다. 비누, 따뜻한 물, 방금 다린 듯 여전히 온기가 남아 있는 세탁된 수건들, 그리고 내게 저녁을 대접하는 사람들이 있지 않은가! 샤워 후 허리에 타월을 감고 나와 델리아 고모에게 전화를 걸었다. 오늘 방문해도 괜찮겠냐고 묻자 고모는 대답 대신 기쁨의 탄성을 질렀다. 그러고는 격앙된 목소리로 나를 위해 특별 요리를 준비해놓겠다고 했다. 하지만 나는 '요리'라는 말을 듣는 순간 다시금 속이 울렁거리기 시작했다.

"집에 일류 요리사를 뒀거든." 고모가 은근슬쩍 자랑을 늘어놓았다. 그러고는 찾아오는 길을 반복해서 설명해주었다. 이미 한 번 가본 길이기에 쉽게 찾을 수 있을 것 같았다.

프런트에 전화해서 택시를 한 대 불러달라고 부탁했다. 한 시간쯤 후, 드디어 고모의 시골집 앞에 도착했다. 대문인지 울타리인지 구분이 되지 않는 것을 밀고 들어가자 델리아 고모가 나와 반겨주었다. 고모 뒤로 네 살쯤 되어 보이는 어린 꼬마아이 하나가 따라 나오는 것이 보였다.

그 아이가 누구인지 물을 새도 없이 감동에 겨운 고모의 힘찬 포옹이 이어졌다. 집 뒤로는 광활한 푸른 목장이 펼쳐져 있었다. 집 옆에는 큰 그네의자─좌석엔 방석이 놓여 있고, 손잡이와 줄은 쇠로 만들어진─가 있었고, 그 주위에서 마치 가족으로 보이는 양떼가 뛰어놀고 있었다. 뿐만 아니라 암탉 세 마리─수탉일지도 모르지만─도 무언가를 찾아 헤매듯 정처 없이 돌아다니고 있었다.

'델리아 고모한테 이렇게 어린 아들이 있었던가? 그렇다면 투쿠만 지역에는 예순다섯이 넘어서도 거뜬히 출산할 수 있는 숨겨진 비법이라도 있단 말인가? 아니면 혹시 입양한 아이인가? 그렇다면 포경수술은 시켰을까?'

"얘는 에스테파니아의 아들이야." 고모가 내 눈빛을 읽었는지 설명을 덧붙였다. "그래, 어떻게 지냈니?"

"예, 잘 지냈어요. 이렇게 찾아뵈니 너무 좋네요."

"정말이지 믿기지가 않는구나. 네가 지금 내 앞에 있다니. 이게 꿈이냐 생시냐. 마지막으로 널 본 게 언제인지 기억도 안 난다, 얘. 이제 정말 남자가 다 됐구나."

"그러게요, 이게 얼마 만인지."

순간 가라앉아 있던 안 좋은 생각들이 마치 부력을 띤 물체처럼 하나 둘 떠오르기 시작했다.

"형하고 누나는 어떻게 지내요?"

"애들?" 고모는 정색을 하고 대답했다. "이애가 내 유일한 자식이다(꼬마를 가리키며 말했다). 로헬리오는 여자랑 나가 산 지 10년쯤 될 거다. 모르지, 지금은 다른 애랑 살고 있는지도. 어쨌든 아직 손자 소식은 없더구나. 지금 부에노스아이레스에 살고 있어."

"그럼 누나야는요?" 아내한테 '엄마'라고 부르던 몹쓸 버릇이 남아선지 나도 모르게 어린아이 말투가 나왔다.

순간 델리아 고모의 얼굴에 먹구름이 스쳐 지나갔다. '모든 걸 알고 계신 걸까? 내 성도착증을 이미 다 알고 계시면서도 친척 된 도리로 차마 말씀을 못 하고 계신 건 아닐까? 나라는 존재가 완전한 성인이 아니라 그저 성도착증에 빠진 미숙아에 지나지 않는다는 것도 이미 눈치채신 걸까?'

"디아나가 어찌 지내고 있는지는 나도 잘 모르겠다. 전화해서는 그저 날 원망하는 말만 늘어놓으니 원……"

순간 무거운 침묵이 흘렀고, 나는 뒤돌아 안도의 한숨을 내쉬었다.

"그 아이는 여전히 몬테에르모소에 살고 있어. 인사는 하는 둥 마는 둥이고, 전화하는 내내 욕설만 퍼붓는다는 것을 뻔히 알면서도 전화를 하게 되더라. 나에 대한 증오심으로 가득 차 있는 애야. 그래도 어쩌겠니. 전화를 하면 적어도 아직 거기 살고 있다는 정도는 알 수 있으니……"

"대체 무슨 일이 있었던 거예요?"

"나도 모르겠다. 난 이미 할 만큼 했어. 심리치료비에 정신과 치료비까지 치료비란 치료비는 다 대주었다고. 그런데도 늘 내 탓을 하더구나. 자기를 그냥 좀 내버려두라고. 그러면 아무 일도 없을 거라고 하면서 말이다. 로헬리오한테도 으르렁대긴 마찬가지야."

"어제 오늘 일도 아니잖아요."

"정말이지 내 가족이지만 어렵다, 어려워." 고모는 한숨을 내쉬며 말했다.

"참, 이 아이 이름은 가스톤이란다. 우리 집 요리사 아들이야." 고모는 꼬마아이를 소개해주었다.

"안녕, 가스톤!" 내가 먼저 인사를 건넸다.

하지만 아이는 입도 뻥끗하지 않았다.

델리아 고모의 손을 잡고 집으로 들어갔다.

집에 들어서자 날씬하고 잘 빠진 몸매를 자랑하는 한 여인의 뒷모습이 보였다. 그녀는 중국식 프라이팬에 야채를 볶고 있었다.

"안녕하세요!" 그녀가 바로 고모네 요리사라던 에스테파니아였다. 부엌에서 피어오르는 연기구름 사이로 그녀의 아름다운 구릿빛 얼굴이 보였다.

부엌에는 마개를 따놓은 레드와인 한 병과 갖가지 요리 재료들이 놓여 있었다. 카레, 생강 그리고 자메이카 고추 냄새가 풍겨왔다. 대체 이런 재료들은 다 어디서 난 것일까?

그녀의 복장은 보통 요리사 같지 않았다. 하인 복장은 더더욱 아니었다. 몸에 꼭 맞는 청바지에, 가슴에 새겨진 메이커로 봐서 값나가는 하늘색 스웨터를 입고 있었다. 게다가 앞치마도 없이 요리를 하고 있었다. 가스통은 그녀의 다리를 감싸 안은 채 엉덩이 사이에 머리를 기댔다. 나는 전율을 느끼지 않을 수 없었다. '이 여인이 바로 델리아 고모네 요리사란 말인가? 호텔방에 같이 올라가고 싶은 충동을 일으키는 바로 그런 여자가 아닌가! 얼마면 될까? 연기 때문에 얼굴을 자세히 보지는 못했지만 왼쪽 입술 윗부분에 매력적인 작은 흉터가 나 있던데, 저 흉터가 내가 물어서

낸 것이었다면!' 가스톤이 엄마랑 있는 동안 나는 델리아 고모와 함께 집 주변을 산책하러 나갔다. '어떻게 그녀에게 접근해야 할까? 비행기가 뜨기 전에 작업을 걸어볼 수나 있을까?'

"왜 이렇게 목이 아픈지 모르겠구나." 델리아 고모는 마치 백조처럼 목을 움직이며 내게 하소연을 했다. "닭들한테 모이를 주다보니 그런 건지 아니면 이제 아플 나이가 된 건지 원."

"그런 말씀 마세요." 내가 대꾸했다. "비행기에서 안마사를 한 명 알게 됐는데요."

순간 디아나에게 했던 야비한 거짓말이 떠올랐다.

"안마사라고?" 델리아 고모가 소리쳤다. "어디? 투쿠만에서는 도통 쓸 만한 안마사를 찾아볼 수가 없거든. 그건 그렇고 남자냐?"

"예, 남자예요. 나이 지긋한 남자. 콘스탄티니란 성을 가진 유대인인데요."

"투쿠만 어디서 일하는지 아니?"

"알았었는데 그만 주소를 쓰레기통에 던져버리는 바람에……" 나는 말끝을 흐렸다.

"아이고 저런!" 델리아 고모가 실망스럽다는 듯 소리쳤다. "내가 뒷덜미가 쑤셔서 안마사를……"

"혹시 집에 부에노스아이레스 전화번호부 가지고 계세요?" 내가 물었다. "그 사람 성으로 전화번호를 찾아서 전화를 걸어볼게요. 딸이 한 명 있다고 했는데, 지금 그 안마사가 투쿠만 어디쯤 살고 있는지 아마 알려줄 거예요."

"그러니까 그 안마사가 어디 사는지 물어보려고 그 사람 딸한테까지 전화를 걸겠다고? 아서라. 차라리 신문에 광고를 내는 게 빠르겠다."

"부에노스아이레스 전화번호부 정말 없으세요?" 내가 고집을 부렸다.

"없대도. 내가 신문에 광고를 한번 내보마."

나는 더이상 토를 달지 않았다. 대신 호텔로 돌아가자마자 부에노스아이레스 전화번호부를 한 권 달라고 부탁해서 콘스탄티니란 성으로 그의 집 전화번호를 찾은 다음 그가 투쿠만 어디에 머무르고 있는지 알아내어, 고모가 신문에 광고를 내기 전에 내가 먼저 고모에게 전화를 하리라 다짐했다. 두 시간도 채 같이 있지 않았는데도 불구하고 고모와 나는 수천 년간 우리 조상들로부터 대대로 전해 내려오는 가족간의 활기를 완벽히 되찾았다.

"네 아들이랑 부인은 어떻게 지내니?"

여행하는 유대인 115

"다들 잘 지내고 있어요. 그나저나 에스테파니아는 요리만 해줘요? 아니면 다른 집안일도 도와주나요?"

내 질문이 끝나기 무섭게 델리아 고모는 박장대소를 하며 웃는 것조차 힘겹다는 듯이 목에 손을 갖다 댔다.

"네가 보기엔 어떠냐? 시크제*처럼 보이니?" 고모는 웃으며 내게 물었다.

"저는 시크제 같다고 한 적 없어요."

"그냥 친구로 알고 지내는 사람이야. 이혼녀란다. 다행히 가스톤이 여기 와서 노는 것을 좋아하더라고. 시온주의 연맹을 통해서 알게 됐는데, 만나서 이런저런 얘기도 나누고 가스톤이랑 산책도 나가고 그래. 매주 목요일마다 우리 집에 찾아오거든. 초저녁이면 가스톤이 닭들에게 모이를 주는데 그 '대가'로 나는 쇼핑몰에 있는 비디오게임장에 데려다주곤 하지."

과식까지는 아니었지만, 전날 소화불량으로 고생했음에도 나는 몸을 사리지는 않았다. 델리아 고모와 에스테파니아, 그리고 나 이렇게 셋이서 와인 한 병을 다 마셨다. 날씨가 꽤 쌀쌀했지만 우리는 집 밖에서 식사를 했다. 가스톤은

---

* 유대인이 아닌 이교도 처녀를 일컫는 말.

자기 엄마와도 별로 대화가 없는 듯했고, 내 신경을 거스르는 행동도 하지 않았다. 고기를 조금 잘라 먹다 말고는 양과 닭들이랑 놀겠다며 가버렸다. 에스테파니아는 고모에게 친구 이상이었다. 2년 전부터 고모가 투쿠만의 산미겔 센터에 낸 옷가게의 유일한 점원인 동시에 점장 역할을 맡고 있었던 것이다. 그녀가 내가 청바지 입는 것을 도와주는 상상을 했다. 바지가 잘 맞는지 보려고 내 몸을 여기저기 더듬어보면서…… 안타깝게도 고모네 가게에서는 여성복만 판매했다. 하지만 상관없다. 그녀의 손길을 느낄 수만 있다면 치마를 입은들 그게 무슨 대수겠는가! 그녀의 목소리는 낮은 톤이었지만 아름다움만큼은 하늘을 찌를 듯했다. 이보다 더 아름다운 창조물은 없으리라! 에스테파니아는 이미 마흔을 넘긴 나이였다. 내 눈을 멀게 할 만큼의 매력을 발산하기엔 그녀에게 남은 젊음이 그리 길지 않은 것이다. 나는 그녀에게 말해주고 싶었다. '믿기 힘들겠지만 당신을 본 순간 당신에게 즐거움을 안겨줄 수 있는 행위를 하고 싶다는 충동을 느꼈습니다. 당신을 안 지 얼마 되지는 않았지만, 당신은 상상도 못 하는 일을 당신과 나누고 싶어요. 당신은 머리부터 발끝까지 다 사랑스러운 여인입니다. 당신의 입술에 난 그 흉터를 빨아주고 싶군요.' 하지만 내가 고작 내뱉은 말이라고는……

"그 상처는 어쩌다가 생긴 겁니까?"

"어렸을 때 개한테 물렸어요."

"들개였나요?"

"아뇨. 저희 집에서 키우는 개였어요."

"그래서 그놈을 쫓아냈나요? 아니면 죽여버렸나요?"

"아뇨." 그녀가 우습다는 듯 대꾸했다. "왜 그래야 하죠?"

"그게…… 저는 지금까지 개라는 걸 키워본 적이 없거든요. 그래서 그런지 주인을 물기까지 한 놈을 계속 데리고 있었다는 게 저로서는 쉽게 납득이 가지 않는 일이라……"

"대단한 충견이었어요." 그녀가 자신의 개를 옹호하며 말했다. "그냥 어렸을 때 겪을 수 있는 사고일 뿐이에요. 제가 그 녀석을 꽤나 못살게 굴었거든요. 물 줄도 모르는 개보다는 물더라도 충견이 낫잖아요."

"세상에 물 줄 모르는 개가 어디 있어요?" 내가 응수했다.

에스테파니아는 내 말을 인정하지 못하겠다는 듯한 표정을 지어 보였다.

"제가 예전에 흉터에 관한 단편소설을 쓴 적이 있어요."

"저도 그 작품 읽어봤어요."

"네? 읽어보셨다고요?" 채신머리없이 환호성이 터져나

왔다.

나는 다시금 자세를 가다듬었다.

"네." 그녀가 다시 한번 확인시켜주듯 말했다. "정말 재미있게 읽었어요."

좋다. 이제 델리아 고모가 가스톤을 데리고 나가주기만 하면 된다. 양들은 여유롭게 울고 암탉인지 수탉인지 모를 닭들이 미지의 무언가를 찾아 멀리 떠나가고 나면 이제 긴 접이식 의자의 녹슨 줄을 소리 나게 하는 일만 남은 것이다.

마흔서너 살쯤 되어 보이는 이 여인은 내게 있어 신음하고 소리치게 만들고픈 구릿빛의 매혹적인 접이식 의자와도 같은 존재였다. 다시금 청년의 몸으로 돌아가는 듯했다. 내 피는 마치 파도처럼 밀려갔다 밀려오며 어딘지 모를 곳에 거품을 남기고 있었다. 은밀하고 묘한 힘이 내 머릿속을 시원하게 씻겨주고 향기로 채워주며 기분 좋게 달래주는 것만 같았다. 투쿠만의 태양도 우리를 향해 내리쬐는 듯했다. 와인이 몸 안에서 요동쳤다. 나는 비로소 내 자신을 다스리는 황제가 되었다. 뽀송뽀송한 타월, 호텔방의 카펫, 고독, 텔레비전 그리고 이 마지막 만남이 나를 아름답고 멋진 인물로 탈바꿈시켰다. 고요하면서도 열정이 어우러진 몸짓에 빠졌던 머리카락도 다시 자라나고 흰머리도 저절로 염색이 되는 듯했다.

 하지만 내 외모가 매력적으로 보이는 것은 그저 덧없이 짧은 순간에 지나지 않았다. 소리도 없이 사라져버릴 내 매력. 그 매력은 마치 제때 먹지 않으면 바람에 휘날리다 맛이 변해버리는 솜사탕의 달콤함처럼 서서히 사라지고 있었다. 델리아와 에스테파니아가 대화를 나누는 동안, 나라는 작자는 차마 입에 담기 힘든 말들 외에는 무슨 말을 해야 할지 몰라 어찌할 바를 모르고 있었다. 가스톤은 그날따라 낮잠도 자지 않았다. 게다가 델리아 고모에게는 우리 둘만 남겨두면서까지 할 만한 일이 딱히 없었다. 고모와 에스테파니아는 사업 이야기를 나누다 간간히 내게 어찌 지냈는지 이것저것 물어왔다. 투쿠만 여행은 어땠는지, 호텔은 편했는지 뭐 이런 것들. 강연장에서 참석자들이 나를 애먹였다는 이야기를 해주자 에스테파니아가 웃기 시작했다. 여인들이 나로 인해 웃음 지을 때 나는 진정으로 쾌감을 느낀다. 내가 그토록 애원했는데도 오후 시간은 순식간에 지나가버렸다. 나는 사랑에 빠져버렸다. 그녀에게 완전히 홀려버린 것이다. 구릿빛 피부의 이혼녀, 그녀를 다시 만나는 그날까지 그녀의 아름다움이 지속되리란 보장도 없었고, 앞으로 남은 그녀의 인생에서 지금과 같은 아름다움이 다시금 돌아올 리도 만무했다. 내 열망은 거기까지였고, 내게 남은 것이라곤 고통과 괴로움뿐이었다. 나는 진정 그녀를 사랑했다. 사랑을 나눌 수가 없는데 사랑한들 무슨 소용이란 말인가? 사랑은 결국 우리 가슴 속에서 시들어갈 것이다. 사랑의 묘책을 찾는 데 있어서만큼은 윤리며 기술 따위는 모두 무용지물에 불과할 뿐이다. 나는 너무도 고통스러웠다.

델리아 고모의 볼에 작별 키스를 한 후 에스테파니아에게는 최대한 입술에 가깝게 작별 키스를 남겼다. 그리고 가스톤의 머리를 정답게 쓰다듬어주고는 차에 올라타려는데 델리아 고모가 내게 물어왔다.

"언제 다시 볼 수 있는 거냐?"

"내년쯤이면 가능하지 않을까 싶네요."

"예루살렘에서 말이냐?" 고모가 농담을 건넸다.

"안 될 것도 없죠." 내가 응수했다. "우리 혈통이 원래 어디로 튈지 아무도 모르잖아요."

델리아 고모가 맞장구를 쳤고, 나는 차 뒷좌석에 올라탔다.

호텔 프런트에는 아무도 없었다. 나는 은근슬쩍 프런트 안으로 들어가 몰래 내 방 열쇠를 꺼내왔다. 303호. 앞뒤

숫자가 일치하면 행운을 가져다준다던데 내겐 전혀 해당사항이 없는 이야기였다. 실망과 고통을 안고 방으로 올라갔다. 전에는 마스터베이션을 하면서 쾌감을 느끼곤 했는데, 고모 집에 다녀오고 나자 감히 내 몸을 만질 엄두가 나지 않았다. 그녀를 사랑하게 된 지금, 그런 행동은 수치심만을 가져다줄 것 같았기 때문이다. 대체 왜 그녀는 내가 떠나는 것을 막지 않았던가? 나를 좋아하지 않는 걸까? 왜 나를 좋아하지 않는 여자들이 있는 거지? 왜 양들은 내게 남아달라고 애원하듯 울지 않았을까? 왜 나는 닭들을 쫓아가지 않았던가? 그들이 찾는 곳, 모든 것이 가능한 세상 끝으로 나를 데려가주었을 텐데…… 마치 이렇게라도 하면 일이 수월해질 것처럼 정신없이 가방에 물건을 담기 시작했다. 침대 밑을 들여다보았다. 그러고는 오른손을 뻗어 양말과 손수건을 꺼냈다. 협탁의 서랍을 열어보니 사용하지 않은 샴푸 케이스가 있었다. 나는 빈손으로 로비로 내려와 정면에 보이는 공중전화박스를 지나갔다. 그러고는 프런트에 있는 직원에게 부에노스아이레스 전화번호부가 있는지 물었는데 놀랍게도 호텔에 비치되어 있었다.

"몇 권으로 드릴까요?"

"1권으로 주세요."

그녀는 데스크 밑으로 손을 뻗어 책자를 꺼내고는 내게 건네주었다.

"7번 부스입니다."

짧은 순간이나마 개인의 프라이버시를 완벽히 보장하는 현대식 공중전화박스에 들어가서 콘스탄티니란 성을 가진 사람들을 찾기 시작했다. 그 안마사의 친척이라도 찾을 수 있을 것이고, 그가 투쿠만 어디에 있는지 알아내서는 델리아 고모에게 전화를 걸 것이다. 에스테파니아가 전화를 받으면 나는 그녀에게 이렇게 말할 것이다.

"우린 아직 늦지 않았어요. 부에노스아이레스로 와줘요. 내가 호텔비는 물론 여행 경비를 모두 다 대줄 테니……"

사실 보태줄 여행 경비는커녕 공항까지 타고 갈 택시를 대절할 돈도 없었다.

나는 콘스탄티니라는 성을 찾았다. 그를 찾는 일이 그리 어려울 것 같지는 않았다. 전화번호부에 올라 있는 콘스탄티니는 고작 열한 명이었고 그중 여섯 개는 여자이름이었다. 왠지 그 안마사의 딸은 혼자 살 것 같았고 그래서 전화번호부에도 그녀의 이름이 적혀 있을 것 같았다. 주머니를 뒤적여보았다. 적어도 전화 열한 통 정도는 할 수 있을 만한 돈이 들어 있었다. 아무리 많이 해도 20달러 이상은 들지 않겠지. 에스테파니아와 다시 이야기할 수 있다면 그 정도는 얼마든지 투자할 용의가 있었다.

우선 바네사 콘스탄티니라는 사람에게 전화를 걸어 모이세스의 딸이냐고 물었다. 셀리아, 마리사, 밀레나에게도 전화를 걸어보았지만 허사였다. 불행 중 다행히도 메르세데스라는 여자와의 통화에서 모이세스의 딸 이름이 라우라— 목록의 가장 마지막에 있던— 라는 중요한 단서를 얻었기 때문에 나머지 번호에는 전화를 걸 필요가 없었다. 각기 다른 목소리를 가진 콘스탄티니 양(孃) 여섯 명과 통화하면서 그들의 몸매를 상상하는 것도 나름 짜릿한 경험이었다. 그중 메르세데스의 목소리가 가장 마음에 들었다. 스물다섯이 채 안 됐을 것이고 분명 독립한 지도 얼마 안 됐을 것이다. 라우라도 앞서 통화한 여자들처럼 집에 있었다. 모이세스의 딸이냐고 묻자 꽤 놀란 투로 그렇다고 대답했다.

"그런데 무슨 일이시죠?" 꽤나 걱정스런 목소리였다.

"안 좋은 일이 있어서 전화 드린 건 아니고요." 일단 그녀를 안심시킨 후 말을 이어나갔다.

"우습게 들릴지도 모르겠지만 저는 지금 투쿠만에 있는데, 모이세스 씨가 지금 어디 계신지 알고 싶어서 전화를 드리는 겁니다."

"글쎄, 그건 왜요?" 그녀가 따지듯이 물었다.

"모이세스 씨가 이 전화번호를 주시면서 여기로 전화를 하면 따님께서 당신이 계신 곳을 알려줄 거라고 그러셨거든요." 명함을 쓰레기통에 던져버렸다는 말은 차마 하지 못하고 적당히 둘러댔다.

"저한테도 전화를 안 하셨다고 하면 믿으시겠어요?" 그녀는 성난 목소리로 말했다. "늘 이런 식이세요. 여든 살이 다 되셨는데도 여전히 열다섯 먹은 애들처럼 구신다니까요. 댁한테는 뭐라고 하시던가요?"

나는 질문을 채 이해하기도 전에 그냥 대답해버렸다.

"안마 일을 하신다면서……" 나는 죄라도 지은 사람처럼 기어들어가는 목소리로 대답했다. "혹시 안마 받을 일이 있으면 당신 딸한테 전화하라고, 그럼 딸이 자신이 어디 있는지 알려줄 거라고 그러셨어요. 그리 중요한 건 아니지만……"

"저한테는 중요한 문제예요." 그녀가 되받아치며 말했다. "어제부터 한숨도 못 잤다고요. 저도 아버지가 어디 계신지 몰라요. 그나저나 성함이 어떻게 되시죠?"

나는 그녀에게 이름을 말해주었다. 그녀는 곰곰이 생각해보더니 나를 인정하는 듯한 투로 말을 이었다.

"부탁드리는데 우연하게라도 저희 아버지를 만나시면 저한테 전화 좀 하시라고 꼭 전해주세요."

"예, 혹시라도 만나게 되면 그렇게 전해드리죠."

"꼭 좀 부탁드려요." 기운 없는 목소리로 말했다.

대화가 끝났음을 알리는 고요함과는 다른 정적이 흘렀다.

"그럼……"

"저희 아버지는 아우슈비츠 생존자세요." 라우라가 털어놓듯 말했다.

나는 잠시 할 말을 잃었다.

왜 그랬는지는 모르겠다. 잠시 후 나는 다시 말을 이었다.

"세파라드 유대인이시군요."

"살로니카 출신이세요." 라우라가 말했다. "다른 가족들은 이미 모두 죽었고요."

나는 더 오랜 침묵으로 콘스탄티니 성을 가진 여섯번째 여인의 마지막 말을 받아들였다. 이것이야말로 우리 민족의 역사이다. 나는 그것을 듣기 위해 이 땅에 왔다. 이스라엘 출신의 여자들과 잠자리를 같이할 때도 그녀들은 베개에 누워 내 뺨에 입을 대고 악몽과도 같은 역사를 들려주었다.

"저를 믿으세요." 그렇게 말은 했지만, 나는 마치 '돌아가신 우리 조상들에 대한 이야기를 좀 해주시면 안 될까요?'라고 묻고 있는 듯했다.

"혹시 잘 가실 만한 곳이라도 있나요?"

"아무튼 아버지를 보시거든 연락 좀 하시라고 꼭 전해주세요." 그녀가 재차 부탁했다.

"저만 믿으세요." 나는 그렇게 대답했지만, 정말 하고 싶었던 말은 '할 수 있는 만큼만 하겠다'였다.

그녀와의 통화를 마치고 델리아 고모에게 전화를 걸었다. 전화기에 달린 액정화면에는 '22페소'라는 글자가 떠 있었다.

델리아 고모가 전화를 받았다.

"콘스탄티니 씨의 전화번호를 알아내지 못했어요."

'이제 신문에 광고 한번 내보세요'라고 덧붙이려는데 고모가 내 말을 가로채며 말했다.

"이미 광고 냈다."

"아, 그러셨어요? 만약 그분을 찾게 되면 따님한테 전화 좀 하시라고 전해주세요. 그분 따님 전화번호를 알려드릴게요."

고모에게 라우라의 전화번호를 불러주었다.

"따님이 많이 걱정하고 있더라고요."

"이제 사람 찾아주는 일도 하냐?" 고모가 농담을 건넸다. "비행기 타려면 어서 서둘러야지."

전화기의 액정화면으로 시간을 확인했다. 통화료는 이미 23페소로 올라가 있었다.

"괜찮아요. 짐도 다 챙겼는걸요 뭘."

'5분 내로 나치가 저를 찾으러 올 거예요. 다 같이 아우슈비츠로 끌려갈 거거든요. 같이 가실래요?'

"네 사촌 누나한테 전화나 좀 해보렴." 순간 놀란 나머지 침을 꿀꺽 삼켰다.

"그다지 잘 지내지는 못하고 있는 것 같더구나." 고모가 한마디 덧붙였다.

"남자친구가 있지 않나요?" 나는 애써 아무렇지도 않은 척 물었다.

"아니. 자기 말로는 헤어졌다더구나. 내가 보기엔 한 번도 없었던 것 같다만."

전화상으로 기운 없는 목소리를 듣는 것이 오후 들어서만 벌써 두번째였다.

"있긴 뭐가 있었겠어. 정말이지 얘를 어찌해야 할지 모르겠다."

나는 전화를 끊기 전에 다시 한번 모이세스 씨를 찾거든

라우라에게 연락하라는 말을 전해달라고 부탁했다. 그리고 한번 연락해보겠다며 디아나의 전화번호를 물어보았다.

통화료로 30페소를 날렸지만 기쁜 마음에 전화를 끊었다. 디아나가 처녀라니! 내가 그녀의 인생을 망친 것이 아니었다. 오히려 그녀가 죽는 날까지 두고두고 추억할 수 있는 관능적인 순간을 선사했던 것이다! 나는 정신이 온전치 못한 친척을 이용해 쾌락을 누린 나쁜 놈이 아니라, 그녀가 평생 모르고 살았을지 모를 남녀 사이의 기적을 조금이나마 맛보게 해주기 위해 이 한 몸 희생한 착한 사마리아인이었던 것이다. 더이상 두려울 것이 없었다. 상황이 허락한다면 몬테에르모소에 있는 디아나에게 전화를 할 것이다(더럽고 군데군데 거미줄이 쳐진 데다 눅눅하기까지 한 폐허에 살고 있으리라 상상했다). 그녀를 방문해서 거침없이 내 몸의 일부를 그녀에게 바치리라.

전화박스에서 나와 통화료를 지불하고 나니 다시금 걱정스런 마음이 일기 시작했다. 고모가 이미 모든 사실을 알고 나를 힐난하는 의미에서 디아나에게 전화를 하라고 한 것일 수도 있다. 내 근친상간적인 행위로 인해 가뜩이나 온전치 않은 정신이 더 이상해진 것일 수도 있단 말이다. 이제와 내가 그녀에게 할 수 있는 것이라곤 전화를 하거나 도움을 주는 것뿐이리라.

　세상 모든 일에는 반드시 대가가 따른다는 것을 일깨워주기라도 하듯, 전화비 30페소를 지불하는 동안 썩 유쾌하지는 않으나 분별심 있는 이런 생각이 머리에 떠올랐다.

　마지막으로 호텔방에 다시 올라갔다(시온주의 연맹 이름으로 브레네르가 내 이틀치 숙박비 전액을 지불했기 때문에 다음날 정오까지는 방을 비워줄 필요가 없었다). 나는 텔레비전을 켜고 누워서 브레네르가 오기를 기다렸다. 채널 57의 뉴스에서 공항 파업 소식을 보고 있을 때, 브레네르가 전화해서 역시 공항 파업으로 내일까지 비행기가 결항된다고 알려주었다.

　항공사 측에서 승객들에게 하룻밤 호텔비를 지불해준다고 했으므로, 나는 계속 같은 방을 쓸 수 있었다. 브레네르는 이제 뭘 하면서 시간을 보낼 거냐고 물어왔다. 솔직히 잘 모르겠다고 대답하고는 내 걱정은 말라고 일러두었다.

　"저녁식사 하실 곳을 좀 알아봐드릴까요?" 그는 늘 그렇듯이 마지못해 한다는 투로 물어왔다.

　"제가 연락드릴게요."

　전화를 끊고는 혼자 구시렁댔다. 어찌 됐건 적어도 이번에는 파업 덕분에 내가 발 디딜 육지를 찾게 된 것이다. 아내에게 전화를 걸어 상황 설명을 했다.

"그나저나 사탕수수는 샀어?" 아내가 물었다. 수화기 너머로 아들의 목소리가 들려왔다.

"떠나기 전에 이 앞에서 사려고 생각하고 있었어. 그런데 지금 나가서 사와야겠는걸. 굉장히 싸더라고. 한 단에 1페소밖에 안 하더라니까. 그래서 열 단 사가려고."

"너무 많아. 그냥 한 단만 사와."

"그럼 다섯 단 사갈게." 내가 단호히 말했다.

"그럼 그렇게 해." 아내는 결국 수긍했다. "강연은 어땠어?"

"정신이 하나도 없었지만 늘 그렇듯이 무사히 끝났어. 나야 뭐 『나사의 회전』에 나오는 남자 주인공처럼 어디서든 즐겁게 살잖아."

"지금 나 놀리는 거야?"

"아니야. 정말 즐겁다니까. 물론 한편으로는 좀 슬프기도 하지만."

"참내."

우리는 좀더 대화를 나누었다. 나도 한때는 아내를 사랑한 적이 있었는데…… 아들 녀석이 아빠 잘 있냐고 물었다. 파업사태에도 불구하고 인생은 변함없이 흘러갔다. 언젠가 먼 미래에는 시간의 흐름을 멈출 정도로 깜짝 파업을 일으키며 인생의 흐름까지도 멈춰버릴 수 있는 노동자들이 나타나겠지. 그렇게 아내와의 통화를 끝냈다. 그런데 갑자기 전화기에서 이상한 소리가 들리는 것 같았다. 편집증 환자처럼 수화기를 내려놓았다가 다시 들고서는 귀에 대고 전화가 끊긴 것을 재차 확인했다. 실제로 전화가 끊겼음에도 나는 마치 스파이와 같은 목소리로 최대한 조심스럽게 프런트에 택시를 불러달라고 부탁했다. 5분 만에 차가 도착했고 나는 운전수에게 고모 집 위치를 알려주었다.

델리아 고모 집에 도착하니 시계가 일곱시 반을 가리키고 있었다. 그런데 내게 두 가지 기적이 일어났다. 한 가지는 아직 해가 지지 않았다는 것이고, 또 한 가지는 에스테파니아가 혼자 그네의자에 앉아 있었다는 것이다. 사라질 줄 모르는 희미한 한줄기 빛이 유대인 전사 여호수아가 신과 맺었던 조약을 떠올리게 했다. 신께서 여호수아가 승리할 때까지 태양의 움직임을 멈춰주셨다던 그 조약 말이다. 미래가 아닌 찬란한 과거 속의 여호수아는 엄청난 힘 덕분에 시간의 흐름까지도 멈추게 할 수 있는 노동자였다. 이번에는 내가 신께, 유일하시며 보이지는 않지만 전지전능하시며 존재하는 모든 것과 존재하지 않는 모든 것의 창조주인 그분께 간절히 기도드릴 차례였다. 성이 함락될 때까지 태양의 흐름을 멈추게 해달라고. "태양이여, 너는 기브온에서 멈추거라. 달이여, 너는 아얄론 계곡에 그대로 머물러 있거라! 태양은 멈추고 달은 당장 정지할 것을 명하노라."

고모 집으로 가는 길의 끝자락에 나의 계곡이 떠올랐다. 남자로서의 힘을 되찾고, 다시 한번 신에게 애원을 한다. 더이상의 혼란은 없다. 질서정연하게 한 곳을 향해 걸어가는 닭들처럼, 나도 정해진 길을 걸어들어간다.

초인종을 누르지 않은 채 집으로 들어갔는데도 에스테파니아는 전혀 놀라지 않는 기색이었다.

"안녕하세요?" 목소리를 깔고 말했다.

그녀가 미소를 지어 보였다.

"가스톤은요?" 내가 물었다.

"델리아랑 비디오게임 하러 갔어요. 이따 저녁 먹을 때쯤 돌아올 거예요."

나는 크게 숨을 몰아쉬었다. 도저히 참을 수가 없었다. 나는 그녀에게 좀더 가까이 다가갔고 우리는 대화를 나누기 시작했다.

에스테파니아에게 투쿠만에서의 젊은 시절이 어땠는지 물었다. 그녀가 대답을 하는 동안 나는 젊은 시절 그녀의 몸매를 상상했다. 아마도 지금보다 더 아름답지는 않았을 것이다. 그녀는 부모님을 일찍 여읜 탓에 유대인 공동체에서 자랐다고 했다. 그리고 투쿠만 산호세에 유일한 유대교 학교를 다녔으며, 시온주의 연맹에서도 활동했다고 했다. 그후 이스라엘에서 10년 가까이 살았는데, 다시 투쿠만으로 돌아온 지 얼마 되지 않아 이혼을 한 것이다. 그녀의 이야기를 듣고 있자니 무언가 기억이 나는 듯했는데 확실히 떠오르지는 않았다. 왜 다시 투쿠만으로 돌아왔냐고 묻는 순간, 갑자기 그녀의 이야기가 페르난도 불만의 경험과 비슷하다는 생각이 들었다. 플로렌시오 산체스처럼 머리를 빗어 넘긴 그 사내 말이다.

"그곳에 적응하질 못했거든요."

"전 남편은 투쿠만 사람이었겠죠?"

"페르난도 불만이라고, 당신의 강연에 갔었다던데……"

"그렇군요."

그녀의 이야기는 45분이 넘도록 이어졌다. 반면 나는 거의 입을 열지 않았다. 델리아 고모와 가스톤이 돌아오기 전에 무언가를 해야만 했다. 나는 닭들의 비밀스런 길을 무시하고 위험을 감수한 채 물었다.

"그런데 왜 헤어진 겁니까?"

에스테파니아는 조금 전처럼 미소를 지어 보였다. 모든 개들은 물 줄 안다는 내 얘기에 의아하다는 제스처를 취했을 때처럼 말이다.

"아마 웃으실걸요. 이 얘긴 아무한테도 하시면 안 돼요."

나는 절대 그럴 일은 없을 거라는 제스처를 취했다.

"그이는 저를 거칠게 다룰 줄 몰랐거든요." 그녀는 말을 마치면서 개구쟁이처럼 웃어 보였다.

"예를 들어서 투쿠만에서 돌아오는 문제도 그래요. 그는 좀 세게 밀어붙였어야 했어요. 저를 좀더 다그쳐야 했다고요. 자고로 남자란 결단력이 있어야죠."

"그건 그리 쉬운 문제가 아니죠." 내가 받아쳤다. "만약 당신이 이민을 갔는데 당신 배우자가 매일 돌아가고 싶다며 애원한다고 생각해봐요. 당신 같으면 어떻게 하겠습니까? 배우자를 묶어두기라도 할 건가요?"

"안 될 것도 없죠." 에스테파니아가 천연덕스럽게 대꾸했다.

"무슨 개라도 다루듯이 말입니까?"

그녀는 미소로 동의했다. 하지만 내 시선은 피했다.

나는 그녀의 얼굴을 들어올렸다. 그리고 그녀 얼굴에 난 흉터를 보면서 내 입술을 그녀의 입으로 가져갔다. 하지만 그녀는 한쪽 손을 내 가슴에 갖다 대며 내 행동을 저지했다. 보통 이런 이야기에서 화자는 자기가 어떻게 퇴짜맞았는지를 상세히 말하기 꺼려하는 편이다. 내가 바로 그런 수모를 맛보았다.

"전 이미 사귀는 사람이 있어요." 그녀는 내 가슴에 갖다 댔던 손을 내려놓으며 좀더 차분한 말투로 설명을 이어나갔다. "전 남편만큼이나 잘 대해줘요."

그녀는 입을 가린 채 다시 웃기 시작했다. 장난기 가득한 얼굴로……

"그 사람의 우직한 모습이 좋아요. 말을 거의 안 하거든요. 저를 약간 거칠게 다루기도 하고요. 늘 그런 건 아니지만요."

'저도 그래요.' 거짓말을 하고픈 충동이 일었다. '나의 내면 깊은 곳엔 악마가 숨어 있어요. 그러니까 당신을 마구 거칠게 다룰 수 있다고요. 당신이 원하는 모습으로 얼마든지 변신할 수 있어요. 하지만 지금 이 순간만은 당신을 만지게 해주세요. 당신의 아름다움이 다 꺼져버리기 전에 잠시만이라도 그 아름다움을 소유하게 해주세요. 당신의 몸에 빨리 사정을 하고 집으로 조용히 돌아갈게요. 약속해요. 그리 오래 걸리지 않을 거예요. 고민하지 말고 그냥 나한테

몸을 맡겨요.'

두 번의 경적소리가 들리고 자동차 헤드라이트가 번쩍이는 것이 보였다. 밖이 벌써 어두워졌던 것이다.

"저기 오네요." 에스테파니아가 말했다.

세바스티안 브레네르가 마치 시골 아저씨처럼 우리 쪽으로 걸어왔다.

"그럼 저는 이제 그만 가보겠습니다." 그가 흔들의자까지 오기 전에 내가 말했다.

"기다려요. 제가 데려다드리겠습니다." 브레네르가 말했다.

"괜찮습니다. 그나저나 내일 항공 일정에 대해서 뭐 좀 알고 있는 거 없습니까?"

"내일 아침 일곱시에 출발한다고 하던데요."

"그럼 저는 이만 가서 자야겠네요. 택시 좀 불러주시겠습니까?" 그녀에게 부탁했다.

그녀가 집 안으로 들어간 사이 나는 브레네르와 함께 그네의자에 앉아 그녀를 기다렸다. 물론 서로 아무 말도 하지 않았다.

택시는 곧 도착했다. 택시 영업소가 바로 길 모퉁이에 있었다. 산 바로 옆, 기브온의 가짜 계곡 옆에 자리 잡고 있었던 것이다. 에스테파니아뿐만 아니라 브레네르조차도 대문까지 나를 배웅하지 않았다. 그와는 이미 악수를 나눈 터였다. 에스테파니아에게 델리아 고모께 내가 다시 작별인사를 하러 왔었다고 전해달라고 부탁했다. 택시에 올라타려고 대문을 여는 순간, 부리에서 인광을 발하는 닭이 내 옆에 서 있는 것을 발견했다.

"너는 어디로 가니?" 닭에게 물었다.

닭은 아무런 대답이 없었다.

VI

패배자의 모습으로 호텔에 들어서는데 어디선가 음악소리가 들려왔다. 프런트 앞에 있는 의자에는 나처럼 항공편이 취소된 승객들로 보이는 사람들이 앉아 있었다. 나는 항공편 외에도 많은 것을 잃었다. 마음에 드는 멜로디였지만 도입 부분까지는 크게 관심을 두지 않았다. 그런데 듣고 보니 훌리오 이글레시아스가 부른 듀엣곡이었다. 곧 훌리오가 부르는 대목이 시작되었다. '이미 모든 것을 잃었고, 다리지 않은 옷은 가방 속에 구겨진 채로 있네. 가슴에

난 상처가 너무나 아파오기 시작하는데, 상대방은 아픈 줄 모르네.'

감동이 밀려왔다.

"오늘 나는 호텔방에서 함께 밤을 보낼 여자 하나를 잃었어." 혼자 중얼거렸다.

나는 프런트로 다가가서 목소리를 가다듬고는 은밀하게 말을 걸었다.

"실례합니다만, 전화로 여자를 좀 불러주실 수 있을까요?"

매번 이 순간을 상상해왔지만 늘 어떻게 말을 해야 할지 몰라 실천에 옮기지 못했었다. 내 즉흥적인 멘트가 스스로도 너무 만족스러웠다.

'전화로 여자를 좀 불러주실 수 있을까요?' 이 얼마나 젠틀맨다운 멘트인가.

호텔 직원이 내게 잠시 기다려달라는 제스처를 취한 후, 수화기를 들어 누군가와 몇 마디를 주고받는 듯하더니 전화를 끊었다.

"벌써 전화를 걸었나요?" 바짝 마른입으로 놀란 토끼 눈을 하고는 물었다.

"가능한지만 알아보았을 뿐입니다."

나는 알겠다는 듯이 고개를 끄덕였다.

누구한테 뭘 물어보았을까? 방에 여자를 올려 보내도 되는지? 아니면 지금 바로 올 수 있는 여자가 있는지? 아니면, 혹시라도 호텔 지배인에게 이 일에 대해 허락을 구한 걸까? 나를 알고 있는 몇몇 투쿠만 사람들이 내가 창녀랑 놀아났다는 것을 눈치채기라도 한다면 나는 곧 조롱거리가 되고 말 것이다. 지금까지 살면서 단 한 번도 창녀를 가까이해본 적이 없는 나인데도 단 하루도 여자 없이는 못 사는 사람이 되고 마는 것이다. 그것도 이런 고급 호텔에서……내 인생이 다시 한번 무너지는 순간이었다.

"이제 곧 전화가 올 겁니다." 그 직원이 내게 조심스레 말했다.

창백해진 얼굴 위로 땀이 비 오듯 쏟아지는데, 갑자기 어디선가 내 이름을 외치는 소리가 들려왔다. 남자의 목소리였다. 혹시 매춘부의 기둥서방일까? 그는 다름 아닌 페르난도 불만이었다. 그가 호텔 정문으로 걸어 들어오고 있는 것이 보였다.

"이렇게 다시 만나뵙게 되다니, 이런 행운이 다 있나!" 그가 내게 말했다. "그래, 항공편이 취소되셨다고요? 괜찮으시다면 함께 식사나 하러 가시죠."

"그러시죠." 나는 수락했다.

"그럼 그 일은 어떻게 할까요?" 호텔 직원이 실망한 눈초리로 내게 물었다.

"취소해요, 취소해." 나는 냉담한 말투로 대꾸했다.

다른 여행객들이 나를 의심스러운 눈길로 쳐다봤다.

불만은 내 한쪽 어깨에 손을 올리고는 나를 바인지 카페인지 아무튼 레스토랑 비슷한 곳으로 데리고 갔다. 나는 절대 술은 마시지 않겠다고 속으로 다짐했다. 간단한 안주가 나왔고 나는 식초에 절인 야채에 키조개 관자를 곁들인 요리를 주문했다.

'왜 나는 투쿠만까지 와서 키조개 관자 요리를 주문했을까?' 갑자기 화가 나서 내 자신에게 질문을 던졌다.

"투쿠만에서 지내는 게 어떠셨어요?" 불만이 물어왔다.

"정말 좋았습니다." 나는 대답했다. 사실이 그랬으니까.

요리로 나온 조개에는 모래만 잔뜩 들어 있고 양념도 제대로 배어 있지 않았다. 그걸 먹다가는 식중독에 걸려 사망할 것만 같았다. 불만이 맥주 한잔하겠냐고 묻자 나는 차마 그의 제의를 거절하지 못했다. 그가 햄버거 세트를 주문했다.

"하나 더요." 나도 질세라 웨이터에게 주문을 했다.

우리는 다시 이스라엘에 대해 이야기를 나누기 시작했다.

"만약 그곳에서 태어났다면 이야기가 달라지겠지만, 이민자로서 그곳에 가게 되면 언제 전쟁에 끌려나갈지 모르는 상황 속에서 살아야 하지요. 그리고 자식들은……" 그가 말했다.

"거기서 생활하실 때 자녀가 있으셨습니까?"

"없었습니다. 하지만 그런 생각은 늘 했지요. 이혼하기 1년 전 이곳 투쿠만에서 아이가 생겼죠."

나는 마지막 남은 조개를 먹어치웠다. 우리는 맥주를 더 주문했다.

불만은 내가 존경해온 이스라엘 장군에 대해 악담을 퍼부었다. 그는 그 장군을 구제불능에 호전주의자라고 생각한 반면, 나는 장군을 그저 우리 둘에 비해 방어능력이 뛰어난 사람 정도로 여겼다.

'만일 당신이 좀더 강경하고 공격적인 사람이었다면, 투쿠만에서 가장 아름다운 여인이 지금 당신 옆에 있었을 텐데.' 혼자만의 생각에 빠져 있는 동안 내가 주문한 햄버거 세트가 나왔다.

저녁식사를 마치자 불만은 단호한 몸짓으로 탁자 위에 돈을 올려놓았다. 그러고는 호텔까지 동행해주었다.

"이제 주무실 건가요?" 그가 내게 물었다.

"제가 별달리 할 일이 있겠습니까?"

"근처에 바도 있고, 물론 저는 안 가지만 말입니다. 음악도 연주하고 뭐 그러는 곳들이 있더군요."

"그런 것 말고 좀더 흥미로운 건 없나요?" 내가 물었다.

"여자 말씀인가요?"

"뭐, 예를 들자면요."

"제가 막 이혼했을 무렵에 '솔리체'라는 곳에 다니곤 했었지요. 그곳 여자들이 다들 쉰까지는 안 됐지만 마흔은 넘긴 사람들이었는데 꽤 매혹적이었어요. 근데 이제는 시들해졌죠."

"괜찮을 것 같은데요." 내가 말했다.

"그럼 한번 가보시겠습니까?" 그는 의심스럽다는 듯 미소를 띠며 물었다. "그런데 그 여자들이랑 어울리기엔 선생이 너무 어리지 않습니까?"

"젊은 사람들은 더 큰 어른들이 모르는 욕망을 지니고 있는 법이지요."

"좋습니다. 제가 모셔다드리죠. 하지만 새벽 한시가 넘어야 영업을 시작합니다."

시계는 열한시 반을 가리키고 있었다.

"정말 데려다주실 겁니까?"

"물론이죠. 하지만 한 시간 반은 더 기다려야 합니다."

"그럼 제가 호텔에서 위스키 한잔 대접하죠." 술은 입에도 안 대겠다던 약속을 언제 했냐는 듯 당당하게 이야기했다.

호텔에 들어서자마자 조금 전의 그 직원이 공범의 눈길로 나를 쳐다보는 바람에 할 수 없이 그에게 다가갔다.

"손님께서 원하신다면 열두시 반에 올 수 있다는데요."

"취소한 것 아니었습니까?" 내가 물었다.

"네, 취소했습니다. 하지만 주문이 아직 유효하다는 것을 말씀드리는 겁니다."

"취소해요."

하지만 그는 여전히 수화기를 들 생각을 않는 듯했다.

"위스키 두 잔 가져다주시겠습니까?" 내가 물었다.

"여기서 드시겠습니까, 아니면 방에서 드시겠습니까?" 여전히 공범자의 눈길로 바라보며 물었다.

"여기서 마실 겁니다, 여기서요." 내가 불쾌한 말투로 말했다. "여자가 아니라 남자랑 마실 거란 말입니다."

그제야 수화기를 들고는 위스키 두 잔을 주문했다. 불만은 단숨에 잔을 비웠다. 플로렌시오 산체스처럼 빗질한 머리카락 하나가 그의 눈에 들어갔고 불만은 그것을 간신히

빼냈다. 나는 힘을 주고 세운 콧수염에 대한 상상을 스스로 제어하는 법을 이미 터득한 상태였다. 저녁까지 대접하고 무엇보다 '솔리체'로 안내해주겠다는 것에 감사함마저 느껴졌다.

"한 잔 더 드시지요." 나는 반쯤 취한 상태에서 불만에게 말했다.

10분 후 웨이터가 위스키 병을 쟁반에 받쳐 들고 돌아왔을 때, 시계는 이미 열두시 사십분을 가리키고 있었다. 그리고 나 역시 술잔을 비운 상태였다. 기분이 한껏 고조되자 불만이 꽤나 괜찮은 사람으로 보이기 시작했다. 그가 키부츠 생활에 얽힌 재미난 이야기를 하는 동안, 나는 만일 그와 이웃사촌이었다면 여러 번의 시도 끝에 결국 그의 아내와 잠자리를 같이했을 것이라는 상상에 빠져들었다. 마치 멕시코인 편집자의 아버지가 걸어갔던 그 길을 따라가기라도 하듯이. 운명은 내가 원하는 것 이상으로 지금 나와 함께 있는 남자의 전 부인에게 빠져들게 만들어놓았지만, 그녀는 간단한 손동작만으로 나를 거부했다. 우리가 제아무리 고심해서 미래를 설계하거나 과거를 달리 가정해본들, 현재는 인정사정 봐주지 않는다.

그에게 던지는 사소한 질문이 잦아들자 불만은 뜬금없이

전쟁 이야기를 꺼내기 시작했다. 주변에 있던 관광객들은 이미 다들 사라지고 난 후였다.

"욤 키푸르* 날, 이집트와 시리아가 우릴 공격해왔는데……" 불만이 이야기를 시작했다.

그는 혀가 꼬일 대로 꼬인 데다가 동사며 전치사 사용도 뒤죽박죽이 된 상태였다. 하지만 다행히 그가 하려던 이야기에 관해서는 이미 여러 자료를 봐둔 터였기에 무슨 말을 하는지 어느 정도 짐작할 수 있었다.

"예, 알죠. 73년도에 발생한 전쟁** 말씀이시죠?" 나는 그의 말에 호응을 해주었다.

그는 고개를 끄덕였다. 그러고는 눈으로는 웨이터를 찾으며 첫 잔보다 더 가득 채워져 나온 두번째 술잔을 비웠다. 나는 호텔 직원에게 웨이터를 불러달라는 손짓을 했다. 순간 배에서 이상한 소리가 났다.

페르난도 불만은 73년 전쟁 당시 포병대에서 이집트 전투기를 향해 포탄 쏘는 일을 했다고 말했다. 플로렌시오 산

---

* Yom Kippur. 유대교의 '대속죄일'로, 유대력으로는 7월 10일, 그레고리력으로는 9월~10월경이다. 유대인들은 이날에 금식을 하며 어떤 일도 하지 않는다.
** 1973년 10월에 발발한 제4차 중동전쟁을 가리킨다.

체스처럼 머리를 빗어 넘긴 바로 이 남자가 말이다.

"결국엔 수에즈 운하 근처에 나 혼자 남게 됐지 뭡니까."
불만이 말했다.

웨이터가 불만이 마실 세번째 위스키 잔을 들고 왔을 때, 내 두번째 잔에는 여전히 술이 조금 남은 상태였다. 나는 남은 술을 비운 후 더이상 주문을 하지 않았다. 배에서 나는 소리가 어느덧 복통의 전주곡으로 변해 있었기 때문이다.

"우리 여단은 고르빅 장군의 명령에 따라 이미 건너간 상태였죠. 하지만 나는 부상 당한 전우—결국 내 품에서 숨을 거두었죠—와 함께 남아 있었습니다. 그는 왼쪽 다리와 오른쪽 눈을 잃었지요."

너무 자세히 얘기하지는 말아달라고 부탁하고 싶었지만 차마 그럴 수가 없었다.

"그러다가 한 이집트 적군과 정면으로 마주치게 됐지 뭡니까. 글쎄, 왜 그가 나처럼 거기 혼자 남게 됐는지는 모르겠지만, 평소 전쟁 관련 서적을 탐독해왔던 나는 그가 낙오자라는 것을 한눈에 알아챘습니다. 그 이집트인이 나를 보기 전에 내가 먼저 그자를 발견했고, 나는 지체할 것 없이 그자를 향해 방아쇠를 당겼습니다. 이미 숨을 거둔 동료를 방패막이 삼아서 말입니다. 그 이집트 병사는 내 총에 맞아 쓰러졌고 나는 그가 죽었는지 확인하기 위해 달려갔습니다."

그는 잠시 침묵을 지켰다.

"그래서요?" 나는 재촉하며 물었다. 찌르는 듯한 복통이 계속됐지만 궁금증 해소가 급선무였다. 이마에서 식은땀이 흘러내렸다. 혹시 아까 그 조개가 상한 것은 아니었을까?

그는 고개를 좌우로 가로저으며 마치 내 면전에서 당시의 상황을 다시 돌이켜보듯 침통한 표정을 지어 보였다.

"아직 숨이 끊어지지 않았더군요. 매우 고통스러워하고 있었습니다."

그는 위스키 잔을 들어 밑바닥을 뚫어지게 쳐다보았다.

"개머리판으로 얼굴을 내리쳤지요. 얼굴이 만신창이가 됩디다. 아마 두번째 내리쳤을 때 죽은 것 같더군요. 그런데도 나는 그자의 한쪽 눈을 뽑아서 죽은 전우의 빈 곳을 채워줄 생각만 했어요."

순간 구역질이 치밀어 올랐지만 그 이야기의 결말을 알고 싶었다.

그는 탁자 위에 위스키 잔을 내려놓았다.

"이 얘기는 거의 하지 않았습니다." 그는 눈시울을 붉히며 말했다. "우리 집사람한테 말입니다." 불만이 미소를 지어 보였다. "아니, 전 부인이군요. 믿어지십니까? 집사람한테 이런 이야기를 한 번도 하지 않았다는 것이……"

"왜 말씀하지 않으셨습니까?" 그에게 물었다. 순간 복통이 좀 잦아드는 듯했다. 호기심이야말로 뛰어난 진통제였다. 물론 일시적이긴 하지만.

"뭐 하러 그런 얘기를 합니까? '당신은 내가 짐승 같아 보여?' 그러면 '당신 평생에 딱 한 번이었잖아요'라고 하거나 '당신은 그때 제정신이 아니었어요'라는 말이나 했겠지요. 종종 잠을 자다가 악몽 때문에 놀라서 깨곤 했습니다. 오직 걷고 있을 때만 잊을 수 있는 악몽이었지요. 당시 집사람이 왜 그러냐고 물으면 그저 대충 둘러대곤 했지요. 근데 신기한 건 말입니다, 악몽을 꿀 때마다 꿈속에서 내가 히브리어를 하고 있었다는 겁니다."

"그런데 부인께서는, 그러니까 전 부인도 선생님이 참전용사였다는 사실을 알고 있었을 것 아닙니까?" 내가 물었다.

"물론 알고 있었습니다. 개머리판으로 사람을 죽였다는 얘기만 하지 않았을 뿐이죠. 사실 사람을 죽인 것은 그때가 처음이자 마지막이었습니다. 하지만 그 일은 절대 입 밖에 내지 않았지요."

"저…… 잠시 실례하겠습니다."

방으로 올라가자마자 배를 움켜쥐고 카펫 위에 쓰러져 뒹굴다가 화장실로 들어갔다. 상태가 너무 안 좋아 의사를 불러야 할 것만 같았다. 프런트에 전화를 했다.

"여자를 올려 보내드릴까요?" 아까 그 호텔 직원이 물어왔다.

"아뇨! 의사를 좀 불러줘요."

"의사요?"

"그래요, 의사요."

그러고는 다시 화장실로 달려갔다. 겨우 진정하고 나와서는 다시금 불만이 있는 로비로 내려갔다.

불만은 얼굴에 미소를 띤 채 나를 기다리고 있었다. 위스키 잔을 올려놓았던 냅킨으로 눈물을 훔쳐내면서 말이다.

"아무래도 솔리체는 다음에 가는 것이 좋겠네요." 내가 말했다.

"그러는 게 좋겠습니다." 불만이 자리를 털고 일어나며 말했다. "좀 피곤하긴 하네요. 내일 몇 시에 떠나십니까?"

"오전 일곱시요."

"브레네르가 데리러 오기로 했나요?"

"아닐 겁니다. 제가 미리 말해놓지 않았거든요."

"사정만 괜찮으면 제가 직접 모셔다드릴 수도 있겠지만, 그 시간에 병원 문을 열어야 하니 거 참……"

"의사이십니까?" 내가 물었다.

"소아과 전문의입니다."

"그러시군요. 아무튼 걱정하지 마십시오."

"나머지 술값은 내고 가지요. 원래 한 잔만 사신다고 하셨던 거니까 말입니다."

"정말 왜 이러십니까?" 불만이 주머니에 집어넣었던 손을 빼려는 것을 한사코 막으며 말했다.

나는 그가 들려준 이야기의 대가로 25페소를 꺼내놓았다.

불만은 그렇게 가버렸다. 호텔까지 자신의 차를 타고 왔는지 아니면 택시를 타고 왔는지는 알 수 없었다.

"손님께서 의료보험에 가입하셨는지 묻는데요?" 호텔 직원이 수화기를 가슴에 잠시 대고는 말을 걸어왔다.

"취소하라고요, 취소." 나는 중얼거리며 대답했다.

그러자 직원이 인상을 찌푸리며 수화기에 대고 몇 마디를 하더니 전화를 끊어버렸다.

"내일 새벽 다섯시 반에 모닝콜 좀 부탁합니다. 그리고 여섯시 십오분까지 택시 좀 불러주면 좋겠습니다."

"이번에도 또 취소하진 않으시겠죠?"

나는 직원에게 미소도 짓지 않고 그대로 방으로 올라갔다.

VII

다섯시가 되자 눈이 떠졌다. 놀랍게도 몸 상태도 정상이었다. 부탁했던 모닝콜이 오기도 전이었다. 짐은 미리 싸놨기에 샤워를 하고는 바로 로비로 내려가 차를 한 잔 마셨다. 정확히 여섯시 십오분에 택시가 호텔 앞에 도착했고 십오 분 만에 나를 공항에 내려주었다. 공항에는 아직 부에노스아이레스의 일간지가 배달되기 전이었다. 나는 수하물을 부치고 경제 일간지인 『라 가세타』 한 부를 샀다. 별 흥미 없이 페이지를 넘기다가 탑승 안내방송이 나오는 순간, 신문에 분명 안마사 모이세스 콘스탄티니를 찾는 광고가 있을 것이라는 생각이 뇌리를 번뜩 스치고 지나갔다. 탑승구 앞에 서자마자 탑승객 줄이 순식간에 줄어드는 바람에 대문짝만 한 투쿠만 신문을 펴볼 새도 없었다. 어쩔 수 없이 신문을 가방에 넣어두었다. 그러자 갑자기 불안한 생각이 들었다. 여행객의 60퍼센트가 계획보다 하루 늦게 비행기를 타지 않았는가!

비행기에 오르자마자 승무원에게 물었다. 또다시 파업사태가 발생해 부에노스아이레스 공항에 착륙도 못 하고 하늘에서 맴돌고 있어야 하는 것 아니냐고. 그녀는 아마도 그럴 일은 없을 것이라고 말해주었다. 나는 자리에 앉아서 창 밖을 바라보았다. 나는 비행기 바퀴가 땅에서 떨어지는 순간이면 항상 흠칫 놀라곤 했다. 갑자기 불만과 에스테파니아가 떠올랐다. 그녀는 아무것도 모르고 있었다. 그 두 사람이 죽기 전에 에스테파니아가 불만의 과거를 알게 될까? 만일 내가 탄 이 비행기가 추락한다면 그 사연은 아마도 나와 함께 사라져버릴 것이다.

안전벨트를 풀어도 된다는 안내등이 켜지는 순간 누군가가 어깨를 툭 치는 듯한 느낌이 들더니 갑자기 구강 청정제 냄새가 풍겨왔다. 모이세스 콘스탄티니가 내 옆에서 미소를 짓고 있었다!

"세상에 이럴 수가!" 내가 소리쳤다.

"운이 없었어." 그가 입을 열었다.

"따님이랑 통화는 하셨어요?"

"머물 곳을 찾지 못했지 뭔가. 그래서 이틀 동안 길거리에서 잤지. 어제 돌아가려 했는데, 보시다시피 그만……"

"어떻게 길거리에서 주무실 수가 있어요?" 나는 화난 목소리로 말했다.

"더한 경우도 겪었는걸."

"그래도 얼굴은 여전히 좋아 보이시네요."

"어떻게든 면도는 하고 다니거든. 당신하고는 다르다고." 그는 살짝 비꼬는 투로 말했다.

"그나저나 따님한테 전화는 하셨냐고요?" 내가 재촉하듯 물었다.

"도착하자마자 전화할걸세."

"제가 전화기까지 따라갈 겁니다."

그러자 옆에 앉은 아줌마가 놀란 눈으로 나를 쳐다봤다.

"제 고모가 선생님 도움을 필요로 하시거든요. 그나저나 앉으세요. 그러다가 넘어지십니다."

"고모가? 투쿠만에 친척이 있었나?"

"예. 뒷덜미가 쑤신다고 하셔서 제가 선생님을 추천해드렸어요. 그런데 어디 계신지 알 수가 있어야 말이죠. 분명 신문에 선생님을 찾는다는 광고가 실렸을 거예요."

창가에 앉아 있던 나는 옆자리에 앉은 아주머니에게 더 이상 폐를 끼치지 않기 위해 자리에서 나왔다. 그러고는 짐칸에 올려놓은 손가방에서 『라 가세타』를 꺼내 광고란을 뒤적이기 시작했다. 실업문제로 날이 갈수록 매춘 여성의

연령이 낮아지고 있다는 기사가 보였다. 그 아래 검은 바탕에 흰 글씨로 쓰여 있는 광고문구가 바로 이어지고 있었다. 모이세스 콘스탄티니 / 안마사 / 연락요망……

"아, 그랬군." 그가 말했다. "다음에 또 기회가 있겠지."

신앙인들이 믿음을 갖는 진짜 이유

El verdadero motivo
de los creyentes

"저는 마취과 의사입니다." 그가 말했다. 안 그래도 마취가 필요하던 참이었다.

나는 몹시 고통스러웠다. 아내가 두 아이들과 함께 벨기에로 가버렸기 때문이다. 아내는 유럽의 한 재단에서 강연을 해달라는 초청을 받았는데, 화학 처리를 해서 갑작스러운 기후 변화에도 저항력이 있는, 이름도 기억나지 않는 어떤 식물의 반응에 관한 연구가 그 내용이었다. 가족이 떠난 이후로 내겐 평범한 일상조차 버겁게만 느껴졌다. 왠지 아내와 아이들이 다시는 돌아오지 않을 것 같은 느낌이 들었기 때문이다. 그곳에서 다른 남자를 만나 아이들에게 새 아버지를 안겨줄 것만 같았다. 하지만 이런 내 기분을 아내에게 솔직히 말한다면 아내를 당황스럽게 만들 뿐만 아니라 말이 씨가 되어 현실이 될 것만 같았다. 그래서 나는 아내와 전화를 할 때마다 반드시 돌아오겠다는 말을 몇 번이고 반복하도록 유도했고, 온갖 종류의 다짐을 받아내고도 모자라 급기야 사랑의 맹세까지 요구했다. 어차피 전화를 끊으면 아내의 말이 전부 거짓말이라고 생각할 게 뻔하지만 말이다. 내 일에만 몰두하려고 갖은 노력을 다해봤지만 헛수고였다. 급기야 먹지도 못하고 일도 할 수 없는 지경에 이르고야 말았다. 어딘가에 기대고 싶었지만 마약은 떠올리기만 해도 공포스럽고, 술은 장기전에 접어든 심리적 고통을 달래주는 데 한계가 있었다. 그렇다고 해서 정신과에서 처방해주는 약이 만병통치약도 아니었다. 사실 나는 정신에 이상이 있는 게 아니라, 중년에서 노년으로 넘어가는 길목에서 맞닥뜨릴 수 있는 수많은 위기 중 하나에 봉착한 평범한 성인 남성에 불과했기 때문이다.

"마취과 의사라면 전문 분야는요?" 내가 물었다.

"외과입니다." 몰리나리가 말했다.

'제 심장 좀 꺼내서 새 것으로 바꿔주시면 안 되겠습니까?' 이렇게 묻고 싶었다. '그녀의 살결이나 향기, 따뜻한 체온 때문만은 아니랍니다. 그녀가 있어 내가 살아 있음을 느끼기 때문입니다'라고 말하고 싶었다.

나는 코르도바와 차코 출신의 작가 두 명과 함께 코르도바 주 라팔다 시의 살레시오 고등학교에서 주최한 '소설 속의 하느님'이라는 주제의 강연에 연사로 초빙되었다. 주제는 흥미로워 보였지만 처음에는 제의를 거절했다. 손수 내게 전화를 걸어온 신부님에게 그 이유를 이렇게 설명했다.

"글쎄요, 신부님. 가톨릭 학교에서 특별수업을 하는 게 쉽게 느껴지지는 않아서 말입니다. 물론 이번 강연 내용이 종교적 차원을 떠나 자유롭게 토론하는 자리라는 것은 잘 알고 있습니다. 그래서 유대인인 저에게도 연락을 하셨겠지요. 그런데 저는 이스라엘의 하느님을 늘 부르고 유대교 기도문을 달달 외우고는 있지만, 정작 제대로 아는 건 하나도 없습니다. 학생들에게 질문을 받고도 어떤 말을 해줘야 할지 몰라 쩔쩔맬까봐 걱정됩니다. 게다가 단 한 번도 토라를 통독한 적이 없을뿐더러 유대교 기념일도 제대로 지키는 법이 없었습니다······ 한마디로 전혀 아는 게 없어요."

그러자 페세레스 신부님은 스페인 태생 특유의 악센트로 이렇게 말했다.

"친애하는 형제님, 하느님은 우리의 유일한 공통분모입

니다. 우리 아이들은 형제님이 청소년을 위해 집필한 책을 읽었고, 저 또한 형제님이 신앙인이라는 것을 알고 있습니다. 그렇기에 형제님께서 참석해주신다면 더할 나위 없는 영광일 겁니다. 코셔 음식*도 마련할 수 있습니다. 이미 여러 분의 랍비님을 초청한 적이 있고 또……"

나는 부끄러움에 재빨리 말을 끊었다.

"코셔 음식도 먹지 않습니다, 신부님. 걱정하실 것 없습니다. 그냥 왕복 티켓만 보내주시면 참석하지요."

이제 그 강연을 마치고 집에 돌아가는 중이다. 세 학급의 학생들과 주제에 관심 있는 학부모, 그리고 일반인 몇 명이 참석한 자리였다. 코르도바 출신의 작가인 마리오 무스캇은 성(姓)에서 유대교 분위기가 물씬 풍기지만 가톨릭 신자였다. 그리고 또 한 사람은 차코 출신 작가인 윌프레도 장고로 무신론자였다. 그는 근래에 『귀머거리들과 하느님의 대화』라는 소설을 썼는데 그 책은 '차코 문화의 집'이라는 곳에서 출간되었다. 그런데 그가 나중에 말하길, 그곳은 그의 자택으로 정기적인 시 낭독 모임이나 문예창작회를 여는 곳이라고 했다. 그리고 살레시오 고등학교가 어떻게 자

---

* 유대교의 율법에 따라 만든 음식.

신을 알고 연락했는지 모르겠다고 말했다. 그건 나 또한 마찬가지였다. 한편 무스캇은 매우 충격적인 가톨릭 내용을 담고 있는 추리소설을 썼는데, 체스터턴*이나 차미코** 식의 소설기법을 따르고 있으나, 이들이 내용 전개에 따라 결말을 예측할 수 있는 형식을 택했다면 그의 결말은 신비주의나 교훈으로 귀결되었다.

처음 강연 제의를 받았을 때 관심이 있었던 것은 생각할수록 매력적인 발상이라고 여겼기 때문이지만, 역시 기대에는 못 미쳤다. 나는 페세레스 신부님과 두 동료에게 작별인사를 하고 난 뒤 근처 바에 들어가 코르도바 행 버스를 기다리며 책장을 넘겼다. 단 한 줄이라도 재미있는 부분을 찾을까 싶어 책을 계속해서 뒤적이다가 아내를 품었던 마지막 순간을 떠올렸다. 우리가 사랑을 나눌 때면 나는 아내를 앞으로 돌리고 뒤로 돌리며 끊임없이 바라보았다. 삽입을 하기 전에 마치 두 눈으로 그녀를 녹여버리려는 듯이⋯⋯ 그때마다 아내는 웃음을 흘리며 "내가 스테이크도 아니고, 그만 좀 뒤집으시지"라고 말했다. 그러나 나는 끊임없이 그녀를 바라보고 이리저리 뒤집으며 정신없게 만들어야만 했

---

* Gilbert Keith Chesterton(1874~1936). 영국의 언론인 겸 소설가.
** 아르헨티나 작가 콘라도 날레 록슬로(Conrado Nale Roxlo)의 필명.

다. 그래야 언젠가는 내게 흥미가 떨어질 것이라는 생각을 할 겨를이 없을 테니까.

책을 덮고 위스키 더블을 주문했다. 웨이터가 가지고 나온 술은 형편없는 싸구려였다. 그나마 그것도 마지막이라는 것이다. 바는 파리 두 마리가 날아다니는 게 눈에 들어올 정도로 한산했다. 손님이라고는 나와 다른 남자, 단 두 명뿐이었다. 그 사람도 역시 위스키를 마시고 있었다. 저 사람은 이 시간에 위스키를 마시면서 뭘 하고 있는 걸까? 이제 겨우 한시밖에 안 됐는데…… 혹시 알코올 중독자? 물론 난 아니다. 나는 살레시오 학교 관계자들이나 장고와 무스캇과 함께 식사를 하고 싶지 않아 일찍 나왔다. 그들 앞에서 굳이 세월의 흐름 속에 하나 둘씩 더해가는 나의 흰머리를 드러내며, 제때 끼니를 챙기지 못해 쓰라린 위를 부여잡으며 힘들어하는 모습을 보일 필요는 없지 않는가? 아내가 연구하는 식물은 인간의 노력에 힘입어 그 어떠한 악조건에서도 푸르름을 잃지 않을 것이다. 그러나 나는 내 영혼의 이름 석 자도 없이 매 순간 시들어가고 있었다. 위스키를 주문한 이유는 오후에 아이스크림이나 캐비어 카나페, 양젖으로 만든 치즈라도 먹을 수 있는 방법은 이것뿐이기 때문이다. 왠지 평소에 먹지 않는 음식에 구미가 당겼고, 약간의 취기와 함께 식사를 즐겼다. 그러다가 바에 있던 또다른 손님이 내 강연에 왔던 사람이라는 사실을 깨달았다. 낯선 사람을 보면 늘 그렇듯이 나는 그 사람을 흘깃 쳐다보았다. 그때 내가 자신을 바라보고 있다는 사실을 알아채고는 남자가 술잔을 들어 내게 인사를 건넸다.

"멋진 강연이었습니다."

"감사합니다. 그냥 입만 벙긋했는걸요."

"아닙니다, 매우 좋았습니다. 물론 선생님 의견에 동의하는 건 아니지만 말입니다."

"제 의견에 동의하면서 강의도 좋았다면 금상첨화였을 텐데 안타깝네요."

남자는 웃으며 잔을 테이블 위에 내려놓았다.

"버스가 제 시간에 오긴 합니까?" 내가 물었다.

"한 번도 그런 적은 없었습니다." 남자가 대답했다.

"선생님도 버스를 기다리고 계시군요."

"예, 저는 코르도바에서 왔습니다."

"코르도바요?" 나는 놀라움을 금치 못하며 말했다. "이 강연회에 참석하러 말입니까? 혹시 교사이신가요?"

"아닙니다. 마취과 의사입니다." 그는 위스키 한 모금을 들이켜고는 말을 이었다. "하지만 주제가 흥미롭더군요."

그렇게 해서 나는 그의 전공 분야가 무엇인지 물어보게 된 것이다.

몰리나리 씨는 내 질문에 대답을 하고는 이렇게 말했다.

"실례지만, 선생님께서 강연중에 인간은 모두 신앙인이라고 하셨는데요."

"예, 맞습니다. 신은 존재할 수도, 존재하지 않을 수도 있지만, 무신론이라는 것은 결코 존재하지 않는다고 생각하기 때문입니다." 내가 대답했다.

"이런 말을 해서 죄송합니다만, 그곳은 학생들과 일반인이 참석하는 자리였습니다."

"옳으신 말씀입니다. 대중적인 자리였기에 그런 발언이 더 가능했다고 봅니다."

"어쨌거나 제가 동감하지 않는 것은 그 대목이 아닙니다. 물론 그 부분도 동감하는 것은 아니지만 결정적이지는 않다는 것이지요. 가장 결정적인 부분은 인간이 모두 신앙인인 이유가 자신이 언젠가 죽게 된다는 사실을 받아들이지 못하기 때문이라고 하신 대목이었습니다."

"단정적인 것은 아닙니다." 내가 대답했다. 뭔가 해명이라도 해야 할 상황이었지만 나는 더이상 토를 달지 않았다.

"선생님 의견에 반론을 제기해볼까 합니다." 몰리나리는 이렇게 말하고는 담배를 꺼내며 나에게 물었다.

"담배 태우십니까?"

"안타깝게도 아닙니다. 당분간은요."

"저는 사람들이 신앙을 갖는 진짜 이유를 알고 있습니다."

"선생님은 종교를 갖고 계십니까?" 내가 물었다.

"안타깝게도 아닙니다. 당분간은 말입니다." 그는 내가 조금 전에 했던 말을 따라 했다.

"그렇다면 사람들이 신앙을 갖는 진짜 이유가 뭐라고 생각하십니까?"

몰리나리는 웃으며 담배에 불을 붙였다. 기분이 그리 유쾌하지는 않았다. 마치 수수께끼를 던져놓고 이리저리 답을 회피하며 약올리는 것 같았다. 그는 내가 자신의 말에 관심을 갖기를 바라고 있었다.

"우선 통성명이나 하지요. 제 이름은 프란시스코 몰리나리입니다."

찻길 끝에서 먼지가 일기 시작했다. 버스가 오고 있었다. 몰리나리는 일어나서 술값을 지불하기 위해 웨이터를 불렀다.

"이제 가야 할 시간이군요." 그가 말했다.

나이가 대략 예순은 넘어 보였다. 그의 외모에는 상대의 의사와 상관없이 수수께끼를 던진 다음 답을 알려주지도 않는 간교함이 엿보이지는 않았다. 풍성한 머리칼과 하얗게 센 머리, 긴 구레나룻, 잿빛 두 눈에 뿔테 안경을 끼고 있었다. 하얀 피부, 푸른색 셔츠 속에는 살집이 꽉 들어찼고, 셔츠와 같은 원단의 점퍼를 걸치고 있었다. 그다지 뚱뚱하지도 마르지도 않은 체격이었다. 그는 나보고 먼저 타라고 하더니 내 옆자리로 와서 앉았다.

"부에노스아이레스까지는 비행기로 가십니까?" 그가 물었다.

"예, 내일 오전 중에 출발합니다." 내가 대답했다.

"그럼 어느 호텔에서 묵을 예정이십니까?"

"엘 아드리아티코 호텔입니다."

"좋은 곳이지요. 그런데 매우 비싸지 않습니까? 괜찮으시다면 저희 집은 어떠십니까?"

"아닙니다. 어차피 숙박 비용은 살레시오 학교 측에서 부담합니다. 말씀만으로도 감사합니다."

"제가 관심 있는 주제에 대해 강연하러 오신 귀한 작가님께 이 정도는 아무것도 아니지요."

"선생님도 먼 길을 오셨는데요. 저야 초대를 받아서 왔다고 하지만 선생님께서는 코르도바에서 이곳까지 단지 강연을 듣기 위해 오시지 않았습니까."

"관심이 있다면 이쯤은 아무것도 아니지요. 솔직히 말하자면 집사람이 죽은 후로는 악마보다 더 외로움을 느낍니다."

"저도 마찬가지입니다." 그의 솔직한 고백에 감동을 받아 나도 진심을 내비쳤다.

"부인과 사별하셨습니까?"

"아뇨, 그건 아니지만 저도 악마보다 더 지독한 외로움을 느낍니다."

"이런 두 사람이 하느님의 이야기를 하러 왔다니……" 몰리나리는 쓴웃음을 머금은 채 이렇게 대답했다. 그는 점퍼 안주머니에서 외국산 위스키가 들어 있는 휴대용 술병을 꺼냈다. 그것을 내게 건네더니 점퍼를 벗어 짐칸에 올려놓았다.

"한 모금 드시지요." 그가 말했다. 나는 그의 호의를 딱히 거절할 방법이 없어 불편한 심기를 뒤로하고 술을 들이켰다. 이 남자에게는 대체 '한 모금'이라는 게 얼마큼을 의미하는 건지? 게다가 한 병을 누군가와 나눠 마시는 건 매우 불쾌한 일이었다. 내 식으로 표현하자면 나는 점잖은 사람이기 때문이다. 하지만 위스키 자체는 매우 훌륭했다.

신앙인들이 믿음을 갖는 진짜 이유 169

"그냥 갖고 계시지요. 저는 적당히 마셨습니다."

"그래도 이건……" 내가 머뭇거렸다. 그는 상관없다는 듯 손짓을 해 보였다. 나는 마지못해 한 모금을 또 들이켰다.

"일을 그만둬서 좋은 점이 두 가지가 있는데, 하나는 늘 술독에 빠질 수 있다는 것이고, 또 하나는 늘 신을 생각하지 않아도 된다는 점입니다." 그가 말했다.

"그럼 은퇴하신 겁니까?"

"그만둔 지 몇 년 됩니다."

"신을 생각하지 않아도 된다는 건 무슨 뜻입니까?"

"영혼이 빠져나간 환자가 수술대 위에 석고인형과 다를 바 없이 누워 있는 걸 본다면 선생님은 무슨 생각이 들겠습니까?"

"글쎄요. 의사가 시키지 않는 한 절대로 수술실에 들어갈 일은 없을 것 같은데요." 그러자 그가 웃었다.

"평생 마취과 의사로 지내셨습니까?" 내가 물었다.

"독재정권 시절만 제외하고요."

나는 또 한 모금을 들이켰다.

"1976년 독재정권 시절을 말하는 겁니다. 무슨 말이든 확실히 해둬야지요." 그가 말했다.

"독재체제하에 살아가는 것에 버금가는 게 뭔지 아십니

까?" 내가 물었다.

"말씀해보시지요."

나는 "먼저 사람들이 종교를 갖는 진짜 이유가 무엇인지 말씀해주십시오"라고 말하고 싶은 것을 간신히 참았다. 너무 유치한 수법인 것 같았기 때문이다.

나는 술병을 반쯤 비우면서 이렇게 말했다.

"우선 감옥에 수감된 사람, 고문 받은 사람, 쫓기는 사람에게 해당되는 것은 아니라는 사실을 전제로 합니다. 일반인, 긍정적인 사고방식을 지녔고 자유를 옹호하고 예의범절을 지키며 늘 선하게 살아가는 사람, 그런 사람이 마치 독재정권의 탄압 속에서 살아가는 것처럼 느껴지게끔 하는 것이 무엇인지 아십니까?"

"글쎄요, 꽤나 궁금하군요."

"나를 사랑한다고 말했던 여자에게 버림을 받는 것입니다. 사랑한다고 하더니 어느 날 홀연히 떠나버릴 때 말입니다."

나는 방금 한 말이 논리에 맞는지 잠시 생각해보고는 다시 말을 이어갔다.

"저는 제 자신을 특별한 사람이라고 느끼며 살아왔습니다. 그런데 지금은 선생님 말씀처럼 수술대 위에 누워 있는 죽은 자와 다를 바 없습니다. 석고인형처럼 굳어버린 시체 말입니다. 제게는 영혼이 없습니다. 폭정 속에서 살고 있는 셈이지요."

"그 기분 이해합니다."

"저는 사랑을 할 때면 마치 전쟁터에 나가는 영웅처럼 행동했습니다. 그런데 지금은 과거의 모든 여인들을 한 명씩 찾아가 무릎 꿇고 제 만행에 대해 용서를 구하고 싶은 심정입니다. 지금의 나는 졸병 수준에도 못 미친단 말입니다. 마치 독재정권에 항거하듯이 빽빽한 숲을 행군하고, 끊임없이 크고 작은 전투를 치르며, 승전의 기쁨을 맛보는 일은 사라졌다는 말입니다. 육체관계도 더이상 나를 채워주지 못합니다. 예전에는 사드 후작처럼 행세했다면 지금은 루벤 다리오가 되어버린 기분입니다.* 저는 낭만적인 것과는 거리가 멉니다. 샌님에게나 어울리는 감정이라고 생각하기 때문입니다. 차라리 나쁜 놈 취급 당하는 걸 택하겠습니다. 그런데 이제 저는 모든 힘을 잃었고 덩달아 목소리도 작아졌습니다. 이제는 나쁜 놈이라는 말을 들으려면 나치 정도는 되어야 합니다. 저는 어떻게 살아가야

---

* 루벤 다리오는 니카라과의 시인. 여기서는 '시'를 고루하고 재미없는 것으로 보아, 성에는 관심이 없고 시나 읊는 시인이 되어버린 기분이라는 뜻.

할까요? 속 시원한 해답 좀 주십시오. 육체관계에만 끊임없이 집중하면 해결될까요? 하지만 이것도 이제는 아무 의미도 없습니다."

"저는 결혼한 뒤로 단 한 번도 다른 여자와 잠자리를 한 적이 없습니다. 마지막 순간까지 아내를 사랑했지요."

"저도 집사람을 사랑합니다. 제 말이 바로 그겁니다."

"선생님께서 부인을 사랑하지 않는다는 말이 아니었습니다." 몰리나리가 말했다. "다만 아내 이외에 다른 여자는 한 번도 필요했던 적이 없다는 겁니다. 아내만 곁에 있어주면 족했지요."

"그거야말로 행운이네요. 신의 은총이 내린 겁니다." 내가 말했다.

"은총이라는 것은 존재하지 않습니다." 그가 말했다.

"그렇다면 그런 상황을 어떻게 설명하실 겁니까? 타고난 성격 때문에? 혹은 물리적인 작용 때문에? 몇십 년을 부인과 함께하신 건지는 모르겠지만, 선생님처럼 한 여자만 사랑한 남자들이야말로 인간이 동물과는 다르다는 것을 여실히 보여주는 산 증거가 아니겠습니까?"

"그 말에는 동의합니다." 몰리나리가 말했다. "우리는 동물이 아닙니다. 선생님을 포함해 우리 모두는 영혼을 가지고 있습니다. 하지만 저는 사람들이 신을 믿는 진짜 이유를 더욱 밑바닥에서 찾아볼 수 있다고 생각합니다. 선생님 말씀처럼 절망에서 비롯되는 것은 아니라는 말입니다."

"그럼 선생님은 신을 믿지 않는 것도 아니군요." 나는 사람들이 믿음을 갖는 진짜 이유에 대해 확실히 해달라고 하지도 않고 말을 건넸다.

"신을 믿지 않는 것이 아니라 그에 대한 설명이나 이론들이 허상이라고 믿는 거군요."

'허상'이라는 단어가 왠지 어색하게 들렸지만 이미 취기가 올라 있는 상태라서 별 생각 없이 사용했다. 그나마 술에 취해 혀가 꼬여 발음도 이상하고 몰리나리에게 침까지 튀겨가며 말을 하고 있었다.

"아무래도 담배를 다시 피우게 될 것 같군요." 내가 말했다.

"그러지 마십시오. 건강에 해롭습니다."

"하지만 이제는 더이상 먹을 수도 없고 그나마 책도 눈에 들어오질 않아요. 어떻게 하면 좋겠습니까?"

"대체 무슨 일이 있는 겁니까?" 마침내 몰리나리가 물었다.

그가 내 문제에 관심을 갖는 것이 놀라웠다. 물론 그를 이기적이거나 심각한 자기중심적 인물로 본 것은 아니지만, 다른 사람들이 자신에게 이야기를 털어놓게 하거나 다른 사람들의 의견에는 아랑곳없이 자신의 의견을 당당히 피력하는 사람으로 보였다. 어쨌거나 나는 버스 여행을 하는 동안 겉으로 내보일 수 없었던 불편한 심기를 표현할 수 있는 호기를 맞게 되었다. 그러나 그러지 않기로 했다.

"아무것도 아닙니다. 너무나도 빨리 흰머리가 늘어나는 것이 견딜 수가 없어서 그런가 봅니다." 내가 말했다. 그리고 내 머리를 뒤덮기 시작한 흰 머리카락을 그에게 보여주었다.

"그래도 최소한 뒤덮을 머리카락은 있지 않습니까?" 몰리나리가 나름대로 위로를 해주었다.

나는 기회가 있을 때마다 사람들에게 내 흰머리를 보여주며 진짜 흰머리가 맞냐고 묻곤 했는데, 그 이유는 최근 들어 심정의 위기를 맞게 되면서 흰머리가 무서운 속도로 올라오는 것을 보며 믿을 수가 없었기 때문이다. 마치 환영을 보고 있는 게 아닌가 두렵기도 했다.

"제 아내는 지금 여행중입니다." 내가 말했다. "다행히 하느님께서 도우셨는지 저도 그동안 세 차례나 여행할 기회가 있었습니다. 여행중에는 심정을 어느 정도 추스를 수 있지요."

"저도 아내가 죽었을 때 그런 식으로 마음을 다잡았습니다." 몰리나리가 말했다. "그럭저럭 견딜 수 있더군요."

"슬하에 자제분은 있으신가요?"

"아들이 하나 있는데 대학 공부까지 마치고 지금은 떡두꺼비 같은 손자를 안겨줬습니다."

"부인께서는 손자를 보셨나요?"

몰리나리는 머리를 가로저었다. 나는 위스키를 또 한 모금 마시고 잠시 생각하다가 말을 꺼냈다.

"아무래도 본론은 들어가지 못하고 의미 없는 말만 주고받고 있는 것 같군요. 우리의 주제는 신의 존재 유무가 아니라 사람들이 왜 신앙을 갖는가가 아니었던가요?"

"선생님은 술을 마실 때 정신이 더 또렷해지시는가 봅니다."

"인간의 본성은 취했을 때 드러난다고 하지요. 멀쩡한 정신은 살기 위해 어쩔 수 없이 택하는 가면에 불과합니다."

"이제 거의 다 왔군요." 몰리나리가 말했다. 술병은 이미 바닥을 드러냈다. "이렇게 하는 게 어떻겠습니까? 아직 이른 시간인데 호텔방에 들어가봤자 별로 하실 일도 없지 않습니까? 오히려 우울하기만 하실 테니 저희 집에 가서 한

잔 더 하시는 게 어떻겠습니까?"

버스가 코르도바에 도착했다.

몰리나리의 집은 잡초가 빼곡히 난 정원의 안쪽에 자리하고 있었다. 무성한 잡초는 주인장의 소홀함 탓이겠지만 보기에 나쁘지만은 않았다. 반면 집 안에 들어서자 안주인의 빈자리가 여실히 느껴졌다. 마치 카나리아가 죽은 뒤 몇 달 동안 청소 한 번 하지 않은 텅 빈 새장과 같았다. 벽은 누런 오줌 색깔을 띠었고, 카펫은 구멍이 송송 난 채 여기저기 찢겨 있었다.

"앉아 계세요. 얼른 위스키를 내오겠습니다." 몰리나리는 이렇게 말하며 낡은 일인용 천 소파를 가리켰다. 하지만 거기 앉으면 뭔가에 물릴 것만 같아서 서 있는 쪽을 택했다. 이번에 가져온 위스키도 외국산이었다.

"두 여자의 차이점은 뭘까요?" 내가 물었다. "한 여자는 실제로 존재하고, 다른 여자는 자위할 때만 등장하는 상상의 인물인데 이 둘의 차이점은요? 삽입하는 입구는 둘 다 같은데 왜 한쪽은 아파할까봐 신경을 써야 하고, 다른 한쪽은 어찌해도 상관이 없을까요?"

"글쎄요, 저는 마취과 의사지 솔로몬 왕이 아닙니다." 몰리나리가 말했다.

"최소한 사람들이 신앙을 갖는 진짜 이유라도 알려주시지요." 나는 기분 좋게 오른 취기를 느끼며 이렇게 질문했다. 그리고 나도 모르게 의자에 앉고 말았다.

몰리나리는 한숨을 쉬더니 이렇게 말했다.

"한때 후후이*에서 식료품 가게를 낸 적이 있습니다." 그가 말을 시작했다. "20대에 코르도바의 소화기 전문병원에서 마취과 의사로 일을 시작했지요. 그러나 76년도에 해고를 당한 뒤 살던 곳을 등져야 하는 상황에 몰리고 말았습니다."

이런 경우에는 어떻게 질문해야 할지 도통 감이 잡히지 않는다. "무슨 일에 엮이셨습니까?"라고 물으면 취조하는 인상을 줄 수 있을 테고, 아무렇지도 않은 듯이 말하면 지나치게 의식한 티가 날 것만 같았다.

"왜 해고를 당하셨습니까?"

"집회를 결성해서 참석하고, 가난한 사람들을 위한 저가 의료 서비스를 요구하고, 노동자 자녀들을 위한 폭넓은 혜택 보장을 요구했다는 이유로……"

"그렇군요. 그런데 후후이로 가셨다고요? 거기가 더 안

---

* 아르헨티나 북서쪽에 위치한 주(州).

전한 곳입니까?"

"만약 선생께서 후후이에 살고 있다면 미시오네스*로 가는 게 가장 안전하고, 코르도바에 산다면 후후이로 가는 게 가장 안전했을 겁니다. 무엇보다 중요한 것은 이주하면서 직업도 바꾸는 것입니다. 그리고 가능한 한 어떤 종류의 단체에도 가입하지 않는 것입니다. 그 빌어먹을 녀석들은 지구 끝까지 찾아와 괴롭힐 인간들이니 말입니다."

"알 만합니다." 내가 말했다.

"얼마 되지 않는 저축으로 후후이에 상점을 열고 집사람과 함께 꾸려나갔지요."

"저도 항상 상점을 운영해보고 싶다는 생각을 하곤 했습니다."

그러자 몰리나리는 부정적으로 고개를 저었다.

"꿈도 꾸지 마시지요. 상점을 열려면 무엇보다도 자본금이 넉넉해야 합니다. 돈이 없으면 쌓이는 빚 때문에 열자마자 닫고 싶은 마음이 드실 겁니다. 나는 선택의 여지가 없었기 때문에 어쩔 수 없었지만 겪은 고통은 이만저만이 아니지요."

---

* 아르헨티나 북동쪽에 위치한 주.

"두번째 직업도 괜찮았습니까?"

"좋았지요. 그 덕에 아들을 부에노스아이레스로 보내 대학 공부까지 시킬 수 있었으니 말입니다. 학사 학위를 받았다고 말했던가요?"

"예, 그런데 전공은 말씀 안 하셨습니다."

"의학을 전공했습니다. 제 유일한 자랑거리지요. 단 한 번도 아들을 가게에서 일하게 한 적이 없습니다. 물론 그만큼 우리가 더 고생해야 했지요. 전공이 5년 과정이더군요. 아이가 학업에 매진하는 동안 용돈을 보냈는데 어떨 때는 두 달 연속으로 한 푼도 못 보내기도 했습니다. 나는 지금도 아들이 그 당시에 어떻게 생활을 꾸려나갔는지 모릅니다. 우리는 한 달에 한 번 통화를 하고 나머지는 편지로 안부를 묻곤 했지요. 그런데도 우리 아들은 단 한 번도 생활비가 부족하다는 말을 꺼낸 적이 없었습니다. 두 달 연속으로 보내지 못했을 때도 말입니다. 저 역시 그때 일에 대해서는 물어보지 않았습니다. 그 말을 꺼내는 즉시 울음을 터뜨렸을 테니 말입니다. 제가 무슨 말을 할 수 있었겠습니까? '돈이 없어서 학비를 못 보내겠구나. 미안하다, 수중에 한 푼도 없어서 말이다.' 이 말밖에 더 하겠습니까? 저는 말로 표현할 수 없이 아들이 자랑스럽습니다. 그런 와중에도 녀석은 졸업장을 당당히 손에 쥐었어요.

상점에서는 온갖 것들을 다 팔았습니다. 과자, 요거트, 양초까지…… 필요한 건 뭐든 있었지요. 비포장도로에 위치하고 있었지만 장소는 꽤 좋았습니다. 정확히 말하자면 시멘트 공장과 달동네 사이에 있었지요. 시멘트 공장에서 일을 마치고 나오는 노동자들이 집에 가는 길에 우리 가게에 들러 생필품을 사가곤 했습니다. 달동네 주민들도 우리 가게 단골이었는데 늘 가장 값싼 물건들만 샀습니다. 우리는 그렇게 생계를 유지했습니다. 하지만 겨우 입에 풀칠하는 수준이었고, 아들에게 학비까지 보내주기에는 턱없이 부족했습니다. 학비와 생활비를 두 달이나 밀리고 나니 눈앞이 캄캄하더군요. 바로 그때 기에센이 나타났습니다.

기에센은 체구가 왜소하면서 뚱뚱했는데, 그 나름대로 위엄이 있었습니다. 선생님께서는 작가시니 어떤 사람인지 상상이 가시겠지요? 작고 뚱뚱하지만 당당한 분위기가 물씬 풍기는 그런 사람이었습니다. 뚜렷한 특징이 없는 외모임에도 말입니다. 상상이 되십니까?"

"피부가 갈색이었습니까? 아니면 백인이었나요?"

"백인이었습니다. 백지장처럼 새하얀 피부를 가지고 있었지요. 그리고 머리카락이 한 올도 없는 대머리였습니다.

"이름이 뭐라고 하셨죠?"

"기에센. 모두 그렇게 불렀습니다. 단 한 번도 그가 웃거나 우는 모습을 본 적이 없습니다. 손가락 하나로 세상을 모두 움직일 수 있을 것 같은 사람이었지요. 그가 후후이에 나타나면서 온몸을 사치품과 돈으로 치장한 창녀들도 함께 나타났습니다. 물론 그가 창녀를 옆에 끼고 있거나 그들과 거래를 한다거나 가까이 있는 걸 본 적은 한 번도 없습니다. 그런데도 계절 따라 이동하는 철새처럼 그들은 동시에 나타났습니다. 기에센은 물론 계절을 의미하겠지요. 그런데 그런 그가 '안녕하슈' 하고 인사를 하며 우리 가게에 들어와 1킬로그램짜리 설탕 300봉지를 주문했을 때 얼마나 놀랐는지 모르실 겁니다. 나는 그가 누군지 익히 들어 알고 있었습니다. 집사람과 나는 기에센에 관한 소문을 잘 알고 있었지요. 모두들 그가 대단한 인물이라는 건 짐작했습니다. 민간인 신분이지만 군인에 버금가거나 그보다 더한 권력을 손에 쥔 인물이라고 말입니다. 심지어 나는 그가 CIA가 아닐까 의심도 했습니다. 당시에는 투쿠만 지역에서 아직 ERP*를 몰아내지 못했을 땐데, 후후이는 살아남은 혁명

---

* 아르헨티나 인민혁명군.

군의 탈주 경로이자 작전 본부를 두기에 안성맞춤이었기 때문입니다. 하지만 그가 군인과 어울리는 걸 본 적도 없고 정부기관에 들락거리는 것은 더욱더 본 적이 없습니다. 많지 않은 노동자들이나 가난한 서민들도 창녀들이 거리를 활보하는 것을 눈으로 보았지만 아무도 그들에게 접근하지 않았고 말입니다. 그런데 얼마 지나지 않아 창녀들은 오직 군인이나 부자들만 상대한다는 것을 알게 되었지요. 뿐만 아니라 그들 중 한 명이 규칙적으로 투쿠만과 후후이를 오갔는데, 투쿠만에 있는 게릴라 진압군 사령관과 그렇고 그런 사이였기 때문이죠. 모두들 그녀를 '코피(Cofi)'라고 불렀는데 실제 이름은 소피아였어요. 마치 폐병 환자 같이 창백한 여자였지요. 어쨌든 중요한 것은 기에센이 우리 가게에 와서 소매가로 설탕을 300봉지나 사갔다는 사실입니다. 집사람과 나는 우선 가게에 있는 175개의 설탕봉지를 그가 시키는 대로 문가에 옮겨다놨습니다. 그러자 그는 돈만 낸 다음 설탕은 건드리지 않고 가버리더군요. 설탕을 문가에 옮겨놓으려고 돈을 지불한 것처럼 말이죠. 그런데 15분이 지나자 빨간 소형 트럭이 왔습니다. 아마도 일본제 트럭이었을 겁니다. 게다가 새 차였지요. 그 차에서 까무잡잡하게 생긴 운전사가 내리더니 설탕을 트럭에 싣고 가버리는 겁니다. 다음날 그 차가 다시 와서는 설탕 125개를 마저 실어 갔습니다."

"그 많은 설탕을 설마 여자친구들에게 주려고 산 건 아닐 텐데요." 내가 말했다.

"물론 그랬겠지요. 아마도 그 설탕 봉지 속에 코카인을 숨겼을 겁니다. 우리 가게에서 설탕을 구입한 것도 게릴라와 모종의 계약이 있었을 겁니다. 일종의 위장술이었겠지요. 하지만 추측일 뿐입니다. 어쩌면 말도 안 되는 억지일 수도 있지요. 사실 그런 건 전혀 아는 바가 없어서 말입니다."

"그러면 설탕이 필요해서 사간 게 아니라는 사실을 언제 알게 된 겁니까?"

"그가 일주일 만에 다시 300봉지를 구입하러 왔을 때요."

"그 덕에 몰리나리 씨가 고민하던 돈 문제는 말끔히 해결되었겠네요." 나는 직감적으로 말했다.

"아뇨, 그렇지만은 않습니다. 사실 빚이 있었기 때문이지요. 설탕 300봉지를 팔아서도 턱없을 만큼 많은 빚이 있었습니다. 그래도 아주 도움이 되지 않은 건 아닙니다. 어쨌든 랄리와 나는 매주 번갈아 창고를 오르락내리락하며 설탕 300봉지를 옮기느라 꽤 바빴으니까요."

"랄리요?"

"제 아내 라라를 그렇게 불렀습니다. 창고에 올라가는 집사람의 뒷모습을 볼 때마다 짜릿함과 흥분을 느꼈다면 믿으시겠습니까? 랄리의 풍만한 살집이 얼마나 좋았는지 모릅니다. 식인종의 심정이 이해되더군요."

"혹시 사진 있으십니까?"

몰리나리는 취한 사람 같지 않게 벌떡 일어나 방으로 들어가더니 액자를 하나 들고 나왔다.

그녀는 매우 풍만한 여인이었다. 풍만하면서도 미인이었다. 얼굴은 우윳빛처럼 하얗고 머리는 칠흑같이 까맸다. 그녀의 미소는 순종적이었고, 자태에서는 우아한 기품이 풍겨났다. 계단을 오르내리는 그녀의 뒷모습을 볼 수 있었다면 좋았을 텐데. 나는 그녀의 탄탄한 허벅지와 풍만한 가슴을 상상하며 사랑을 나눌 때 얼마나 사랑스러웠을까 떠올렸다. 침대에서 그녀는 분명 몰리나리에게 애정 어린 목소리로 속삭였을 것이다.

"첫 거래 직후 한 달이 지날 무렵 계산해보니 기에센에게 총 1200봉지의 설탕을 팔았더군요. 그 무렵 그가 식사나 같이 하자고 하는 겁니다. 그러고는 후후이에서 가장 비싸고 멋있는 레스토랑인 '하발리 데 로블레'*에 초대하는 게 아닙니까."

"멧돼지를 먹기도 합니까?"

"별미가 따로 없습니다. 식당 입구에 있는 손님 대기실에는 떡갈나무로 조각한 멧돼지가 있더군요. 홀 장식품이었는데 대기실 자체는 무의미했습니다. 그곳에서 대기할 만큼 식당이 붐빈 적은 없었으니까요. 그가 우리 부부를 둘 다 초대한 건지 아닌지 알 수가 없어 혼자 가기로 했는데 결과적으로 잘한 것 같아요. 왜 저를 초대했는지 물어보지는 않았지만 그저 손님을 잘 대해준 상점 주인에게 보이는 성의라고 생각했습니다. 한데 그것도 이해가 가질 않더군요. 오히려 상점 주인이 우량 고객에게 대접하는 게 이치에 맞지 않습니까? 솔직히 말하자면 짚이는 구석이 있었지만 인정하기에는 너무 두려웠습니다. '당신은 아무것도 묻지 않고 매주 300봉지의 설탕을 팔았소. 설탕의 용도를 말해 줄 순 없지만 대신 당신의 과묵함에 대한 보상을 하고 싶소.' 혹은 '더 중대한 부탁 좀 들어줘야겠소.' 둘 중에 하나일 거란 생각이 들더군요."

"맞아요, 저라도 같은 생각을 했을 겁니다." 내가 말했다.

"선생님도 이와 비슷한 상황을 겪은 적이 있으십니까?"

---

* '떡갈나무 멧돼지 구이'라는 뜻.

몰리나리가 물었다.

"아뇨, 하느님이 도우셨는지 그런 일은 없었습니다."

"나는 후후이를 뜰 생각까지 했습니다. 왜 나를 초대했을까, 대체 그가 원하는 게 뭘까 하는 생각이 머릿속을 떠나지 않았습니다."

"이해합니다. 누군들 알았겠습니까? 저야 선생님이 이제 설명해주신다고 하지만……" 내가 말했다.

몰리나리가 미소를 지었다.

"제가 약속 시간보다 일찍 식당에 도착했는데도 기에센이 먼저 와서 기다리고 있더군요. 그 식당에는 군인들과 부자들이 식사를 하고 있었습니다. 제당업자를 비롯해 제지업자들, 시멘트 공장 주인들, 전부 그런 사람들이었지요. 모두 부부동반으로 식사를 즐기고 있더군요. 당시 후후이의 실세이자 암흑가의 거물이었던 라비뇨스 장군도 현직 시장과 함께 식사를 하고 있었습니다. 기에센은 앉으라고 손짓을 하고는 묻지도 않고 와인 한 병을 시키더군요. 그런데 정말 맛이 기가 막혔습니다. 뿐만 아니라 가재 요리와 멧돼지 요리를 이인분 주문하는 겁니다. '분명 요리가 맘에 들 거라 생각해서 주문했소이다. 맘에 들지 않으면 다른 걸로 주문해도 되오'라고 하더군요.

어쨌든 그 와인은 평생 마셔본 것 중 최고였습니다. 와인이 반쯤 남았을 무렵, 그가 내게 이렇게 말하더군요. '친애하는 몰리나리 씨, 당신이 외과 의사였다는 걸 잘 알고 있소'라고 말입니다.

그 말을 듣는 순간 얼굴이 창백해졌습니다. 그러나 '마취과 의사였습니다'라고 바로잡지는 않았습니다. '댁 가게를 무작정 찾아간 것은 아니었소. 매주 300봉지의 설탕을 다른 얼간이 가게에서 구매했다고 생각해보시오. 그놈들은 분명 황금알을 낳는 거위의 주인처럼 거만하게 굴었을 거요. 그러면서 뭣 때문에 설탕을 사는지 꼬치꼬치 캐물으며 심지어 가격을 올리려고 혈안이 되었을 거란 말이오. 누가 알겠소, 나를 미행할 생각도 했을지. 아무도 모르는 일이지요. 무슨 말인지 이해하겠지요? 이 얼간이들은 매주 300봉지의 설탕을 파는 것만으로는 만족을 못 한다는 말이오. 많이 주면 그보다 더 요구를 하지요. 그러다가 아무것도 주지 않으면 한 푼만 달라고 애원하고. 당신은 왜 농부가 황금알을 낳는 거위를 죽였는지 진짜 이유를 알고 있소이까?' 이렇게 묻더군요. 그래서 전 '탐욕 때문이겠지요……'라고 대답했습니다.

'설마 그런 멍청한 이유 때문이겠소?' 기에센이 반문하더군요. '자그마한 거위 몸속에 황금알이 얼마나 들었겠소? 매일 같이 얻은 황금알을 모은 것만 못할걸요? 잘못 알고 있소이다. 농부가 거위를 죽인 진짜 이유는 욕망이나 탐욕 때문만이 아니오. 호기심 때문에 죽인 거지요. 인간은 모두 호기심을 갖고 있으며 두려움도 갖고 있소. 당신은 다행히도 호기심보다 두려움이 더 많은 사람에 속하지요. 그래서 당신을 식사에 초대한 거요.' 기에센은 그렇게 말하더니 잔을 들고 건배를 제의하더군요. 그런데 때마침 투쿠만 사령관의 애인인 코피가 들어오는 바람에 건배가 잠시 중단됐습니다. 그 여자의 등장이 식당에 있던 사람들의 시선을 끌었습니다. 코피는 들어오면서 그곳에 앉아 있는 모든 사람들에게 고개를 까딱이며 인사를 하더군요. 그 여자의 얼굴은 여전히 폐병 환자 같았지만 몸매는 육감적이었습니다. 코피는 곧장 라비뇨스와 현직 시장의 자리로 향하더군요. 라비뇨스는 찬탄과 놀라움의 눈빛으로 그녀를 바라보았고, 시장은 잔을 살짝 들어 인사를 하더군요. 그 순간 코피가 눈 깜짝할 새에 핸드백에서 권총을 꺼내더니 핸드백을 바닥에 내던지고는 총을 들어 라비뇨스의 이마를 겨냥했습니다. 하지만 방아쇠를 당기기도 전에 먼저 두 발의 총을 맞고 쓰러지고 말았죠. 그때 코피의 피 몇 방울이 내게 튄 것 같았습니다. 기에센은 그녀의 피로 범벅이 되었고 말입니다. 손목과 팔뚝, 목, 이마까지 온통 피로 물들었지요. 그는 마치 큰 부상이라도 입은 것 같았지만 실제로 다친 곳은 없었습니다. 코피는 그렇게 총에 맞아 바닥에 쓰러졌지요. 복부는 완전히 파열되고 이마에는 두 개의 총구가 나 있더군요. 라비뇨스가 그녀에게 다가가더니 얼굴을 짓밟고 침을 뱉었습니다. 두 명의 군인들이 와서는 그녀의 시체를 들고 밖으로 나갔습니다. 라비뇨스도 뒤따라 나가더군요. 식당 지배인은 당장 직원 둘을 불러 청소를 시켰고, 다른 사람들은 아무 일도 없었다는 듯이 계속해서 식사를 했습니다. 하지만 기에센은 그 자리에서 일어나 밖으로 나갔고, 저도 그의 뒤를 따랐습니다. 실제로 멧돼지 고기를 먹은 것은 그로부터 몇 달이 지나서였습니다. 우리는 말없이 대로변을 따라 걸었습니다. 그런데 기에센이 갑자기 인적이 드문 길 쪽으로 방향을 틀더군요. 우리는 비포장도로를 따라 계속해서 길을 걸었습니다. 그곳에는 인가도 거의 없고 알 수 없는 공장들만 드문드문 보였습니다. 마치 폐허와 같았지요. 그때 시멘트로 만든 긴 의자가 눈에 들어왔고, 기에센은 그곳에 잠시 앉자고 했습니다."

"무섭지 않으셨나요?" 내가 물었다.

"왜요?" 그가 오히려 의아해하며 반문했다. "사람들도 없었는걸요." 그가 말했다.

"우리는 벤치에 앉았습니다. 그런데 기에센은 피를 닦을 생각도 않고 그냥 말라서 없어지길 바라는 것처럼 보였습니다. '멍청한 코피, 차라리 라비뇨스랑 동침했다면 좋았을 텐데……' 그가 이렇게 말하더군요. '분명 그와 자고 싶지 않았던 거겠죠.' 나는 불쑥 그렇게 말하고는 내 담대함에 놀랐습니다. '내 말은, 그를 죽이고 싶었다면 그와 잠자리를 하는 순간을 노렸어야 했다는 거요.' 이번에는 기에센의 거침없는 말에 놀랐습니다.

'당신은 그 여자가 ERP였다고 생각하시오?' 그렇게 묻더군요. 그래서 저는 '글쎄요, 저는 그런 건 잘 모릅니다' 라고 대답했지요. 기에센이 말했습니다. '노동자 신분이라면 드물기는 하지만 불가능하지는 않지요. 하지만 창녀 신분에 게릴라라니 말이 된다고 보시오?' 그래서 이렇게 대답했지요. '글쎄요, 저는 전혀 모르겠네요.'

'코피는 내가 데려온 여자들 중 한 명이었소.' 기에센이 느닷없이 이런 말을 하더군요. '그것 때문에 기에센 씨 입장이 곤란해질까요?' 내가 물었습니다. '아니오, 오히려 앞으로 피해를 볼 사람이 없다면 모를까.' 우리는 한동안

신앙인들이 믿음을 갖는 진짜 이유 191

아무 말도 하지 않았습니다.

기에센이 입을 열었습니다. '몰리나리 씨, 이제 본론을 차근차근히 설명하겠소이다. 당신도 알다시피 이 나라에서는 무언가를 차근차근히 설명하기가 참 힘드오. 와인 한잔 마시러 가게에 들어갔다가 피를 뒤집어쓰고 나오는 지경이 되었지요. 아무튼 본론은 이거요. 몰리나리 씨, 당신과 당신 부인이 사랑을 나누는 모습을 지켜보고 싶소. 물론 그 대가는 충분히 지급하겠소.' 저는 그에게 한 방 먹이지도 않았고, 자리를 박차고 일어나거나 자리를 뜨지도 않았습니다. 소리도 지르지 않았습니다. 그저 말없이 그를 바라보기만 했습니다. 그의 얼굴과 목 그리고 손목까지 흘러 묻어 있는 핏방울을 눈으로 훑어보기만 했습니다. 그리고 우리 아들의 얼굴을 떠올리며 이렇게 말했습니다. '얼마를 주실 겁니까?' 기에센은 요즘 시세로도 결코 적지 않은 액수를 제안하더군요. 나는 다시 한참을 말없이 앉아 있었습니다. 그러고는 또다시 물었지요. '분명 당신 혼자만 보는 게 확실합니까?' 그러자 그가 불쾌하다는 듯 말하더군요. '물론이오.'

그러고는 이렇게 덧붙였습니다. '사실 내가 이런 부탁을 하게 되리라고는 생각지도 못했소이다. 그런데 당신들을 볼 때마다 매우 행복해 보일 뿐만 아니라 부인도 매우 다정하신 분 같았소. 내겐 바로 그런 게 필요하오, 몰리나리 씨. 사람은 누구나 나름의 고민이 있지 않겠소?'

우리는 그 황량한 곳을 뒤로하고 다시 대로변으로 걸어 나왔습니다. 그 모습은 마치 가족 행사에 참석했다가 집에 돌아가는 사촌지간처럼 보였지요. 기에셴은 뒷짐을 지고 저는 손으로 턱을 만지며 걸어갔습니다. 예상치 못한 함정이 숨어 있을지도 모르니 저로서는 곰곰이 생각해봐야 했습니다. 아들 녀석을 위해서라면 랄리는 기꺼이 하겠다고 할 게 뻔했습니다. 우리 아들에게 당장 돈이 필요하다는 사실을 잘 알고 있었고, 돈이 절실한 우리에게 기에셴의 제안은 받아들일 가치가 충분했지요. 자식을 위해서라면 목숨도 아깝지 않은데 무슨 일인들 못 하겠습니까? 하지만 정작 문제는 다른 데에 있었습니다. 과연 우리가 잘할 수 있을까 하는 것이었습니다. 이건 제가 지금까지 선생에게 털어놓은 얘기 중에서 가장 부끄러운 부분인데, 집사람은 관계를 가질 때 적극적이지 못한 편이었습니다. 그녀가 저를 좋아하지 않는다거나 다른 사람을 좋아해서 그런 게 아닙니다. 본래 그렇게 타고난 것이지요. 선생님은 경험이 많아서 아시겠지만, 이런 유의 여자를 한 번쯤은 만나보셨을 거라 생각됩니다."

"글쎄요, 육체관계에 소극적인 여자를 만나게 되면 늘 제 탓이라고 여겼습니다. 그래서 잘 모르겠네요."

"늘 선생님의 탓만은 아닐 겁니다." 그가 말했다. "랄리는 요구를 할 줄 모르는 여자였습니다. 그저 저를 사랑하고, 저와 함께하는 것을 좋아했을 뿐이지요. 우리는, 뭐라고 하더라…… 그런 면에서 서로에게 이끌렸다고나 할까요?"

"서로를 원했다, 이 말씀이시겠지요." 내가 바로 잡아주었다.

"바로 그겁니다." 몰리나리가 수긍했다.

"제 경우에는 많은 여자들이 내가 그들을 간절히 원하고 있다는 사실을 매우 즐기는 것 같았지만, 그들도 나를 간절히 원했는지는 알 수 없습니다." 나는 위스키를 오랫동안 마신 뒤 이렇게 말했다. "사실 대부분의 여자들이 욕구보다는 다른 이유로 저와 잠자리를 했다고 생각합니다. 설명을 할 수 없는 감정적인 이유 때문이었을 겁니다. 우연에서 비롯된 것도 아니고, 단순한 호기심 때문만도 아니라는 것이지요. 욕구는 더더욱 아니고 말입니다."

"글쎄요, 제 경우는 완전히 달랐습니다. 랄리와 저는 서로를 사랑했지만 그녀는 육체관계에 대해서는 뭐랄까, 매우 절제 있고 상당히 보수적이었습니다. 무슨 뜻인지 이해하시겠습니까?"

"물론이지요. 그러나 이 부분에 있어서는 왠지 선생님이 저보다 더 잘 알고 계실 것 같습니다. 이를테면, 제 경우에는 여자가 다가와서는 자신을 가져달라고 말하는 것만으로도 충분합니다. 그들이 어떤 감정인지 전혀 관심도 없을뿐더러 좋았는지 나빴는지도 전혀 궁금하지 않습니다. 저는 단지 그들의 자유분방함을 존중하고, 저의 의지에 충실할 뿐입니다. 그렇기에 선생님이 오히려 여자에 대해서는 전문가지요. 오직 한 여자와만 그런 관계를 유지하며 지내셨으니 말입니다."

"다른 여자와 잠자리를 한 적은 없지요." 몰리나리가 말했다.

"바로 그겁니다. 선생님이야말로 진정 여자를 이해하고 제대로 알았던 겁니다."

"어쨌든 후후이 대로를 걸으면서 저는 자문해보았습니다. 기에센의 은밀한 제안을 받아들일지 말지를 고민한 것은 아니었습니다. 그 제안을 받아들일 것은 자명했으니까요. 제 고민은 과연 제대로 해낼 수 있을까, 아니, 랄리가 제대로 할 수 있을까 하는 것이었습니다."

몰리나리는 잠시 말을 멈추었다. 내 위스키 잔은 바닥을 보인 지 오래였다.

"어떠세요? 한 잔 더 할까요?" 내가 말했다.

몰리나리는 상관없다는 듯이 어깨를 으쓱해 보였다. 나는 손가락 한 마디 정도 따르고는 입만 축였다.

"랄리는 아무 대답도 하지 않았습니다. 끝까지 말입니다. 제 말을 듣더니 어찌나 공포스러워하던지…… 그럼에도 불구하고 끝내 한 마디도 없더군요. 그 이후에도 그 일에 관해서는 입도 뻥끗하지 않았습니다. 결국 랄리는 그 제안을 받아들였고, 우리는 제대로 해내고야 말았지요.

기에센은 화장실에 들어가 문을 잠그고는 열쇠 구멍으로 우리의 모습을 지켜보았습니다. 그가 집에 오면 저와 집사람은 무거운 침대를 들어 화장실 문 가까이 옮겼습니다. 그리고 그가 돌아가고 나면 침대를 다시 제자리로 옮겨놓았지요. 가구를 이리저리 옮기는 행위가 많은 도움이 되더군요. 그러고 나면 바로 전의 낯 뜨거운 행위를 어느 정도 잊어버리는 듯했으니까요.

기에센은 처음 한두 번은 돈을 들고 와서 제게 직접 주더니만 그 다음부터는 세면대 위에 두고 가더군요. 그는 매우 꼼꼼한 사람이었습니다. 단 한 번도 돈이 물에 젖은 적이 없었으니까요. 그리고 항상 미국 달러로 지불했습니다. 그 이후로도 그렇게 많은 달러를 수중에 쥐어본 적은 없었지요."

"그렇군요. 이제 보니 선생님은 매우 용감하신 분인 것 같습니다." 내가 말했다.

몰리나리는 미소를 짓더니 고개를 저으며 이렇게 말했다.
"처음 몇 번은 아무도 없는 것처럼 느껴졌습니다. 그래서 두 번인가 세 번 정도는 깊게 생각하지 않고 늘 해오던 것처럼 할 수 있었지요. 저는 애써 생각하지 않으려고 했고, 랄리도 같은 생각이었을 겁니다. 그런데 네번째, 다섯번째, 횟수를 거듭할수록 제게 문제가 생겼습니다. 또다시 선생님 앞에서 부끄러운 얘기를 해야겠습니다. 저는 그때까지 단 한 번도 집사람과의 잠자리에서 문제가 있던 적이 없었단 말입니다. 무슨 말인지 아시겠지요?"

"예." 내가 말했다.

"그런데 네번째, 다섯번째가 되면서부터 힘들어졌습니다. 이해하시겠습니까?"

"물론 이해하지요."

"그런데도 해야만 했습니다. 그 돈은 생명줄이나 다름없었으니 말입니다. 우리 아들 에우헤니오에게 그 돈을 보내며 느꼈던 행복은 이루 말할 수가 없습니다. 내 아들이 그 돈으로 공부를 계속해나갈 수 있다는 사실이 어찌나 기뻤던지. 번거롭기는 했지만 그 돈을 모두 페소로 환전해서 아들에게 보냈습니다. 혹여 아들이 의심이라도 할까봐 돈도 약간 부족하다 싶을 만큼 보냈지요. 그애가 돈의 출처를 물을까봐 노심초사했기 때문입니다. 거기서 남은 돈은 아내가 죽은 뒤에 아들에게 모두 주었습니다. 엄마가 남긴 거라고 설명하면서 말입니다."

몰리나리는 눈물이 앞을 가렸는지 한동안 말이 없었다. 그러고는 잔을 가지러 부엌으로 가는 길에 셔츠로 눈물을 훔치고는 다시 자리에 앉아 위스키를 따랐다. 그는 한 모금 마시고 나서 이야기를 계속해나갔다.

"네 번, 다섯 번, 계속 문제가 있음에도 불구하고 랄리는 어떻게 저를 도와야 할지 몰랐습니다. 그때까지 이랬던 적이 한 번도 없었으니 말입니다. 제 상태가 어떻든 간에 아내가 저를 올곧이 받아들일 준비가 되어 있다는 사실 하나만으로 간신히 버틸 수 있었습니다. 그러다가 여섯번째 기회가 왔는데, 그때는 정말이지 그저 단순히 어려운 정도를 벗어나 몸이 완전히 얼어붙고 말았습니다. 아예 행위 자체를 할 수 없더군요. 우리를 바라보고 있는 불청객이 있다는 사실을 제가 떨치지 못하고 있다는 것을 랄리는 알아챘습니다. 그것이 저를 그토록 힘들게 만들고 있다는 사실을 깨달은 것이지요. 그게 아니었다면 집사람은 오해를 했을 겁니다. 제가 그녀를 더이상 좋아하지 않는다거나 마음이 딴 곳에 있다고 생각했겠지요. 어쨌든 이 문제를 해결하기 위해서는 랄리가 무슨 수를 써서라도 저를 돕는 것밖에 방법이 없었습니다."

생각보다 많은 양의 위스키를 들이켜고 나자 갑자기 아랫도리가 뻣뻣이 서는 느낌이 들었다. 나는 몰리나리가 눈치채지 않도록 술잔으로 적당히 가렸다.

"생각해보십시오. 상상이 되고도 남지 않습니까? 집사람이 저를 자극하기 위해 했을 행위 말입니다. 선생님도 사진을 보셨겠지만 집사람은 매우 매력적인 여자였습니다. 랄리는 자세까지 바꿔가면서 이전에는 꿈도 꾸지 못한 행위들을 시도하더군요. 저는 아내가 시키는 대로 했습니다. 그랬더니 결국 효과가 나타나더군요."

"잠깐만요." 나는 말을 끊을 수밖에 없었다. "죄송하지만 화장실이 어디지요?"

몰리나리는 갑작스러운 내 질문에 당황했지만 잔을 든 손으로 화장실을 가리켰다. 그가 눈치를 챘는지 아닌지는 알 수 없지만 나는 허리춤을 잡은 채 화장실로 들어가 문을 닫았다. 화장실은 70년대 초등학교 화장실처럼 낡고 녹이 슬어 푸릇푸릇했다. 나는 얼굴을 씻고 난 뒤 재빨리 바지와 팬티를 내렸다. 그러는 것만으로 흥분이 조금은 가라앉는 것 같았다. 소변까지 보고 나니 한결 더 진정이 되는 것 같았다. 나는 얼굴을 한 차례 더 씻은 뒤에야 옷을 추켜 입을 수 있었다. 그리고 다시 밖으로 나갔다.

내가 돌아오자 몰리나리는 계속해서 이야기를 해나갔다.

"그날 이후 집사람은 완전히 변했습니다. 다시는 예전의 랄리로 돌아오지 않더군요. 아니, 우리가 침대를 화장실 문 앞으로 옮기는 그 순간부터 그녀가 변했다고 말하는 게 더 정확할 겁니다. 보통 때는 평소의 랄리와 다를 바가 없었습니다. 그런데 화장실 문 앞에서는 완전히 달라지는 게 아니겠습니까? 이런저런 자세와 행위를 하면서 내게 속삭이기도 하더군요. 마치 다른 사람이 된 것 같았습니다. 그 상황을 즐기는 것처럼 말입니다."

"예전보다 더 탐하게 된 겁니까?" 내가 물었다.

"바로 그겁니다." 몰리나리가 말했다. "탐하다. 좀 점잖지 못한 말이기는 하지요."

"그래요." 내가 말했다. "하지만 그 행위를 설명할 별다른 말은 없지 않습니까? 성관계와 관련된 다른 말들은 인위적이거나 천박하게 들리니 말입니다."

"그럴 수도 있겠지요." 몰리나리가 말했다. "어쨌든 아까 말씀드렸던 것처럼 랄리는 완전히 변했습니다. 우리는 한 달에 한 번꼴로 그렇게 관계를 가졌습니다. 77년부터 82년까지 말입니다. 한 가지 확실한 것은 여섯번째부터 랄리가 완전히 달라졌다는 겁니다. 소리도 질렀으니까 말입니다. 어찌나 소리를 지르던지! 얼굴이 홍조를 띠고 점차 붉어지면서……"

잠시 침묵이 흘렀다.

"그런데 82년도에 말비나스 전쟁*이 벌어지자 기에센은 부대에 지원해서 범선을 탔습니다."

"어디로 갔는데요?" 내가 물었다.

"그건 알 수 없지요." 몰리나리가 말했다. "로블레 식당에서 만난 이후로 우리는 두 번 다시 깊은 대화를 나눈 적이 없었습니다. 딱 한 번, 78년 월드컵 때 그 식당에서 함께 식사를 한 적이 있었는데 그때 바로 멧돼지 고기를 먹었습니다. 기에센은 저녁을 먹으면서 어떻게 군사정부가 페루

---

* 1982년 영국과 아르헨티나가 벌인 포클랜드 전쟁을 가리킨다. '말비나스'는 포클랜드의 스페인어 명칭.

와의 친선경기에서 아르헨티나 팀의 승리를 돈으로 조작했는지 설명해주더군요. 그리고 그는 81년까지 우리 가게에서 설탕을 사갔습니다. 그때도 우리는 필요한 말만 주고받았습니다. 그가 우리 집에 올 때도 인사 따위는 하지 않았습니다. 특히 랄리하고는 단 한 마디도 주고받은 적이 없었지요. 82년 8월, 그때가 마지막이었습니다. 기에센은 평소보다 많은 돈을 두고 가면서 자기를 잊어달라고 하더군요. 그리고 우리는 악수를 나눴습니다."

몰리나리는 바지춤을 더듬더니 담배를 꺼내 입에 물고는 부엌으로 가서 불을 붙여왔다.

"그날 이후로 랄리와의 관계는 옛날 같지 않더군요……"
"부인이 어떠셨는데요?"

"다시는 소리를 지르지 않았습니다. 집사람은 전과 같은 자세와 행위를 되풀이했지만 단지 기계적인 반복에 불과했습니다. 예전에 보여주었던 열정이나 솜씨가 하루아침에 없어진 듯했습니다. 그리고 조금씩 예전의 모습으로 되돌아갔습니다. 그런데 이상한 건 그 뒤로 소리를 지르던 아내가 무척이나 그리워지는 겁니다. 어느 날 밤, 관계를 하던 도중 집사람이 저를 멈추게 하더니 약간의 제스처를 보이더군요. 무슨 뜻인지 이내 알아챘습니다. 그녀가 말하지는 않았지만 저는 이해했습니다. 그리고 우리는 침대를 화장실 문 앞으로 옮겼습니다. 그렇게 열정적인 밤을 보낸 건 그때가 마지막이었지요. 그후 우리는 코르도바로 돌아오게 되었습니다. 바로 이 집으로 돌아온 뒤 저는 본업인 마취과 의사로 다시 일하기 시작했습니다. 그런데 코르도바에 온 지 일주일 만에 랄리가 암에 걸렸다는 사실을 알게 되었고, 그날 이후로 부부관계는 더이상 없었습니다. 할 수 없었던 건지, 원하지 않았던 건지는 알 수 없지만 그 뒤로는 되풀이되지 않았지요. 그 무렵 이 나라에 민주주의가 정착했지만 저는 오직 아내와 아내의 병에만 몰두해 있었기 때문에 그런 것에 관심을 가질 틈이 없었습니다. 그런데 저와는 달리 랄리는 그 소식을 전해 듣고는 너무나 기뻐하는 것이었습니다. 아들이 살아갈 미래가 지금보다 훨씬 밝을 거라고 확신했던 겁니다. 물론 아내가 옳았지요. 아들은 마침내 공부를 마쳤고, 아내는 그 이후로 3년을 더 살았습니다."

몰리나리는 이쯤에서 이야기를 마무리해야 하는 사람은 나라는 듯 나를 바라보았다. 그러더니 이내 말을 이어갔다.

"수술 전에 랄리를 마취한 사람은 바로 제 자신이었습니다. 그 뒤로 랄리는 영영 깨어나지 못했지요."

그 순간 취기가 싹 가시는 듯했다.

"무기력하게 누워 있는 집사람의 알몸을 보았습니다. 더 이상 숨을 쉬지 않는 모습의 그녀를 보았지요. 신앙인들이 진정 원하는 게 뭔지 아십니까?"

나는 대답하지 않았다.

"자신들이 사랑을 나눌 때 하느님이 바라봐주길 원한다는 겁니다. 그래서 신을 믿는 거지요. 우리가 사랑을 나누는 동안 누군가가 바라보고 있다는 환상을 갖기 위해서 말입니다."

"맞는 말씀입니다. 그것이야말로 신의 관심을 끄는 유일한 방법이지요." 내가 말했다.

"글쎄요, 제가 하고자 하는 말은 그게 아닙니다. 사람들이 종교를 갖는 진정한 이유는 사랑을 나눌 때 누군가가 보고 있다는 느낌을 받기 위해서라는 겁니다."

"그만 마시고 일어나야 할 것 같네요." 내가 말했다.

우리는 자리에서 일어나 밖으로 나갔다. 그리고 잡초가 우거진 마당을 지나 선명한 잿빛 대로가 나올 때까지 함께 걸었다. 매끈하게 포장된 시멘트 도로 위에 타르로 그린 통행선이 보였다. 길 위로는 온갖 벌레와 나방이 날아다니고 있었다. 코르도바의 해질녘은 아늑했다. 저 멀리 보이는 산줄기는 사람들의 마음을 희망으로 가득 채우는 것만 같았다.

결혼 첫날밤에 일어난 일
En la noche de bodas

I

 에프라임은 결혼 첫날밤에 그 사실을 알게 되었다. 그의 집은 시골 한적한 곳에 동떨어져 있었다. 그들을 태운 증기선이 바다에서 강으로 접어들었을 무렵 기독교인들은 세기의 변화를 자축하고 있었다. 선장과 선원들은 부어라 마셔라 술을 퍼마셨지만, 전원 유대교 신자였던 승객들은 서로를 걱정스러운 눈빛으로 바라보고 있었다. 지나치게 기분이 들뜬 군중일수록 더욱 조심해야 한다는 사실을 잘 알고 있기 때문이다. 그들은 역에서 바람을 받았다. 히르쉬 남작이 물려준 거대한 토지의 소유주들은 약속과는 달리 그들을 데리러 오지도 않았다. 결국 그들은 굶주림과 추위에 시달렸으며, 일행 중 60여 명의 아이들이 질병으로 명을 달리했다. 그들은 한 뙈기의 땅이라도 찾아보기 위해 백방으로 돌아다녔다. 에프라임은 자신의 어이없는 행동에 놀라움을 금할 수 없었다. 그런 끔찍한 상황 속에서도 루니아를 바라보자마자 끓어오르는 욕망을 주체할 수 없었기 때문이다. 나이는 고작 스물이었지만 가슴과 엉덩이에서는 성숙한 여인의 아름다운 자태가 물씬 풍겨났다. 남자들이 아이들을 안고 있는 여자들을 이끄는 와중에도 에프라임은 루니아를 물 찬 암소처럼 다뤄주고 싶다는 생각만 할 뿐이었다. 언젠가 벤치 위에 올라가 암소 다루듯 그녀를 뒤에서 덮쳐주리라…… 같이 길을 걷던 한 남자가 고열에 시달리다가 결국 뭐라고 몇 마디를 내뱉더니 그대로 그의 곁에 쓰러지고 말았다. 에프라임은 그를 일으키려고 팔을 뻗어 그를 부축했지만, 그의 시선은 다른 여성이 짐 싸는 일을 도우며 오른쪽 왼쪽으로 연신 흔들어대는 루니아의 엉덩이에 고정되어 있었다.

'제발 하룻밤만이라도 그녀가 암소로 변해준다면 혼신의 힘을 다해 그녀를 사랑해줄 텐데……!' 그는 속으로 이렇게 외쳤다. 에프라임은 쓰러진 남자의 입술에 물을 축여주기 위해 그에게 몸을 숙인 상태를 교묘히 이용하여 불끈 솟아오른 아랫도리를 겨우 감출 수 있었다.

일행은 꼬박 이틀을 걷고 또 걸어서 어느 날 아침 모니고테스 마을에 도착했다. 짐수레를 끌고 안장 없는 말에 올라타거나 혹은 그냥 걸어서 마을까지 이른 것이다. 오는 도중 두 명의 아이가 또다시 숨지고 말았다.

에프라임은 어렵지 않게 루니아에게 청혼할 수 있었다. 랍비에게 이 소식을 알려주자, 랍비는 처자의 아버지에게 승낙을 받도록 도와주었다. 이제 아이를 낳는 일만 남았다. 자식 없는 삶이 무슨 소용이겠는가?

에프라임은 그녀와 결혼하기 전에는 그녀를 암소처럼 다루는 일이 이처럼 쉽게 이루어지리라고는 상상도 못 했다. 그러나 막상 실전에 들어가자 고대하던 소원이 이루어졌다는 사실에 몸을 떨었다.

초야를 치른 다음날 아침이면 갓 결혼한 부부는 여자가 처녀성을 상실했다는 증거를 보여주기 위해 피 묻은 이불을 지붕에 걸어두어야 했다.

만약 루니아가 침대 위에 엎드린 채로 에프라임에게 그가 마음에 품고 있는 모든 '불경스러운 행동'을 몸소 실천해보라고 권했다면, 에프라임은 아무것도 묻지 않고 생이 끝날 때까지 행복한 사람이 되었을 것이다.

  그런데 그가 아내의 건강한 몸매와 엄청난 가슴, 그리고 하얀 살결의 엉덩이와 그 엉덩이가 만들어낸 신비로운 곡선을 탐닉하고 있을 때 루니아가 입을 열었다.

  "전, 남자예요."

  그 순간 에프라임은 경악했다. 내가 정신이 나간 여자와 결혼한 것인가? 나의 암소가 정신착란 증세를 보이고 있단 말인가? 그날 증기선에서 본 뒤로 지금까지 꿈꿔온 것처럼 암소 다루듯 그녀를 뒤에서 덮칠 수 없단 말인가? 아니다, 어쨌든 덮치고 보는 게 우선이다. 혹시 처녀성을 잃는다는 사실에 괴로워하는 것일까? 또 한편으로 여자들은 첫날밤에 '거사'를 제대로 치르지 못할까봐 긴장과 걱정을 많이 한다는 이야기를 주워들은 게 떠올랐다. 그런 경우라면 강제로라도 관계를 가져야 하며, 결과적으로 여자들은 고마워하게 되어 있다. 아니면, 그녀는 결혼생활의 육체적 관계가 너무도 역겨웠던 걸까? 그래서 그런 어이없는 소리를 만들어낸 거란 말인가? '전 남자예요.' 하지만 그녀의 목소리에는 걱정이나 두려움이 전혀 묻어나지 않았다. 폴란드의 시골 아낙처럼 강인한 이마, 잿빛 눈동자, 오뚝한 콧날에서는 자신이 얼마나 아름다운지 알고 있다는 듯 장난기

가득한 확신이 느껴졌다. 그런데 '전 남자예요'라니……

루니아는 남편의 대답도 기다리지 않고, 촛불을 끌 생각도 하지 않고, 자신의 화려한 엉덩이를 남편에게 주겠다는 생각과 자세 그대로 침대에 엎드려 있었다.

에프라임은 얼굴이 벌겋게 달아올랐으며 주체할 수 없는 야생동물처럼 성욕이 솟구치는 것이 느껴졌다. 갑자기 분노가 치밀었다. 그는 촛불을 거칠게 입으로 불어 끄더니 루니아를 향해 달려들었다. 그는 루니아의 한 팔을 잡고 그녀를 뒤집어 눕힌 다음 그녀의 몸속으로 들어가려 했지만 잘 되지 않았다. 그는 루니아의 다리를 벌려보았다. 그곳은 메마르고 굳게 닫혀 있었다. 그는 한 손을 입가로 가져가 손가락에 침을 묻힌 다음 루니아의 은밀한 곳에 바르고 다시 한번 시도를 했다. 하지만 몇 초도 지나지 않아 바른 침이 말라버렸고, 에프라임은 놀랍도록 메마르고 도통 열리지 않는 장애물에 부딪히고 말았다.

"불가능하다니까요." 루니아가 말했다. "전 남자라고요."

그런데 이 모든 상황이 점점 에프라임을 흥분시켰다. 그의 아내, 갓 결혼한 신부, 결혼 첫날밤의 그의 첫 여자가 아니던가!

"우리에겐 피 묻은 시트가 필요하단 말이야!" 에프라임이 말했다. 자신의 입에서 그런 말을 꺼내게 될 줄은 상상도 못 했다.

"그래도 피는 흘릴 수 있어요. 처음이거든요." 루니아가 말했다.

그 말과 동시에 루니아는 에프라임에게서 떨어지더니 다시 처음처럼 자세를 잡았다.

두 눈이 어둠에 익숙해지자 에프라임은 어둠 속에 숨겨져 있던 루니아의 엉덩이를 구분할 수 있었다. 기적 같은 그곳. 모든 인간이 찬양하는 그곳이었다. 그것 때문에 살고, 그것 때문에 죽을 수 있을 만큼 신비로운 것이 눈앞에 드러났다. 그가 상상했던 것처럼 인간이 된 암소였던 것이다. 이런 존재가 남자일 수는 없다. 그녀는 남자라고 하기엔 지독하게 아름다웠다. 에프라임은 자신이 남자에게 끌리리라고는 생각지도 못했다. 심지어 여자처럼 예쁘장하게 생긴 젊은이를 알고 있기도 했고, 그에 대해 도가 지나친 온갖 기괴하고 변태적인 이야기를 들은 적도 있었다. 하지만 문제의 사내, 베시엘은 역겨움만 가져다줄 뿐이었다. 그런 생각들은 작은 소용돌이를 만들며 흐르는 도랑물처럼 그의 머릿속을 뒤집어놓았다. '이렇게 아름다울 수 있다니!' 에프라임은 어둠 속에서 자신의 신부를 바라보며 생각했다. 루니아는 두 다리를 벌렸다.

"그렇게 말고," 에프라임이 말했다. "암소처럼 네 발로 엎드려봐."

어둠 속에서도 그녀가 미소 짓는 모습이 보였다.

그녀는 남편이 시키는 대로 따랐다. 에프라임은 자신의 양손으로 루니아의 손을 누르면서 그녀 속으로 파고들었다. 루니아는 고통이 느껴지기도 전에 비명부터 질렀다—웃고는 있었지만 에프라임은 그녀의 얼굴에서 고통을 볼 수 있었다—. 그후로는 침묵을 지키면서 남편의 움직임과 동일한 속도로 몸을 빠르게 흔들었다. 그녀에겐 가장 행복한 순간이었고, 그 순간이 평생토록 지속되기를 간절히 바랐다.

"좋아?" 에프라임은 마치 어린 아이처럼 순진하게 질문을 던졌다.

"너무 좋아요." 루니아는 다 죽어가는 목소리로 겨우 대답했다.

루니아가 흘린 피는 '증거물'로 제시하기에는 조금 부족했다. 그래서 에프라임은 시트 위 피 묻은 자국을 손바닥으로 열심히 문지른 다음 루니아와 같이 옥상에 널었다. 인근을 지나가던 한 여인이 그것을 보고 두 발을 살짝 구르면서 이렇게 말했다.

"마젤토브."*

II

갓 결혼한 부부가 자식 없이 1년이라는 시간을 보내는 일은 무언가 이상하고 안타까운 일이었지만 납득이 안 되는 일은 아니었다. 에프라임은 몇몇 사람들과의 대화를 통해 루니아와 자신이 다른 부부들보다 훨씬 많은 사랑을 나누고 있다는 것을 알 수 있었다. 그것도 날이 갈수록 더욱.

"그런데도 자식이 없다는 게 말이 됩니까?" 턱수염이 덥수룩하고 야설을 즐기는 음탕한 구두수선공 카미조브가 물었다.

에프라임은 어깨를 들썩일 뿐이었다.

루니아가 뭇 여자와 다른 것은 자신이 남자라고 생각하는 것, 그리고 정상적인 성인 남녀가 갖는 성행위를 거부하는 것뿐이었다. 그녀의 거부가 단호하지는 않았지만 나

---

* Mazeltov. 유대인의 축하 인사. '축하합니다'라는 뜻.

름대로 그 이유는 말한 셈이었다. 이것 빼고는 그녀가 비정상적이거나 미쳤다고 볼 수는 없었다. 루니아는 다른 여자들처럼 부도덕한 짓을 하지도 않았다. 하지만 그들처럼 한 달에 한 번 피를 흘리는 일은 없었다. '남자로서 여자한테 어떻게 이보다 더 많은 걸 바랄 수 있겠어?' 에프라임은 그렇게 생각했다. 루니아는 그 누구보다도 아름다웠기 때문이다.

물론 루니아는 집에 있을 때 간혹 남자처럼 걷거나 말을 하곤 했다. 하지만 남들 앞에서는 절대 그런 법이 없었다.

에프라임과 루니아는 서로를 존중했다. 하지만 서로를 사랑하는지는 알 수 없었다. 루니아가 그에게 사랑을 고백한 적이 없었기 때문이다. 사실 루니아의 정체는 남편에게 그다지 중요한 일이 아니었다. 그는 자신의 부인이 제정신이든 아니든 그런 건 아무래도 좋았다. 인간들의 논리를 더 이상 믿지 않았기 때문이다. 그는 너무나 많은 주변사람들이 죽거나 고통 받는 모습을 수없이 지켜보았다. 그리고 루니아의 엉덩이에는 그 밖의 세상이 갖추지 못한 특별한 의미, 아름다움, 그리고 힘과 깊이가 있다는 것을 잘 알고 있었다. 에프라임은 다른 사람들처럼 열심히 일했고, 도둑질도 하지 않았으며 남을 죽인 일도 없었다. 그는 저녁이면 부드러운 육체와 설명할 수 없는 목소리를 내며 열정적으로 행위에 임하는 부인을 대하곤 했다.

하지만 너무나 지루하고, 자신의 인생에는 아무런 의미가 없다고 느낀(자신이 왜 사는지도 모르겠고, 루니아조차 어찌해볼 수 없는) 어느 날 저녁, 그는 루니아에게 물었다.

"어떻게 당신이 남자일 수 있는 거야? 당신이 어떻게 남자일 수 있냐고!"

루니아는 아무런 대답도 하지 않았다. 그녀는 흔들거리는 침대에 올라가 두 손과 두 다리를 침대에 대고 엎드린 다음 치마를 올리고 남편을 향해 엉덩이를 내밀었다.

"이건 아니야." 에프라임은 치밀어오르는 욕구를 억누르며 말했다. "난 당신의 해명을 듣고 싶어."

루니아는 결심한 듯 입 주변을 혀로 훑었다. 그러고는 남편이 다시 돌변하랴 자세를 바꾸어 침대에 걸터앉았다.

"제 이름은 로니예요." 그녀가 설명을 시작했다. "워치*의 로니 슈팔즈키. 전 남자를 좋아했지만 그 이유로 고통을 받고 싶지는 않았어요. 율법에선 남자를 사랑하는 남자는 돌로 쳐죽여야 한다고 하잖아요. 전 그런 대우를 받고 싶지

---

* 폴란드 중부에 위치한 폴란드 제2의 도시.

도 않았고 남들에게 손가락질 당하거나 사회에서 격리되고 싶지도 않았어요. 그저 아무도 모르게 이 엉덩이로 다른 남자들을 품고 싶었어요. 나머지는 어떻게 되든 상관없어요. 매일 밤 누군가의 품에서 잠들고 싶고, 다른 사람들 틈에서 아무 문제없이 조용히 길을 걷고 싶어요. 전 이 세상이 싫지만 세상을 바꾸고 싶지도 않아요. 제가 원하는 건 오로지 매일 밤 당신이 저를 품어주는 게 전부예요."

"그건 나도 알아." 에프라임은 조용히 속삭였다. "그런데 어쩌다가 여자가 된 거야?"

"어느 날 숲에서 길을 잃었어요. 그래서 근처에 있는 가장 높은 나무 위로 기어 올라갔어요. '난 이런 삶이 싫어. 누군가 내 영혼을 가져가겠다면 지금 당장이라도 내줄 수 있어.' 그러고는 나무에서 뛰어내렸어요."

"그래서?"

"나무에서 떨어지는데 천사가 절 붙잡아주더라고요."

"천사가 왜 온 거야?"

"제 영혼을 가져가고 싶어서 왔다고 하더군요."

"천사한테 인간의 영혼이 왜 필요한데?"

"사람의 영혼을 목에 둘둘 감고서는 다른 천사들 앞에서 자랑스럽게 뽐내곤 한대요."

"그래서 어떻게 됐지?" 에프라임은 이렇게 자꾸 묻다가는 이야기의 맥이 끊겨 루니아가 입을 꼭 다물어버리는 게 아닌지 걱정스러웠지만 도저히 질문을 참을 수 없었다. 어쩌면 그녀가 영영 미쳐버릴 수도 있고, 자신에게 더이상 엉덩이를 허락하지 않을지도 모를 일이었다. 에프라임은 두려움에 목이 타들어가는 듯했다.

"저는 천사에게 이렇게 말했지요. 제 영혼을 가져가려면 저와 싸워야 한다고 말이에요."

"그래서?"

"그런데 천사는 제가 이미 영혼을 자기에게 주었다고 말하더군요."

"그래서 어떻게 했어?"

"저는 남자를 좋아하지 천사는 좋아하지 않는다고 대답했어요. 천사를 속이고 행여 지옥에 가더라도 제 영혼은 제 두 손에 꼭 쥐고 가겠다고 했어요. 절대로 그 천사에게 영혼을 주지 않겠다고 말이에요. 천사와 저는 공중에 뜬 채로 서로 싸웠어요. 전 그래도 힘이 센 남자였거든요. 그래서 먼저 천사의 머리를 정통으로 가격하고 두 번이나 꺾어버렸어요. 그리고 귀를 물어뜯으며 창녀도 기겁을 할 정도로 심한 말을 했지요. 결국 제가 이겼어요."

"그래서?"

"싸움에 졌으니 천사가 제 소원을 들어줘야 하잖아요."

"당신이 천사를 교묘하게 이용했군그래."

"하지만 제가 천사를 이겼는걸요."

"그래서 천사한테 무슨 부탁을 했어?"

"저에게 여자의 몸을 달라고 했어요."

"천사가 당신을 여자로 만들어준 거군."

"아뇨. 저를 여자로 만들어준 게 아니라 제게 여자의 육신을 준 거예요. 전 언제나 워치의 로니 슈팔즈키예요."

"하지만 당신 이름은 루니아잖아."

"그 이름은 세상 사람들 눈가림하기 위해 사용하는 거예요."

"천사를 홀렸듯이 말이지······" 에프라임이 말했다.

"천사를 구슬리는 게 쉽지만은 않았어요. 천사를 이긴 다음에 소원을 빌었더니 천사는 생각해봐야 한다며 숲 밖으로 나가버리더군요.

그래서 전 이렇게 말해줬어요. '충분히 생각해봐. 하지만 싸움에서 이긴 건 나니까 내 소원은 들어줘야 해.' 그랬더니 천사가 이렇게 말하더군요. '알았어. 하지만 내 능력에는 한계가 있다는 걸 알아둬. 네 소원을 전부 다 들어줄 수는 없어. 그러니까 생각 좀 해볼게.' 그래서 저는 기다리겠다고 했지요."

"나뭇가지에 걸린 채로?"

"아뇨, 공중에 뜬 채로요. 아무튼 천사가 다시 나타났어요. 그러더니 '네 소원을 들어줄 수는 있어. 대신 네 생의 절반은 내게 줘야 해.' 이러더군요. 그래서 '비록 단 하루만이라도 지금보다 행복할 수만 있다면 무엇이든지 할 수 있어' 하고 말했어요. 그러자 천사가 이러더군요. '급하면 무슨 말이든 못 해! 이 세상에 죽고 싶어하는 사람은 아무도 없어.' 그래서 전 이렇게 되물었어요. '자신의 목숨을 스스로 끊는 사람들도?' 그랬더니 '물론이지.' 그러면서 말하길 '원하는 대로 여자가 될 수는 있지만 네가 죽어서 천당이나 지옥에 갈 때면 넌 남자의 몸으로 가게 될 거야. 그게 바로 내 능력의 한계야' 하고 설명을 해주었어요. 그래서 전 이렇게 대답했어요. '여자가 되는 건 관심 없어. 난 단지 다른 사람들이 날 귀찮게 하지 않도록 여자의 몸으로 살고 싶을 뿐이야. 천당에 가든 지옥에 가든 내 몸은 네 마음대로 만들어도 상관없어. 지금 난 남자야. 그리고 저 높은 곳에 가더라도 여전히 남자일 거야. 다만 땅에서 태어났다는 이유로 남은 인생을 불안하게 살고 싶지는 않을 뿐이야.'

천사가 사라지자 전 여자의 몸이 되어 있었어요. 한때 제 모습이었던 남자의 육신은 바닥에 누워 있더군요. 나뭇가지에 갈기갈기 뜯겨나간 채로 말이에요. 그렇게 보기 좋은 모양새는 아니었어요. 나뭇가지 하나가 눈을 관통했거든요. 비록 이미 죽어버린 육신에 심하게 훼손된 상태였지만 그간 정들었던 몸을 떠난다는 생각이 들자 서글퍼지더라고요. 지금도 이 가슴이 불편하긴 해요. 당신은 이 가슴이 마음에 들어요?"

"그 가슴은 성스러운 열매야." 에프라임이 대답했다.

"제 엉덩이는요?"

"내 삶의 욕구를 충족시켜주지."

"저도 제 엉덩이가 만족스러워요. 가슴보다는 훨씬."

"그래서 당신은 얼마나 더 살 수 있는 거야?" 에프라임은 농담하듯 물었다.

"주어진 삶의 절반만 살 수 있어요. 모든 걸 다 가질 순 없잖아요."

"당신 가족은? 부모님은?"

"남자였던 제 육신은 워치의 공동묘지에 묻혀 있어요. 묘비에서 제 이름을 지워버렸어요. 불길한 징조로 여겨질까봐서요. 아무도 묘비에 제 이름을 새겨넣을 엄두를 내지 못했고, 제 무덤은 자살한 사람들이 묻히는 곳으로 옮겨졌지요. 저는 부모님이 돌아가시는 날까지 치욕을 안겨드린 셈이에요. 그러고는 아르헨티나로 떠나는 '베셀(Vessel)'이라는 증기선에 올라탔고, 거기서 제가 멘슈와 페인겔레의 딸이라는 사실을 알게 되었어요(그들이 저를 딸이라고 부르더군요). 누군가와 말을 시작하게 되자 제 자신이 다른 누군가의, 더 정확히 말하자면 어떤 여자의 기억을 가지고 있다는 사실을 깨닫게 되었어요."

"당신 정말 미쳤어." 에프라임은 고개를 좌우로 흔들며 살며시 웃었다.

루니아는 침대에 엎드려 치마를 걷어 올리고 팬티를 허벅지 근처까지 살짝 내리며 세속의 광명처럼 유백색으로 빛나는 엉덩이를 드러냈다.

에프라임은 그 엉덩이를 품었다.

"전 로니 슈팔즈키예요." 루니아는 남편이 자신의 몸속으로 들어올 때 그렇게 말했다. "워치의 로니."

III

 결혼한 지 2년이 되었을 때 마을에 식료품점 겸 주점이 생겼다. 어느 날 저녁, 에프라임이 주점에 들러 술을 마시고 있는데 랍비가 다가왔다.

 "여기는 무슨 일로 오셨습니까, 랍비님?" 에프라임이 물었다.

 "자네와 이야기를 하러 왔네."

 "지금은 별로 그러고 싶지 않습니다, 랍비님. 제가 너무 취했거든요."

 "물론 맨 정신일 수가 없겠지." 랍비가 물었다. "지금 당장 이야기를 해야 하네. 이 이야기가 다른 사람들 귀에 들어가는 것은 원치 않으니까."

 "이미 온 천하가 다 알고 있을 텐데요. 저희한테 왜 아이가 생기지 않는지 묻고 싶으신 거 아닙니까?"

 "꼭 그런 건 아닐세. 그저 자네가 지금의 부인과 이혼하고 회임을 할 수 있는 여자와 다시 결혼하고자 한다면 우리는 자네의 결정을 얼마든지 받아들일 수 있다는 얘기를 하고 싶었던 걸세."

 "그럼 루니아는요?" 에프라임은 걱정스러운 마음으로

랍비에게 물었다.

"그녀는 자신의 삶을 살아가게 될걸세. 이혼이 뭐 대수인가?"

에프라임은 미소를 지어 보였다.

"그럼 나는 이만 가보겠네." 랍비가 말했다.

"잠깐만요."

"말하게나."

"하시려던 말씀은 다 하신 건 같으니, 앞으로 다시는 그 이야기를 안 꺼내셨으면 합니다."

랍비는 그러겠노라고 하며 밖으로 나갔다.

에프라임이 집으로 돌아왔을 때, 루니아는 잠을 자고 있었다. 그는 아내를 깨웠다.

"당신, 아이 갖고 싶어?" 그가 물었다.

"아뇨." 루니아가 대답했다.

"아이를 가질 수 없어서 그렇게 대답하는 거야?"

"아니에요. 제가 남자이기 때문에 뱃속에 아이를 가지고 싶지 않은 거예요. 상상만 해도 끔찍한 일이잖아요."

"내가 아빠가 되고 싶어할 거라는 생각은 해봤어?"

"아빠가 되고 싶어요?"

"나도 모르겠어."

"그럼 여자하고 결혼을 하세요." 루니아는 등을 돌려 다시 잠들면서 나지막이 말했다.

에프라임은 한 시간 뒤 다시 그녀를 깨웠다.

"난 절대로 당신을 떠나지 않아."

"조만간 때가 올 거예요. 전 충분히 행복했어요."

"이 세상에 행복한 사람이 어디 있겠어?" 에프라임이 말했다.

루니아는 그의 말에 대답하지 않았다.

"전 정상이 아니에요." 루니아가 말했다.

"그건 나도 알지." 에프라임은 살짝 웃음을 지어 보이며 한숨을 내쉬었다.

"당신이 생각하는 그런 게 아니에요. 저한테는 남다른 신통력이 있다는 말이에요."

"난 당신 말 믿어."

"언젠가 그런 세상을 본 적이 있어요. 남자들이 거리에서 서로 손을 잡고, 껴안고, 자유롭게 활보하는 세상. 한 집에 살면서 건초 더미 위에서 잠자리를 함께하는 그런 세상을요."

"그런 세상이 정말 있어?"

"세상은 끝없이 넓어요." 루니아가 말했다. "그런 세상이 어딘가에는 있어요. 제가 정말 봤거든요."

"그럼 왜 그런 곳으로 가지 않는 거야?"

"그곳엔 당신이 없을 테니까요."

IV

에프라임은 그 뒤로 루니아와 2년의 세월을 함께 보냈다. 그럴 수만 있었다면 그는 아마 평생을 그녀와 함께 지냈을 것이다. 어느 3월 오후, 남자들이 기도를 올리는 시간에 에프라임은 집으로 돌아왔다. 루니아가 미치도록 보고 싶었기 때문이다.

그는 거울 앞에 앉아서 머리를 자르고 있는 루니아를 보고는 깜짝 놀랐다. 루니아는 가발도 벗어 던진 채 되는 대로 자신의 머리에 가위질을 하고 있었다.

"당신 이게 뭣 하는 짓이야?" 그가 물었다.

"머리 자르는 중이에요." 루니아가 대답했다.

"그건 나도 알아." 에프라임은 성스러운 머리칼을 손으로 주워 담으며 대답했다. "무슨 이유로 머리를 자르는 거냐고! 가발도 벗어 던졌잖아."

"이젠 다 끝났어요." 루니아는 계속해서 머리를 자르며 나지막이 중얼거렸다.

"정말 남자가 되겠다는 거야?" 그는 조롱하는 듯한 표정으로 웃으며 물었다.

"뼛속 깊숙한 곳까지 모조리 남자가 되고 싶어요." 그녀는 에프라임보다 더 빈정거리며 응수했다.

"그럴 순 없어!" 에프라임은 상황을 받아들일 수 없다는 듯 고함을 질렀다.

루니아는 미소를 지으며 가위를 내려놓았다. 그녀의 머리는 이미 짧아질 대로 짧아져서 삐죽삐죽 솟아 있었다. 그녀는 남편에게 손을 내밀었다.

"내 사랑, 걱정하지 말아요." 루니아가 말했다.

"내 사랑?" 에프라임은 그녀의 말을 따라 했다. "여태까지 그렇게 불러준 적 없었잖아."

"오늘은 그렇게 부르고 싶었어요." 루니아는 속삭이듯 말했다. 그녀는 에프라임의 어깨에 머리를 기댄 채 죽었다.

에프라임은 그녀가 숨을 거두자마자 루니아가 죽었다는 사실을 깨달았다. 하지만 잠시 후, 그는 그 사실을 믿으려 하지 않았다. 그는 그녀의 죽음을 모르는 사람처럼 그녀의 머리를 쓰다듬어주고는 그녀에게 입을 맞추었다. 그리고 그녀의 볼을 어루만지고서야 그녀의 몸이 싸늘하게 식어가고 있음을 느꼈다. 그제야 거울을 통해 눈을 심하게 다친 젊은 남자의 얼굴을 보게 되었다. 루니아가 들려주었던 이야기와는 달리 거울 속의 얼굴은 살짝 상처만 입었을 뿐 아름답고 조화로워 보였다.

에프라임은 싸늘한 시신을 꼭 끌어안고 루니아와 로니를 번갈아 부르며 사랑의 말을 속삭여주었다. 그러고는 그녀의 시신을 침대에 고이 눕혔다. '남자였든 여자였든 제발 다시 내게로 돌아와줘.' 에프라임은 침대 옆에 무릎을 꿇고 애원했다. 하지만 루니아는 이미 숨을 거둔 상태였다. 인생이 무의미하고 정해진 규칙대로 흘러가는 건 아니지만, 모든 걸 다 가질 수는 없는 법이다.

에프라임은 밤사이 루니아를 한적한 곳에 묻어주었다. 그리고 비석을 세우고는 '워치의 로니 슈팔즈키'라고 새겨 넣었다.

그는 자살을 할까 생각도 해보았지만 죽고 싶은 마음은 들지 않았다. 그는 스스로에게 물었다. '난 무슨 이유로 삶에 집착하는 걸까?'

그 뒤로 루니아에 대해 묻거나 그녀를 기억하는 사람은 아무도 없었다. 마치 그녀가 존재한 적도 없었던 것처럼 하루하루가 지나갔다. 하지만 에프라임의 기억 속에는 항상 그녀가 남아 있었다.

에프라임은 재혼을 했고 자식도 여럿 낳았다. 오직 랍비만이 부림절*에 서로 거나하게 취하고 나서야 무언가 기억이 난다는 눈빛으로 에프라임을 바라볼 뿐이었다.

---

* 유대인의 축제일. 페르시아 제국에서 모르드개와 에스더의 승리로 유대인이 죽음을 면한 역사적 사실을 기념하는 날이다.

룩소르 호텔에 온 여자
El conserje

요란한 소음과 함께 타는 냄새가 나기 시작한 것은 새벽 두시 무렵이었다. 모퉁이에 있는 건물 쪽에서 불꽃이 탁탁 튀는 소리가 계속해서 들려왔고, 매캐한 연기 냄새가 무겁게 가라앉은 새벽 공기를 타고 호텔 안까지 스며들어왔다.

나는 로비 한편에 자리 잡고 있는 사각형의 원목 데스크에서 나와 거리로 뛰쳐나갔다.

모퉁이를 바라보니 마치 영화의 한 장면처럼 아파트 전체가 거대한 화마에 휩싸여 있었다. 대형 참사였다. 불길이 솟구치지 않는 층에서는 시커먼 연기가 꾸역꾸역 뿜어져 나오고 있었다. 시야를 가로막고 서서히 질식시켜 순식간에 목숨을 빼앗는 무시무시한 연기.

일찍이 울린 화재경보를 듣고 출동한 소방차들이 속속 도착하기 시작했다. 그러나 옥상으로 대피한 사람들의 모습은 아직까지 보이지 않았다. 소방관들은 재빠른 몸놀림으로 현장을 에워쌌고, 그중 대여섯 명가량이 불구덩이 속으로 뛰어들었다.

때는 1월, 더위가 기승을 부리는 한여름이었다. 화재가 난 주택단지 주변은 바람 한 점 없는 날씨 때문에 순식간에 찜통이 되어버렸다. 나는 다시 호텔 안으로 들어왔다.

시원한 에어컨 바람을 쐬자 조금 전의 악몽 같은 광경은 사라지고 금세 일상으로 돌아올 수 있었다. 나는 수화기를 들고 도라 이모에게 전화를 걸었다. 새벽에도 잠을 이루지 못하는 이모는 언제든지 전화하라고 늘 당부하곤 했다. 이참에 모퉁이 건물 화재 소식이나 들려줘야겠다는 생각에 수화기를 들었는데, 두번째 신호가 울릴 즈음 한 쌍의 남녀가 호텔 안으로 들어섰다. 나는 이모의 목소리도 듣지 못한 채 전화를 끊었다.

한눈에도 화재가 난 건물에서 가까스로 대피한 사람들임을 알 수 있었다. 남자가 입은 와이셔츠는 한쪽 소매가 떨어져나갔고 목둘레를 비롯해 셔츠 전체가 까맣게 그을려 있었다. 여자는 노란 꽃무늬가 장식된 하얀 원피스를 입고 있었는데 치마 밑단에 군데군데 불에 탄 흔적이 남아 있었다. 머리에서는 하얀 재가 떨어지고 있었다.

여자의 손에는 흉측하게 변해버린 핸드백이 들려 있었고, 남자는 그나마 상태가 양호한 작은 초록색 배낭을 들고 있었다.

나는 얼른 인사를 하고 사고 현장에 대해 물었다.

그들이 그곳에서 왔다는 것은 확인할 필요도 없었다. 그들은 왜 화재가 발생했는지 모르겠다며 하룻밤을 보낼 방이 필요하다고 했다.

"피해 상황이 심각한 것 같은데, 어떻습니까?" 나는 죽도록 궁금한 나머지 질문을 던지고 말았다.

"전 재산을 다 잃었습니다, 우리가 가진 전부를요." 남자가 대답했다.

나는 안타까운 심정으로 그들을 바라보았고, 그제야 여자가 임신했다는 것을 알아챌 수 있었다. 처음에는 몰라봤지만 배가 나온 정도를 보아하니 임신 중기인 것 같았다. 순간 정신이 번쩍 들었고, 그들을 방으로 안내하기 위해 서둘렀다.

새벽 시간에는 벨 보이가 없기 때문에 그들의 얼마 안 되는 초라한 짐을 내가 직접 들었다. 나는 그들을 202호실로 안내해주었고 팁은 정중히 거절했다. 편히 쉬라는 인사말을 건넨 후, 나는 다시 자리로 돌아왔다.

사람의 미래는 한 치 앞도 알 수 없다는 생각에 한숨이 절로 나왔다. 나는 그 끔찍한 화재가 얼마나 진압되었는지 살펴보려고 다시 거리로 나갔다.

노련하고 재빠른 소방관들이 거세게 솟아오르는 불길을 시커먼 연기로 만들고 있었고, 시커먼 연기는 서서히 하얀 연기로 변해가고 있었다. 거리에는 소방관들의 빨간색 유니폼과 안전모밖에 보이지 않았다. 그들은 소방 호스와 도끼를 든 채 어둠이 짙게 내린 밤거리를 분주히 뛰어다니고 있었다. 그때 화재가 난 건물 20층(재빨리 층수를 세어보았다) 발코니 난간의 안전망에 사람이 매달려 있는 것을 발견했다. 그리고 22층에서 불에 그슬린 고양이가 공처럼 몸을 웅크린 채 떨어지는 모습도 보였다. 캄캄한 밤이라 처음에는 둥그런 형체의 무언가가 떨어진 것만 분간할 수 있었는데, 나중에 놀란 소방관들이 큰 목소리로 주고받는 이야기를 통해 그것이 고양이라는 것을 알 수 있었다.

나는 가슴을 쓸어내리며 다시 호텔로 들어왔다. 방금 본 광경이 너무나도 충격적이어서 평정을 찾을 수가 없었다. 이 순간이 현실이 아니라 꿈이라면 얼마나 좋을까…… 야간 근무 7년 경력의 유일한 에피소드로 이 순간을 떠올리며 사람들에게 떠벌리고 싶지는 않았다. 일하다 말고 나간 것은 직무 유기나 지루함을 못 견뎌서가 아니라, 순전히 피로를 풀기 위해서였다는 변명도 덧붙이며…… 그런데 신기한 것은 아직 진압을 하지 못한 층에서 타오르는 불길이 내는 소리가 자장가처럼 들려왔다는 것이다.

거의 새벽 네시가 되어서야 잠에서 깨어났다. 거리로 나가기 전 다시 한번 도라 이모에게 전화를 걸었다. 이모와는 통화가 불가능한 시간이 없었다. 이 시간쯤이면 분명 잠에서 깨어 아침식사도 마치고 늘 똑같은 일상을 벌써 시작했을 터였다.

신호음이 세 번 정도 울렸을 때 발소리가 들리며 계단을 걸어 내려오는 임신한 투숙객의 모습이 보였다.

나는 수화기를 얼른 제자리에 내려놓았다. 당사자를 앞에 두고 도라 이모에게 화재사고 소식을 알리고 싶지는 않았기 때문이다.

"손님은 계단보다는 엘리베이터를 이용하시는 게 편하지 않을까요? 3층이나 되는데 말입니다." 나는 상냥한 목소리로 말을 걸었다.

"댁도 저 건물에 있다가 나왔다면 분명 걸어 내려왔을

걸요. 화재가 난 건물에서 엘리베이터는 죽음의 덫이나 다름없어요."

나는 무언의 동의를 하며 다시는 손님에게 주제넘게 충고하지 말아야겠다고 다짐했다.

그녀는 로비에 있는 소파 중에서 가장 안락한 곳에 몸을 맡기더니 한 손으로는 불룩 솟아오른 배를 쓰다듬고 다른 한 손으로는 핸드백을 열어 무언가를 찾았다. 그녀가 꺼낸 것은 담배와 라이터였다. 그런데 그 담배를 입에 물더니 불을 붙이는 것이 아닌가! 임신한 여성이 담배를 피우는 장면은 경악할 만한 일이었지만, 나는 목구멍까지 올라오는 충고의 말을 꿀꺽 삼킨 채 아무 말 없이 서 있었다.

"이곳에서 일한 지 몇 년이나 되셨어요?" 그녀가 물었다.

대화를 먼저 시작한 것은 여자 쪽이었기 때문에 대답을 안 할 수가 없었다.

"7년 됐습니다."

그녀는 존경스럽다는 듯이 나를 쳐다보며 머릿속으로 햇수를 계산하는 듯했다. 그러다가 내 시선이―나의 의지와는 무관하게―그녀의 담배에 가 있다는 사실을 알아채고는 이렇게 말을 했다.

"걱정 마세요. 불구덩이에서 나왔는데 이까짓 불쏘시개

쯤이야 문제 있겠어요?"

나는 '당신이야 괜찮겠지만, 뱃속에 있는 아기는요?' 라고 말하고 싶었다. 하지만 나는 그럴 자격도 없을뿐더러, 모든 것을 잿더미로 만들어버리는 무시무시한 화마를 뚫고 나온 사람에게는 한 치 앞도 알 수 없는 미래에 대한 불안감만 있을 것이라는 생각이 들었다. 평생 건강을 유지하기 위해 기를 쓰는데 그 노력이 한순간의 사고로 무너진다면 과연 어떤 기분일까? 건강했던 나의 장례식에 알코올 중독자, 흡연자, 마약 중독자들이 웃고 떠들며 참석한다면……?

"지금으로부터 10년 전, 당신이 이 호텔에서 근무를 하기 전에 이곳은 제 인생에서 가장 중요한 곳이었어요."

나는 그 말을 듣고 놀랐다. 비록 마음속으로는 먼저 말을 꺼내지 않기로 맹세했지만 표정으로는 그녀의 사연을 알고 싶다는 마음을 감출 수 없었다.

그녀는 담배 한 모금을 빨더니 이렇게 말했다.

"누군가에게는 해야 할 이야기니까요. 이젠 별로 중요하지도 않거든요."

오전이나 오후에 근무하는 동료들은 홀로 투숙하는 여자 손님이나 심지어 가증스러운 유부녀들과 즐긴 하룻밤

불장난을 무슨 영웅담이라도 되는 양 매번 지껄이곤 했다. 어쩌면 그런 이야기 열 개 중 세 개 정도는 사실일 수도 있다. 만약 저 여자 투숙객이 만삭의 임산부가 아니었다면 나 또한 호텔 근무 7년 만에 처음으로 손님에게 섹스 파트너가 되어 달라는 제의를 받는 게 아닌가 하고 생각했을 것이다.

"대략 20년 가까이 오늘 화재가 난 건물의 대각선 쪽에 살았어요." 그녀는 내가 듣고 있는 게 아무렇지도 않은 듯이 이야기를 꺼냈다.

"그곳에서 우리 부모님과 함께 살았어요. 10층짜리 아파트 건물이요. 당신도 본 적이 있을 거예요. 저기 모퉁이 맞은편 길 중간에 있었거든요."

"후닌 가에 있던 거요? 서점 옆에 있던 건물 말씀이십니까?"

"맞아요. 지금은 서점이지만," 이 부분에서 그녀의 목소리 톤이 변했다. "예전에는 빵집이었는데……"

그녀가 계속 말을 이어갔다. "열다섯 살쯤이었던가, 학교를 마치고 오후에 집에 돌아왔는데 어머니가 '아버지가 우릴 두고 집을 나가셨다'고 말씀하시는 거예요. 솔직히 말해서 이미 예상은 하고 있었어요. 제 어머니는 몸매도 육중하고, 매사에 명령조였죠. 반대로 아버지는 마른 체격에 다정한 젠틀맨이었어요. 저는 아빠를 무척 좋아했지요. 불행한 가정에서 사춘기를 보내는 만큼 아빠의 심정을 늘 이해했어요. 그러니 아빠가 언젠가는 엄마의 흠잡을 데 없는 음식 솜씨와 우렁찬 고함소리에 질릴 거란 걸 알고 있었답니다."

"이상적인 파트너를 만난다는 것은 쉬운 일이 아닐 겁니다." 나는 결국 입을 다물지 못하고 말문을 열었다. "그래서 제가 여태 노총각 신세를 면치 못하고 있는지도 모르겠습니다."

"이상적인 파트너를 만나는 것보다 전혀 맞지 않는 사람들끼리 결혼하는 게 더 쉬운 일이지요." 그녀가 말했다.

"맞아요." 그녀도 나와 같은 생각을 한다는 사실에 놀라 이렇게 말했다. "호텔에 있으면 그런 사람들을 자주 보게 됩니다."

하지만 이내 부끄러워 입을 다물었다. 그녀도 남편과 함께 호텔에 온 손님인데 호텔 직원의 특권으로 다른 투숙객들의 은밀한 부분을 함부로 말하고 있는 셈이었기 때문이다.

"걱정 마세요." 그녀는 웃으며 이렇게 말했다. "저는 남편을 사랑하고 남편도 저를 사랑해요. 우리는 서로 올바른 선택을 했어요."

"부모님께서는 어떤 이유로 서로를 선택하신 겁니까?"

"어머니는 젊었을 때 미인이셨을 거예요. 아버지는 살집 있고 허벅지도 튼실한 여자를 매우 좋아하셨거든요. 당시 아버지가 속한 계층에서는 결혼이라는 게 중매를 통해 이루어졌어요. 단지 몸매가 마음에 든다는 이유만으로 배필을 선택해 가족 친지들에게 소개한다는 것 자체가 들뜨고 재미있으셨나봐요. 이 밖에도 저뿐만 아니라 그 누구도 알 수 없는 다른 이유가 두 분 결혼에 작용했겠지만, 제 생각에는 아버지가 엄마를 늘 성적으로 좋아했던 것 같아요. 아내의 육체에 진심으로 이끌렸다는 말이지요."

나는 얼굴이 붉어졌다.

"어머니는 낮은 목소리로 '네 아버지가 우리를 떠나버렸단다'라고 말씀하시더군요. 두 눈을 감고 고개를 떨어뜨리시더니 끝내 눈물을 흘리셨어요. 그래서 물어봤죠. '엄마, 도대체 어떻게 된 일이에요? 두 분이 싸우셨어요? 편지라도 써놓고 가버리신 거예요? 도대체 뭣 때문에 그렇게 생각하시는 거예요?'

그랬더니 한숨을 내쉬며 이렇게 말씀하시더군요. '아빠

는 지금 룩소르 호텔에 있다. 하지만 집으로 돌아오지는 않을 거야.' 그렇게 질문을 던졌는데 겨우 대답 한 마디만 하고는 입을 꾹 다무시더군요."

나는 깜짝 놀라지 않을 수 없었다. 룩소르 호텔이라면, 바로 지금 이 고객과 내가 대화를 나누고 있는 장소가 아닌가!

"저는 엄마를 그대로 내버려두고 그 즉시 호텔로 달려갔어요. 아버지하고 이야기를 좀 해봐야겠다는 생각이었지요. 아버지는 집에서 겨우 두 블록 떨어진 곳에 계셨으니까요. 어머니는 절 말리지 않았어요.

저는 울면서 호텔에 도착해서 투숙객 중에서 우리 아버지를 찾아달라고 직원에게 말했어요. 그랬더니 그 직원은 투숙객 명단을 훑어보더니 이렇게 말하더군요.

'손님 중에 그런 분이 계시긴 합니다만, 지금은 방에 안 계십니다.'

'언제 돌아오시는지 아세요?'

'아주 늦게 돌아오십니다.'

'정확한 시간을 말씀하시던가요?'

'그러시지는 않았습니다. 혹시 전하실 말씀이라도 있으시면 메모를 남겼다가 전해드리겠습니다.'

'그럼 딸이 왔었다고 전해주세요.'

전 그렇게 부탁했어요. 여전히 울먹이는 목소리로 말이에요.

'오시면 꼭 저한테 전화를 주시라고 말씀드려주세요. 꼭 해야 할 말이 있거든요.'

정말 간곡하게 부탁했지요. 그랬더니 '걱정하지 마세요, 손님. 돌아오시는 즉시 전해드리겠습니다.' 이렇게 말하더군요.

저는 생면부지의 남에게 감정을 드러내 보였다는 사실에 수치심을 느끼며 집으로 뛰어 돌아왔어요. 집에 오자마자 어머니 품으로 뛰어들었지요. 어머니는 평소와는 너무 다르게 부드럽게 절 위로해주시며 우리 모녀가 이번 일을 잘 견뎌낼 수 있을 거라고 말씀하시더군요.

저는 아버지 없는 집은 상상할 수도 없었어요. 어머니와 단둘이 산다는 생각, 무미건조하고 우울하기만 한 어머니의 일상을 견뎌내야 한다고 생각하니 처량해지기 시작하더군요. 아무튼, 저녁이 되어도 아버지가 전화를 하지 않기에 저는 다시 호텔로 찾아갔어요.

낮 시간에 일하던 직원이 없었기에 야간 근무 직원에게 아버지 이름을 대며 돌아오셨는지 물었어요. 그러자 직원이 '연결해드리겠습니다. 누구시라고 전해드릴까요?'라고 묻더군요. 그래서 전 그분 딸이라고 말했어요.

직원이 방으로 전화를 걸었어요. 그러더니 몇 마디 중얼거린 다음—저는 아버지가 방에 계시다는 사실에 안도를 했어요—전화를 끊고는 납득할 수 없다는 표정을 지었어요.

'손님께서……' 직원은 머뭇거리더니 이렇게 말하는 거예요. '저기 그러니까…… 만나고 싶지 않다고 하십니다.' 저는 제 귀를 의심하며 다시 물었지요. '딸이 찾아왔다고 분명히 말씀드렸나요?'

'네, 전화를 받으시자마자 따님이 찾아오셨다고 말씀드렸지만, 단호하게 만나기 싫다고 하시더군요.'

'그럼 제가 직접 올라가서 만나겠어요.'

'죄송하지만, 아버님이 호텔 밖으로 나오실 때까지 기다리시는 게 좋을 듯합니다. 저희는 저희 호텔에 묵고 계시는 투숙객의 뜻에 반하는 행동은 할 수 없습니다.'

저는 눈물을 흘리면서 사정을 했어요. '전 그분 친딸이라고요.' 그러자 직원은 인상을 찌푸리더니 한숨을 내쉬며 이렇게 말하더군요. '아가씨, 아가씨가 저희 투숙객의 친딸인지 아닌지 제가 확인할 방법은 없습니다. 그리고 아가씨 가족이 어떤 문제를 겪고 있는지도 저는 모릅니다. 하지만 이 것 하나만큼은 명확한 사실입니다. 아무런 하자 없이 저희 호텔 숙박계에 기록을 하신 손님은 방문을 거절할 권리가 있지요. 아버지를 못 만난다고 세상이 다 끝나는 건 아니지 않습니까. 그저 아버님이 방에서 나와 호텔 밖으로 나가실 때까지 기다리시면 간단하게 해결될 문제입니다.'

저는 마음에 상처를 받고 수치스러운 데다가 분노까지 치밀어오른 상태로 집으로 돌아왔어요. 다행히 어머니는 집에 안 계시더군요. 저는 그렇게 뜬눈으로 밤을 지새웠어요. 다음날, 마음을 추스른 뒤 다시 호텔로 향했어요. 프런트에는 제가 처음으로 말을 걸었던 주간 근무 직원이 있더군요. 그때가 아마 오전 여덟시 정도였을 거예요. 그는 저를 보더니 안타까워하는 표정을 지어 보였어요.

'아버님께서는 체크아웃을 하고 나가셨습니다.' 직원은 제가 뭐라고 묻기도 전에 그런 말을 해주더군요. 저는 이거 저거 생각할 겨를도 없이 프런트 데스크에 팔을 걸친 채 고개를 파묻고 한동안 펑펑 울었어요. 그러고는 몸을 가눌 힘이 생기자 겨우 고개를 들고는 이렇게 물었어요. '혹시 편지라도 남기셨나요? 다른 뭐라도?'

직원은 아무런 말 없이 고개를 가로저으며 측은한 표정

을 지었어요. 그런데 제가 호텔 문을 열고 밖으로 나가려고 하자 저를 불러 세우더군요.

'저기, 아가씨……' 저는 희망에 찬 마음으로 걸음을 멈춰 섰어요. 직원은 천천히 프런트에서 빠져나와 근엄한 표정으로 저에게 다가오더니 이렇게 말을 했어요. '아가씨한테 이 말을 해주고 싶었습니다. 우리 남자들은 간혹 어떤 상황에 맞닥뜨릴 용기가 없을 때가 있습니다. 그렇다고 잃게 될 부분을 중요하지 않게 여긴다는 말은 아닙니다만……' 저는 그 사람이 뭐라고 한마디 더 덧붙여주기만을 기다리며 그 직원을 똑바로 쳐다보았어요. 단지 그런 쓸데없는 이야기를 하려고 저를 불러 세운 건 아니기를 간절히 바랐어요.

그가 말을 이어갔어요. '야간 근무 직원의 말에 따르면 아버님께서는 밤새 통곡을 하셨다고 하더군요. 얼마나 서럽게 우셨는지 이곳까지 울음소리가 들렸다고 합니다.' 저는 아무 말 없이 그 직원을 뚫어지게 쳐다보았어요. 그랬더니 격식을 갖춘 억양으로 나지막이 말하더군요. '그것만큼은 꼭 알려드려야겠다는 생각이 들었습니다.' 그 직원에게 더 이상 들을 말이 없었기에 전 그냥 호텔 밖으로 나왔어요."

"그게 몇 년 전 일인가요?" 내가 물었다.

"그 직원하고 그런 얘길 나눈 게요? 글쎄요, 대략 15년은 된 것 같네요. 굳이 계산하실 필요는 없을 거예요. 당신은 그 직원을 만난 적이 없을 테니까요. 그해에 바로 호텔에서 해고당했거든요."

나는 그렇게 사실을 받아들였다. 그녀는 담배 한 대를 더 꺼내 들고 불을 붙였다. 제발 남편이라는 사람이 내려와서 그녀의 흡연을 말려주면 얼마나 좋겠는가! 나로서는 끔찍한 사고를 헤치고 나와 누군가에게 속사정을 털어놓고자 하는 고객의 이야기에 아무 말 없이 귀를 기울이는 것 외에는 할 수 있는 일이 없었다.

"저는 아버지의 침묵과 부재를 받아들일 수밖에 없었어요. 편지 한 장, 전화 한 통도 받지 못했어요. 갑자기 자취를 감춘 사람들의 이야기를 찾아 수도 없이 읽고 또 읽어봤지요. 바람을 피우다가 다른 가정을 꾸려 아예 외국으로 도망간 남편 이야기, 어느 날 갑자기 사라져버려서 몇 년 동안 추적한 끝에 막상 찾고 보니 성전환 수술을 받은 사람들 이야기, 이름을 바꾸고 몇 년간 숨어 있다가 정체가 발각되자 도망가버린 살인자들, 신변을 보호해주기로 약속했던 사람들이 뿔뿔이 흩어지자 정체가 탄로날까봐 야반도주라도 해야 하는 운명에 처한 사람들의 이야기까지…… 제 아버지는 과연 어느 부류에 속하는 걸까요? 어머니를 떠난 건 이해할 수 있어요. 하지만 왜 저까지…… 왜 저까지 버리신 걸까요?

사실, 아버지는 사람을 끌어당기는 매력을 지니신 분이었어요. 너무나 단순하고 뻔한 일상을 꾸리던 어머니와는 정반대셨지요. 어머니는 좀 투박한 편이었거든요. 제게 아버지는 은밀하고 비밀스러운 이야기로 가득 찬 보물창고 같은 분이었지요. 그런 분이 도대체 무슨 이유로 어머니 같은 여자하고 평생을 같이 살기로 했는지 이해할 수가 없었어요. 하지만 그런 식으로 도망을 가신 이유는 더더욱 이해할 수 없었죠.

어머니와 저는 경찰에 실종신고를 하지 않았어요. 그러니 경찰에서는 수사를 전혀 하지 않았지요. 어디서 무얼 하고 계신지 아버지가 직접 알려주시지 않을 거라면, 굳이 공권력을 이용해서 아버지께 그런 행위를 강요하고 싶지는 않았어요. 저까지 어머니처럼 아버지에게 짐이 되고 싶지는 않았거든요. 사실 마음속 깊은 곳에서는 어머니를 끔찍이 미워하고 있었어요. 아버지가 가족을 버린 이유는 어머니 때문이라고 생각하고 있었으니까요. 그리고 제 앞에 나타나서 뚜렷하게 해명하지 못하시는 이유 역시 어머니 때문이라는 생각이 들었어요. 다시 어머니의 덫에 걸려들까 두려우셨기 때문이었겠지요. 마치 또다시 맞서게 될지 모를 위험을 두려워하는 것처럼 어머니를 다시는 마주 대하고 싶지 않아서 아버지가 떠난 것이라 생각했어요.

그렇게 두세 달이 흘러갔어요. 어머니 친구분이자 집 근처의 빵집 주인 부부가 자주 집으로 찾아와서 저희 모녀가 적적하지 않도록 배려를 해주었어요. 간혹 아들을 데려오곤 했는데 저와 비슷한 또래에 수줍음이 많은 남자아이였어요. 그런데 언제나 인상이 어두웠지요. 저한테 말 한 번 제대로 걸지도 못하더군요. 부인 되시는 분은 직접 만든 빵이나 과자를 들고 오기도 했고, 콧수염이 덥수룩하고 작고 통통한 남편 니콜라 씨는 은근히 음탕한 이야기들로 농담을 걸곤 했어요. 그게 아버지를 잃은 딸아이에게 가장 좋은 처방이라고 생각하는 것 같았어요.

그리고 5개월이 지난 뒤, 형사들이 집으로 찾아왔어요. 아버지의 시신을 발견했다는 거예요. 티그레*의 한 집에서 자살을 하셨는데 유서를 남기셨다더군요. 그리고 정확히

---

* 부에노스아이레스 근교의 도시.

관자놀이 부위에 총알 한 방이 박혀 있었대요."

 우리 두 사람 사이에 침묵이 내려앉았다. 윤이 나는 나무로 만든 프런트 데스크에 서 있던 나와 로비의 안락의자에 앉아 있던 그녀 사이에. 그래도 우리의 표정은 담담했는데, 나는 호텔 직원이었기에 당연히 어느 정도의 거리를 유지하고 손님의 이야기를 들어야 했기 때문이고, 그녀는 자신의 이야기를 아무렇지도 않은 듯이 늘어놓았기 때문이다. 우리 사이에는 그저 낡고 붉은 카펫이 깔린 통로만이 놓여 있었다.
 "아버지는 편지에 1년 전, 당신이 정신분열증에 시달리고 있다는 사실을 알게 되었다고 쓰셨어요. 두 차례에 걸쳐, 그것도 각기 다른 장소에서 말도 안 되는 헛소리를 지껄이셨다는 거예요. 두 번 모두 모르는 사람들이 아버지를 겨우 진정시켰다고 하셨어요. 한번은 아버지가 어떤 섬유 회사 사장과 말다툼을 했는데, 그 이유가 아버지가 사장이라고 우겼기 때문이었다는군요. 또 한번은 당신 정부(情婦)의 집에서 나오는 길에(돌려 말씀하시지도 않고 당당히 밝히셨어요) 건물 관리인과 싸웠다는데, 이유는 그 사람이 아버지를 기분 나쁘게 쳐다봤기 때문이었대요. 몇 달 동안 그 사실을 가족들에게 철저히 숨긴 아버지는 더이상 가정에 문제를 일으키고 싶지 않아서 도망간 거예요. 병원 치료도 전혀 효과가 없었대요. 그리고 결국 당신의 삶에 종지부를 찍어야겠다는 끔찍한 결론에 도달하게 된 거죠. 남은 가족이 당신의 행동을 용서해주기를 바라며 말이에요.

당시 제 상황이 어땠는지 아마 상상이 가실 거예요. 유서를 읽는 동안 아버지의 자살이 그다지 충격적이지 않았다고 해도 저를 너무 독하다고 생각하지는 말아주세요. 사실 죽음이라는 건 늦건 빠르건 누구에게나 찾아오는 거잖아요. 지금은 죽음을 더이상 심각하게 받아들이지 않아요. 댁도 죽음을 두려운 대상으로 생각할 필요 없어요. 죽음이라는 건 생각보다 오묘하고 덜 기분 나쁜 것이니까요. 제가 가슴 아파했던 것, 제 자신을 완전히 무너뜨린 것은 아버지가 유서에 제 이야기를 단 한 마디도 적지 않았다는 거였어요. 저를 감히 바라볼 수 없을 정도로 편찮으셨다는 사실은 이해할 수 있었어요(그걸 믿기까지도 너무 힘들었지만 이해는 할 수 있었어요. 아버지가 로비까지 들릴 정도로 절망적으로 우셨다던 호텔 직원의 이야기가 생각이 나더군요). 하지만 편지에서조차 제게 작별인사를 남기지 않았다는 사실은 정말로 받아들일 수 없었어요. 만약 제 두 눈으로 아버지가 손수 남겼다는 유서의 필체를 확인하지 않았더라면, 아버지가 남긴 무언의 마지막 메시지를 절대로 받아들일 수 없었을 거예요. 저만 아버지를 사랑한 건 절대 아니었어요. 당시에도 철이 들어 있던 저는, 비록 상대가 어른일지라도 그 사람이 즐거워하는지, 함께 있는 상대를 마음에 들어 하는지 알 수 있었으니까요. 아버지는 진정으로 저를 좋아하셨고 저와 함께 보내는 시간이 즐겁다는 걸 감추지 않으셨어요. 우리 부녀는 같이 놀고, 떠들고, 영화도 보러 다녔어요. 만약 아버지가 자살의 이유를 하나하나 열거하실 만큼 정신이 또렷한 상태였다면, 왜 저한테 용서를 구하는 메시지 한 줄 남기지 않으셨는지 도저히 납득할 수 없었어요. 하지만 그 유서는 분명히 아버지의 손으로 작성된 유서였어요. 유서를 작성하고 난 뒤에 리볼버의 방아쇠를 당긴 바로 그 손으로요.

아버지는 티그레에 집을 한 채 가지고 계셨는데 그 사실 역시 이해할 수 없었어요. 계속되는 경찰 조사와 시신 확인 등으로 혼란한 와중에 저는 아버지가 티그레의 집 한 채를 유산으로 받았고, 아버지에게 정신병력까지 물려준 삼촌 한 분으로부터 재산까지 상속 받으셨다는 사실을 전해 들었어요.

문제의 삼촌 아르만도는 부에노스아이레스 외곽에 위치한 돈 많은 정신병자들의 요양소에서 돌아가셨다더군요. 그분에게는 아버지가 가장 가까운 직계 가족이었지요. 무시 못 할 정도의 막대한 돈과 집 한 채가 아버지에게 떨어졌던 거예요.

이 모든 게 사춘기에 접어든 여자아이에게는 감당하기 힘든 이야기들이었어요. 어머니와 달리 저는 그 삼촌이라는 사람에 대해 더이상 알아보려고 하지도 않았어요. 아버지가 남긴 편지를 보면서 울기도 바빴거든요. 몰래 아버지를 애도하며, 아버지의 마지막 행동을 유발한 비밀스러운 사연을 애써 모르는 척하는 것만으로도 벅찼어요.

우리 모녀는 결국 아르만도 삼촌의 유산을 어느 정도 상속 받을 수 있었어요. 그 덕에 예전보다 넉넉한 생활을 누리게 됐지요. 돈이 남아돌았으니까요.

니콜라 씨는 어머니에게 자신의 가게를 비롯해 여러 사업에 그 돈을 투자하라고 부추겼어요. 그 덕에 다달이 얼마의 돈이 들어오긴 했지만 우리가 투자했던 돈에 비해서는 액수가 많이 부족하다는 느낌이 들었어요. 한편, 니콜라 씨는 그 전보다 빈번하게 우리 집을 들락거렸어요. 그것도 부인 없이 혼자서.

처음에는 사업 이야기를 하러 왔었어요. 올 때마다 어머니와 함께 투자 수익이나 지출 현황에 대해 이야기를 하곤 했지요. 엄연히 사업차 왔고, 그 부인은 사업과 전혀 관계가 없기 때문에 그는 아예 부인을 대동하지 않고 우리 집을 들락거릴 수 있었지요. 그런데 어느 날부터인가 제가 집에 없거나 늦게 들어온다고 연락한 날만 골라 그 남자가 우리 집을 찾아온다는 사실을 깨닫게 되었어요. 제가 집에 도착하면 그는 서둘러 우리 집을 떠났지요. 그때부터 제가 늦는 날이면 어머니가 그 남자에게 전화를 걸어 집으로 불러들인다는 의심을 감출 수 없더군요. 결국 어머니와 니콜라의 불륜은 만천하에 알려졌고, 얼마 후 니콜라 씨와 그 부인의 이혼이 기정사실화되었어요.

니콜라 부부가 어떻게 이혼 합의를 보았는지는 알 수 없었지만 빵집은 여전히 그 남자가 소유하고 있더군요. 그리고 이듬해 중반부터 그 사람은 아예 우리 집으로 짐을 싸들고 들어왔어요. 어머니와 그 남자의 관계는 처음부터 역겨웠어요. 그래서 저는 그 사람이 우리 집으로 들어온 순간부터 언젠가 기회만 되면 바로 집을 나가버리겠다고 결심했지요.

미겔이 자기 아버지를 보러 종종 오곤 했어요. 저하고도 자주 만났지요. 니콜라 씨는 자신의 아들을 늘 함부로 대했어요. 그 아이의 표정이 왜 늘 불안해 보였는지 이해가 되더군요. 한번은 우리 어머니와 그 남자가 극장에 가려고 준비하고 있었는데 미겔도 그 참에 함께 외출해서 볼일을 보기로 했어요. 그런데 때마침 니콜라 씨가 외출하기 전에 우유 한 잔을 마시려다 그만 멍청하게 발을 헛디뎌서 컵을 떨어뜨렸고, 그 바람에 우유가 테이블과 바닥으로 흘러내렸지요. 그 작자는 미겔에게 바닥을 치우라고 시키더군요.

'미겔, 네가 닦아라.' 그는 밖으로 나가려고 문을 열면서 아들한테 명령을 했어요. '저도 늦었는데요.' 미겔은 소극적으로 반항을 하더군요. 니콜라 씨는 아무 말도 하지 않은 채, 그저 한 대 칠 것처럼 손을 올려 들고 위협적으로 아들을 노려보았지요. 미겔은 결국 고개를 숙이고 말았어요. 니콜라가 현관문을 닫기 전에 미겔이 걸레를 들고 나와 우유를 닦기 시작했지요.

'우리 아빠는 그다지 좋은 사람이 아니야.' 미겔은 저를 올려다보지도 않고 청소를 하면서 이렇게 말하더군요. 저는 이렇게 대답했어요. '그건 나도 알아.' 그랬더니 미겔이 이렇게 말하더군요. '방금 있었던 일은 아무것도 아니야. 아빠는 정말 못된 사람이야.'

미젤은 그 순간 어떤 방법으로라도 아버지에게 복수를 하고 싶었겠지요. 그래서 그가 할 수 있는 최대한의 용기를 내어 자기 아버지의 이중성을 폭로한 거예요. 그의 말에 동조하면서 저 또한 그의 복수를 돕기로 했어요.

'무슨 말을 하고 싶은 거야?' 제가 물었어요. '우리 아빠는 너희 아버지가 돌아가시기 전부터 너희 어머니와 만나고 있었어. 게다가 값비싼 선물도 자주 주곤 했어. 가끔씩 우리 집에서 물건들이 사라지곤 했는데 알고 보니 아빠가 그걸 애인들에게 선물하고 있었던 거야. 그런 목적으로는 절대로 돈을 아끼지 않았어.'

미젤은 잠시 침묵을 지키더니 다시 열심히 우유를 닦기 시작했어요. 저는 니콜라가 부인 없이 우리 집에 발을 들이던 그날부터 무언가 수상하다고 생각은 하고 있었어요. 그가 무언가 일을 벌이고 있다고 짐작하고 있었던 거죠. 놀랄 일은 아니었지만 두 사람의 기만적인 행동을 확인하고 나니 분노가 치밀어 올랐어요. 어머니와 아버지 중에서 바람을 피운 사람은 아버지였다고 생각하고 있었으니……

그 뒤로 저는 미젤과 다시는 말을 하지 않았어요. 아니, 가급적이면 대화를 피했지요. 그리고 외박을 자주 했어요. 여자친구 집이나 남자친구 집에서 신세를 지기도 하고, 아무 곳에서나 일하며 먹고 자고 하며 지냈어요. 어머니를 더 이상 만나지도 않았고요. 당시의 제 모양새나 말투를 떠올리면 정말이지 꼴이 말이 아니었어요. 제 모습이 충분히 망가졌다고 여겨질 때까지 저는 그대로 지냈어요. 그러다보니 스무 살까지 그렇게 살게 되더군요.

어느 날 밤인가, 잠깐 만나던 남자친구와 이 호텔을 찾아왔어요. 같이 하룻밤을 보내기 위해서였지요."

나는 또다시 민망함에 얼굴을 붉히고 말았다.

"직원이 하룻밤을 묵게 해주었단 말씀이십니까? 짐 가방도 없었는데요?" 나는 무례한 질문이라는 생각은 하지도 못한 채 그녀에게 물었다.

"네. 하지만 걱정 마세요." 그녀가 말했다. "다시는 이 호텔에 올 일이 없을 테니까요. 오늘이 이 호텔에서 묵는 마지막 밤이 될 거예요. 게다가 이번에는 남편하고 같이 왔잖아요. 아무튼 남자친구와 같이 왔던 그날 밤, 프런트를 지키고 있던 직원은 아버지가 저를 만나고 싶어하지 않는다고 말해준 바로 그 직원이었어요.

5년…… 과연 긴 시간일까요? 누가 알겠어요…… 저한테는 시간이라는 개념이 존재하지 않아요. 그런데 그 직원은 벌써 머리가 희끗희끗하더군요. 5년의 시간이 흘렀다는 것을 보여주기 위해 분장해놓은 영화배우 같았어요.

저는 그 직원에게 물었어요. '혹시 저 기억하시나요?' 그랬더니 이러더군요. '물론 기억하고 말고요. 어떻게 아가씨를 잊겠습니까.'

저는 남자친구한테 먼저 방에 가서 기다리고 있으라고 말했어요. 그 직원하고 이야기를 하고 싶었거든요.

'다른 분도 아직 일하고 계시나요?' 저는 5년 전, 아버지가 제 곁을 떠나셨을 당시, 제게 조언을 해준 그 직원을 생각하며 물었어요. '그 친구는 얼마 지나지 않아 해고됐습니다.' 야간 근무 직원은 제 호기심을 일깨우는 목소리로 그렇게 말하더군요. 그래서 저는 왜냐고 물었어요.

'그 친구는 호텔 시설을 사적으로 이용했습니다.'

'시설이라면 객실을 말씀하시는 건가요?' 그랬더니 그렇다고 말하더군요. 호텔방에서 무슨 짓거리를 했는지는 쉽게 상상할 수 있었어요.

'호텔 직원하고요?'

'그렇진 않습니다. 말을 하자면, 호텔에서 일하는 사람이 아닌 외부인이었습니다. 투숙객도 아닌 여성들이 대부분이었지요.'

저는 아무런 말도 하지 않았어요. 그 직원하고 계속 이야기를 하고 싶었으니까요. 그 호텔 직원이 해고당한 문제는 별게 아닐 수도 있어요. 자신의 직장을 성적 일탈의 장소로 삼았으니 말이에요. 그게 뭐가 대수겠어요? 저는 몇 년 동안 방탕한 생활을 하면서 그보다 더한 이야기들을 수도 없이 들었는걸요.

저는 다시 그 직원에게 물었어요. '당신도 그날 밤, 우리 아버지가 통곡하는 소리를 들었나요?' 그러자 그는 아무 말 없이 고개를 가로젓기만 하더군요. 그래서 또 물었지요. '그래도 우리 아버지 방에서 무슨 이상한 소리를 듣기는 하셨나요?' 직원은 말이 끝나기가 무섭게 대답했어요. '전혀 아무런 소리도 듣지 못했습니다.' '정말 확신하세요?' 저는 슬슬 두려워졌어요. '주간에 근무를 서던 직원, 그러니까 해고당했다는 그 직원은 저한테 그렇게 말했어요.' 그리고 잠시 생각하다가 다시 질문을 했어요. '비록 5년 전 일이기는 하지만, 정말로 당시 아버지 방에서 아무런 소리도 듣지 못했다는 게 확실한 건가요? 당신에게는 그다지 중요한 일이 아닐지는 몰라도 저한테는 대단히 중요한 문제예요. 만약 전혀 기억이 나지 않는다면 차라리 그렇다고 말해주세요.'

직원은 한참 동안 굳게 입을 다물고 있었어요. 그가 말하기 시작했을 때 나는 그 침묵이 훨씬 오래전부터 이어져오고 있었다는 사실을 알았어요.

'문제의 그날 밤, 무슨 일이 있었는지 똑똑히 기억합니다. 왜냐하면 그날 아버님 방으로 전화를 걸었을 때 그 방에 있었던 사람은 아가씨 아버님이 아니었습니다. 해고당한 주간 근무 직원이 아가씨 아버님이 아니라면 말입니다.'

'그 사람이 그 방에 있었다고요? 제 아버지 방에요?'

'네, 아가씨 아버님이 묵고 있다던 바로 그 방에 말입니다. 제가 그 방에 전화를 걸었을 때 그는 굳이 목소리를 바꿔서 말할 필요도 없었어요. 왜냐하면 당시 전 신입사원이었기 때문에 직원들의 목소리를 잘 구별하지 못했으니까요. 아가씨한테 그렇게 말씀드렸던 것처럼, 그때 그 남자는 아가씨를 만나고 싶지 않다고 말했습니다.'

'그렇다면……' 제가 어떻게 말을 해야 할지 몰라 머뭇거리는 동안 직원이 말을 이어갔어요.

'지금에 와서 드리는 말씀이지만, 몇 년 동안 아가씨가 다시 찾아오기를 기다렸습니다. 진실을 말해드리고 싶었거든요.'

'그러니까 우리 아버지를 한 번도 보신 적이 없단 말씀

이죠?'

직원은 단호하게 이렇게 말하더군요.

'단 한 번도 본 적이 없습니다. 숙박계에 적혀 있는 아버님의 성함과 주민등록번호는 봤습니다. 하지만 그 인적 사항에 들어맞는 사람은 본 적이 없습니다.'

'그런데 당시 방에 있던 사람이 아버지가 아니라 호텔 직원이었다는 걸 어떻게 알았죠?'

직원은 당황스러운 기색을 보이더군요. 저는 그 직원에게 재차 물었어요. '어떻게 알았냐고요!' 직원은 이렇게 답하더군요.

'밤 열한시가 지났을 때, 그러니까 아가씨가 호텔을 떠나고 몇 시간 뒤에 그 방 투숙객이 샴페인 한 병을 주문했습니다.'

'방에서요?'

'그렇습니다.' 직원은 고개를 끄덕이며 말했어요. '원래 샴페인 심부름 같은 건 벨 보이가 담당합니다만, 그 방에 있던 남자의 행동이 궁금하기도 했고, 얼굴 한 번 본 적이 없었기에 제가 들고 가기로 결심을 했습니다. 벨 보이에게는 아무 말도 하지 않고 대신 일을 해주겠다고만 하고는 샴페인을 들고 방으로 향했습니다. 꼭 만나야 한다는 친딸을

거부하면서 샴페인을 주문하는 사람이 도대체 어떻게 생겼는지 꼭 보고 싶었기 때문이었습니다.'

'그런데 당신이 본 그 남자는 친딸의 방문을 거부한 남자가 아니었군요.' 저는 직원 대신 결론을 맺어주었지요.

'객실에 있던 그 남자는 바로 주간 근무 직원이었습니다. 여자와 함께 있었지요. 물론 벨 보이는 그 직원의 행태에 대해 이미 잘 알고 있더군요. 남자는 당연히 잔심부름은 벨 보이가 할 줄 알고 아무 생각 없이 방문을 열어주었습니다. 반쯤 옷을 벗은 채로 문 뒤에 살짝 몸을 가리고 있었습니다. 남자 뒤로는 미친 사람처럼 산발한 여성이 방 한가운데 서 있었습니다. 벌거벗은 채로 말입니다.'

'그래서 어떻게 하셨어요?'

'저는 샴페인을 건네고 문을 닫았습니다.'

바로 그때 전화벨이 울렸어요. 같이 왔던 제 남자친구가 안 올라오고 뭘 하는 거냐고 묻더군요. 그래서 저는 호텔 직원이 잘 아는 사람이라 얘기중인데 금방 올라가겠다고 대답했어요. 그랬더니 알겠다고 하더군요. 별달리 할 수 있는 일도 없었으니까요.

저는 질문을 계속했어요. '그래서요? 그 직원은 아무 말도 하지 않았단 말이에요?'

'저한테 눈 감아달라는 식으로 윙크를 하더군요.'

'그래서 다음날 그 직원을 고발한 건가요?'

'천만에요!' 직원은 오해를 살까 두려웠는지 재빨리 대답했어요.

'제가 고발한 게 아닙니다. 그런 생활을 하다가 몇 주 뒤에 실수를 범하는 바람에 적발되었지요. 호텔 측에서는 그 직원이 업무 외 시간에 객실을 사용했다는 사실을 밝혀냈습니다. 물론 그 사람이 파렴치한 인간이라는 건 알고 있었지만 그렇다고 고자질을 하고 싶지는 않았습니다. 전 그런 사람은 아닙니다. 다만, 그 남자를 위해 고발을 안 한 게 아니라 제 자신을 위해서 그런 거였습니다. 그런 사실이 밝혀지고 나니 불현듯 아가씨가 생각나더군요. 그래서 언젠가 다시 보게 된다면 꼭 진실을 밝히겠다고 생각해오던 터였습니다.'

'시간이 좀 걸렸네요.' 제가 나지막이 중얼거리자 직원이 이렇게 말하더군요.

'저한테도 5년이라는 시간은 짧지 않았습니다.'

'여자는요? 어떤 여자인지 보셨나요?'

'물론입니다. 지금까지도 기억하고 있습니다. 알몸 상태였으니까요.'

'어떻게 생겼는지 묘사해주실 수 있나요?'

'그러니까…… 여성치고는…… 좀 건장한 편이었다고 할까요……?'

직원은 여성의 생김새를 부분부분 설명하기 시작했어요. 하지만 꽤나 자세한 설명이었지요. 그 직원은 기억의 단편을 꺼내어 자신이 열린 문틈으로 보았던 모든 것을 떠올리기 위해 애를 썼어요. 마치 열다섯 살 소녀를 속였던 자신의 죄를 속죄하려는 듯 아무것도 놓치지 않으려고 노력하는 모습이었어요. 직원의 설명이 끝나고 보니 그 문제의 여성이 너무도 친근하게 느껴졌어요. 역겹도록 친근한 가족 같은 느낌.

'해고된 직원의 이름이 뭐였죠?'

'오마르, 오마르 발부에나입니다.'

'지금은 어디서 뭘 하는지 아세요?'

'제가 종종 들르던 노조 사무실에서 들은 애기로는 티그레에서 일을 한다고 했습니다. 지금도 여전히 호텔에서 일한다고 하더군요. 해고될 당시 그가 어떤 변명이나 반론도 제기하지 않고 순순히 통보를 받아들였다는 사실은 저로서도 약간 충격이었습니다. 게다가 해고수당도 요구하지 않았습니다. 노조에서 법적인 생계유지비를 제안했지만 거절

했다고 하더군요. 아마 지금은 도시 이름과 똑같은 '티그레'라는 호텔에서 일하고 있을 겁니다.'

더이상 듣고만 있을 수가 없었어요. 저는 그 직원에게 인사를 하고 호텔 밖으로 나가려고 했지요. 그런데 직원이 절 불러 세우며 말하더군요. '아가씨, 일행분이 방에서 기다리고 계신데요.'

저는 이렇게 말했어요. '그 옛날, 저를 방으로 올라가지 못하게 한 일에 대해 사과하실 수 있는 기회라고 생각하세요. 그 친구한테 기다리지 말고 가라고 전해주세요.'

전 그렇게 호텔을 빠져나와 택시를 잡아타고 티그레로 가자고 했지요. 주머니 속에는 호텔 방값을 내려고 했던 돈이 들어 있었어요. 남자친구들과 호텔을 가더라도 가끔은 제가 방값을 지불하기도 했답니다. 아무튼 티그레에 도착하고 보니, 지나가는 사람한테 물을 필요도 없이 티그레 호텔을 찾을 수 있었어요.

호텔로 들어가자, 프런트 직원이 음흉한 눈길로 저를 쳐다보더군요. 오마르는 거기 없었어요. 어차피 제가 호텔 로비에서 머물고 싶은 만큼 머물러도 직원은 개의치 않을 눈치였어요. 아마 거기서 다음날까지 기다린다고 해도 문제될 게 없을 분위기였어요. 방까지 하나 잡아주려 하더군요.

공짜로 말이에요. 오마르의 친구를 홀대해봐야 좋을 게 없을 테니 그랬겠죠.

저는 정중히 거절하고 당장 오마르를 만나야 한다고 설명했어요. 제 말을 믿지 않기를 바라면서, 제가 그 사람 조카인데 급한 일로 당장 오라고 했다고 말했어요. 그랬더니 윙크를 하며 이렇게 말하더군요.

'그 정도로 급한 일이시라면 기다리게 할 수는 없지요. 지금 집에 있을 겁니다. 위치는 알고 계시겠지요?'

'택시 기사에게 좀 설명해주시면 좋겠네요.'

호텔 직원은 저를 차까지 배웅해주고 오마르의 집으로 가는 길을 상세히 설명해주었어요. 그의 집은 호텔에서 아주 가까웠어요. 도착하자마자 그 집이 아버지가 삼촌으로부터 물려받은 바로 그 집이라는 것을 알 수 있었어요. 틀림없었죠. 누군가가 그 집을 오마르에게 넘겼던 거예요. 그리고 또다른 대가로 우리 어머니란 사람의 몸까지 차지했던 거고요. 무슨 말을 어떻게 해야 할지 머릿속에 뚜렷하게 떠오르더군요.

택시 기사는 저를 집 앞에 내려주더니 계속 기다리느냐고 물었어요. 저는 됐다고 하고 그를 돌려보냈지요.

현관으로 다가가 벨을 눌렀어요. 몇 분을 기다리자 지저분하게 생긴 덩치 큰 남자가 나오더군요. 면도를 며칠 동안 안 했는지 얼굴은 까칠까칠하고, 술 냄새가 진동했어요. 바로 오마르였어요. 그는 놀란 눈으로 저를 뚫어지게 쳐다보더군요. 저는 그 사람에게 제가 누구인지 물을 시간도 주지 않고 단도직입적으로 말했어요.

'내 몫을 찾으러 왔어요.' 저는 한 손으로 기름이 잘잘 넘쳐흐르는 그의 배를 밀고 집 안으로 들어갔어요. 들어가기 전에 문패를 살짝 훔쳐보았는데 제 아버지와 성이 같은 사람의 이름이 새겨져 있더군요. 문패조차 바꿀 생각도 안 하고 있었던 거예요.

'아, 이제야 알겠군! 네가 누군지 이제 알겠어!' 오마르는 자기 이마를 치며 뒤늦게 제 정체를 알아냈어요. 술에 취해 있더군요.

'그래, 네 엄마는 어떻게 지내지?'

'보나마나 늘 그 짓거리하고 다니지 않겠어요? 어서 내 몫을 내놔요.'

'네 몫이라니?'

'누가 이런 짓을 벌였는지는 관심도 없어요. 어머니와 연을 끊고 산 지도 몇 년 됐고요. 돈만 주세요.'

'난 돈이 없단다.'

'얼마 정도 남아 있어야 하는 거 아닌가요? 제 몫으로 말이에요.'

'남은 돈은 없어. 게다가 넌 아무것도 하지 않았잖아?'

'이 집은요?'

'이 집은 당연히 네 것이지. 어차피 이 몸뚱이 하나만 살고 있으니 원한다면 언제든지 나갈 수 있어.'

'그런 건 관심 없어요. 돈만 있으면 돼요. 돈만 있다면 무엇이든 하겠어요.'

'뭘 할 수 있는데?'

'나머지 돈을 어디에 숨겼는지 말해주기만 한다면 말이에요.'

'그래, 돈이 어디 있는지 말해주면……?' 그는 음흉한 목소리로 중얼거렸어요.

'나도 엄마와 다를 게 없어요. 모전여전이지요.' 그랬더니 더이상 묻지 않고 저를 덮치더군요."

손님은 내 당황한 기색을 감지했는지 하던 이야기를 멈추었다. 결혼을 하고 아이까지 가진 여자가 10년 전에 그런 어처구니없는 행동을 했다는 사실을 도저히 믿을 수가 없었다.

"당신은 참 좋은 사람 같아요." 그녀가 말했다.

"그러려고 노력은 하고 있습니다." 나는 그렇게 대답했다.

"그래도 제가 이야기를 끝마치기를 바라시겠지요?" 그녀가 물었다.

"그래서 마음이 편해지신다면…… 그리고 노골적인 이야기만 피해주신다면……"

"네, 마음이 한결 편해지네요. 이런 얘기를 누군가에게 하는 건 처음이에요. 그리고 마지막이라고 생각하니 마음이 한결 가벼워지네요. 이런 속사정을 혼자 마음에 담고 있는 것도 사실 지긋지긋했거든요. 그런데 어쩌죠? 제 얘기는 대부분 노골적인데. 그래도 너무 자세히 설명하지 않도록 애는 써볼게요.

저는 오마르가 원하는 모든 걸 주었어요. 모든 걸요."

그녀는 다시 담배를 피워 물며 말했다.

"그리고 저 역시 그가 줄 수 있는 모든 걸 받아냈지요. 그는 그간의 사정을 모두 털어놓았어요. 그러면서도 대가를 요구하더군요. 저는 이야기가 하나 끝날 때마다 몸을 허락해야 했어요. 그래도 결국 모든 걸 알아낼 수 있었어요.

어머니는 아버지와 살던 당시에도 이미 니콜라와 오마르와 놀아나고 있었어요. 호텔의 한 방에서 두 사람과 번갈아가며 잠자리를 함께하기도 했다더군요. 그즈음 아버지가 삼촌 한 분이 돌아가시며 유산을 남겼다는 말을 하셨대요. 두 명의 애인을 만나면서부터 양심을 버린 어머니는 그 이야기를 듣고 아버지를 납치해서 살해할 계획을 세웠던 거죠. 저는 유산에 대해서는 아무것도 모르고 있었어요. 아버지는 당신 삼촌이 정신병자였다는 사실을 저한테 숨기고 싶으셨던 거예요. 어머니가 '아버지가 우리를 버리고 집을 나가셨다'고 말하던 그때에 아버지는 이미 티그레 강변에 있던 물려받은 집에서 살해된 상태였어요. 오마르는 니콜라가 아버지를 감시만 한 건지, 아니면 살인을 한 건지는 모른다고 하더군요. 자신은 그저 시키는 대로 호텔 숙박계에 아버지 이름을 적어놓고 내가 만나러 왔을 때 거짓말을 했을 뿐이라는 거예요. 그는 어머니의 환심을 유지하고 티그레의 집을 차지하기 위해 아버지 시체를 처리하고, 어머니의 말을 순순히 따랐다더군요. 그럴 수밖에 없는 게 오마르는 이미 살인자였고, 세 사람이 벌인 음탕한 놀이는 치명적인 결과를 낳고야 말았으니까요. 오마르는 아버지에게 총을 겨누고 시키는 대로 하지 않으면 저를 가만두지 않을 거라고 아버지를 협박하며 유서를 쓰도록 강요했었다는 사실조차 몇 년 후에는 까맣게 잊어버렸다더군요. 아버지가 스스로 방아쇠를 당긴 건지 아니면……"

  냉철할 정도로 정확하고 기계적으로 이야기를 쏟아내던 그녀가 그 대목에 이르자 잠시 이야기를 멈추고 두 눈을 감았다.
  "……아니면 자기들이 방아쇠를 당기고는 권총에 아버지의 지문을 묻힌 것인지도 모르겠다더군요." 그녀는 질겁한 표정을 짓고 있던 내 앞에서 또다시 담배를 꺼내 불을 붙였다.
  "세 사람은 아버지의 삼촌이 돌아가신 시점부터 교묘하게 공모를 한 것으로 드러났어요. 하지만 딸에게 남기는 작별인사 한마디를 빼먹는 실수를 범하고 만 거죠. 바로 그 실수 하나 때문에 그들이 5년 동안 내 눈과 귀를 막기 위해 지어낸 모든 이야기들을 내가 받아들일 수 없었다면 믿을 수 있겠어요?"
  "물론입니다." 나는 진지하게 대답했다.
  "저는 어머니를 고발했어요." 그녀는 코로 담배 연기를 내뿜으며 말을 계속했다. "동료를 고발하지 않았던 그 호텔 직원과 달리 저는 아무런 양심의 가책도 없이 모든 관련자들을 고발했어요. 그 사건에는 미심쩍은 정황들이 많았어요. 경찰에서는 오마르가 티그레의 집에서 월세 한 푼 내지 않고 살았다는 점에 유난히 관심을 보였어요. 왜 거기서 살았는지 물었지만 그는 달리 할 말이 없었어요. 호텔에서도 그에 관해 그다지 좋은 소리를 해주지는 않더군요. 한편, 니콜라의 아들과 전 부인은 자신들은 사건에 전혀 연루되지 않았다고 해명하는 데 진땀을 뺐어요. 제 어머니는 철창 신세를 지게 되었고 아직도 감방에 있어요. 오마르도 마찬가지고요. 니콜라는 후에 자살을 했어요. 하지만 유서는 남기지 않았더군요. 그 뒤로 저는 진정한 자살은 바로 그런 것이라고 여기게 되었어요."

그녀가 나를 바라보며 말했다. "그런데 여기서 일하면서 오마르나 그 사건에 대해 전혀 들은 바가 없다니 좀 놀랍네요."

"제가 이 호텔에서 일하기 얼마 전에 대대적인 물갈이가 있었다고 들었습니다. 새로 부임한 사장님은 거의 모든 직원들을 정리해고하고 다시 뽑았습니다. 그리고 한 가지 알아두셔야 할 게, 회사 같은 곳에서는 모든 이야기를 다 한다고 좋은 건 아닙니다. 그런 불미스러운 사건을 여기저기 떠벌리며 직원이 객실을 사적인 용도로 이용했다는 이야기를 만천하에 알리는 일은 이미지만 나쁘게 할 뿐이지요."

"정말 말씀 한번 잘하시네요!" 그녀는 환하게 웃으며 말했다.

"달리 할 수 있는 일도 없으니까요……" 나는 또다시 얼굴을 붉히며 대답했다.

또다시, 그녀가 임산부가 아니고 이런 비극적인 상황에서 만나지 않았다면 아마 동료들이 자신의 침대에 눕혔다고 자랑스럽게 떠벌리고 다닐 만한 그런 여자로 보였을 것이란 생각이 들었다.

"이제는 정말로 마음이 편하시겠습니다."

"당신한테 이런 이야기를 늘어놓아서요?"

"아닙니다. 범인들이 모두 죗값을 치르고 있으니까요."

"어머니가 감옥에 갇혀 있다고 마음이 편할까요? 꼭 그렇지는 않아요. 하지만 오늘 밤만큼은 정말 마음이 편하네요. 무거운 짐을 덜어놓은 것처럼요."

"제가 도움이 되었다니 저도 기쁩니다."

"생각하시는 것보다는 훨씬 많은 도움을 주셨어요. 당신 같은 직원이 야간 근무를 서는 게 저한테는 의미가 있어요. 어쨌든 그 사건의 진실을 엿보게 해준 사람도 당신 같은 호텔 직원이었으니까요. 물론 그 호텔방이 저에게 상처를 남기긴 했지만, 제가 아버지에게 작별인사를 할 수 있는 공간이기도 하죠."

"어떤 방 말씀이십니까?" 내가 물었다.

"202호실 말이에요. 제가 호텔에 찾아왔을 때 저를 만나지 않겠다고 하시면서 묵으셨던 그 방 말이에요."

"하지만 당시 202호에 있었던 사람은 아버님이 아니라 호텔 직원이었습니다." 나는 그녀에게 사실을 상기시켰다.

"그렇긴 하지만…… 아무튼 제가 아버지에게 작별인사를 고할 수 있는 곳은 바로 이 호텔이에요."

"그 점은 저도 유감스럽습니다."

나는 그런 말밖에는 해줄 수가 없었다.

"조금 전에도 말했지만, 당신은 참 좋은 사람인 것 같네요."

"화재가 발생한 손님의 아파트에 큰 피해가 없었으면 하는 바람입니다."

"그런 건 그다지 중요하지 않아요. 그럼 안녕히 계세요."

그녀는 나지막이 작별인사를 하고 계단을 통해 202호실로 올라갔다.

주간 근무를 하는 야코보가 오전 여섯시가 되자 나를 깨우러 왔다. 나는 그 친구에게 화재 이야기를 들려주었지만 그는 벌써 라디오로 들어 알고 있었다. 그래도 혹시 뭐 더 아는 게 있냐며 묻기에 나는 알고 있는 사실을 말해주었다. 화재가 발생하고 불길이 치솟은 다음 연기가 올라가고 고양이가 떨어져 죽은 일까지. 그리고 간밤에 한 부부가 호텔에 묵었다는 이야기도 해주었다. 그 친구가 손님을 붙잡고 꼬치꼬치 캐묻지 않기를 바랐기 때문에 그 부부가 화재가 난 아파트에서 왔다는 말은 하지 않았다.

너무나 피곤해서 집으로 돌아가기 전에 직원 휴게실에서 좀더 자야겠다고 생각하고는 야코보에게 오후 한시 전에는 깨우지 말아달라고 했다. 그런데 열시 반쯤 그가 나를 흔들어 깨우는 것이 아닌가.

"지금 몇 신데?"

"202호 손님들 방에 없던데?" 그는 내 질문에는 대답할 생각도 하지 않고 다짜고짜 이렇게 말했다.

"떠났으니까 없겠지." 나는 한숨을 쉬며 말했다. 여전히 잠에 취해 있었기 때문이다.

"숙박료도 지불하지 않고 떠났다니까." 그가 덧붙였다.

"뭐라고?" 나는 정신이 번쩍 들어 소리쳤다.

"아니, 벨 보이를 올려 보내서 열시가 넘었으니 체크아웃을 할 건지 하룻밤을 더 묵을 건지 물어보라고 했거든. 그런데 202호실이 비어 있다는 거야. 마치 아무도 없었던 것처럼 말끔히 정리가 되어 있었대."

"한 푼도 안 내고?"

"한 푼도 안 냈다니까!" 야코보가 내 말을 반복했다.

"괜찮아. 이 근처에 사는 사람들이니까 내가 사장님한테 잘 말해놓을게. 내가 알아서 할게." 나는 그렇게 말했다.

나는 다시 베개에 머리를 쑤셔 박고 머릿속에서 작은 골칫거리를 밀어내려고 노력했다.

다시 잠에 빠져들 무렵, 야코보가 또다시 나를 깨웠다.

"도라 이모한테 전화 왔어!" 그는 큰소리로 외쳤다. "일어났어?"

"내가 받을게."

나는 직원 휴게실의 수화기를 집어 들었다. 이모와 잠깐 수다나 떨다가 집으로 돌아가 다시 자야겠다고 생각했다. 호텔에서 쉬는 게 슬슬 짜증이 나던 터였다.

"이모, 안녕하세요?"

"너도 잘 있었니?" 이모는 부드럽게 말을 꺼냈다. "네 목소리를 다시 듣게 되니 정말 기쁘구나! 오늘 새벽에 전화가 두 번이나 울렸는데 받자마자 끊기더구나. 그래서 네가 아닌가 싶었다."

"맞아요. 제가 걸었어요, 이모." 내가 대답했다.

"다행스럽게 이렇게 너하고 통화가 되는구나! 얼마나 걱정했는지 모른다. 끔찍한 화재가 있었다던데, 직접 봤니? 네가 일하는 곳 바로 옆이더구나! 오늘 내 친구한테 불이 난 그 건물이 네가 일하는 호텔 바로 옆이라고 얘기해주었어. 넌 그 광경을 직접 목격했겠구나."

"그냥 보이는 것만 봤을 뿐이에요." 내가 말했다. "하지만 신문을 읽은 이모가 저보다 더 많이 아실걸요."

"정말이지 끔찍한 화재였어. 사상자도 있고."

"고양이가 죽는 걸 보긴 했어요."

"고양이라니?" 이모는 놀라며 되물었다.

"고양이가 22층에서 떨어졌어요. 완전히 불에 타버렸다던데요."

"어머, 불쌍해라!" 이모는 혀를 끌끌 차며 한마디 덧붙였다. "근데 정말 보긴 한 거니?"

"가까이서 본 건 아니고, 그냥 멀리서 봤어요." 나는 당황스럽기도 하고 말하기도 뭣하고 해서 그냥 얼버무렸다.

"아무튼 나중에 만나면 그 얘기를 들려주려무나. 그나저나 엘리베이터 안에서 사망한 부부 이야기는 너무 끔찍했어."

"거 봐요, 이모가 더 많이 아시잖아요. 전 그런 건 전혀 몰랐어요."

"어떤 부부가 엘리베이터 안에 갇혀 있었대. 끔찍한 참극이었어. 두 사람 모두 불에 타버렸다더구나. 남은 거라고는 여자가 하고 있던 장신구하고 라이터 일부분이었다던데, 너 그거 아니? 더 끔찍한 건 죽은 그 여자는 임신한 상태였다는구나. 그런데 어떻게 그런 사실을 알아냈는지 모르겠다. 우리 때는 아이를 낳기 전까지 젊은 처자들은 자신이 임신했다는 사실도 모르고 지냈단다. 이제는 출산을 하기 전에 여자가 죽어도 그 여자가 임신을 했는지 안 했는지 모두가 알 수 있는 세상이니······"

이모의 목소리는 내 손에 들린 수화기 너머로 점점 멀어지고 있었다. 나한테 무슨 일이 일어난 건지, 아니면 내가 어디로 가버린 건지 애타게 묻는 이모의 목소리가 수화기 저편에서 계속해서 들려오고 있었다.

수상한 그림
El cuadro

세실리아와 훌리오는 조화롭게 꾸며놓은 아파트에 살고 있었다. 등나무로 만든 가구, 대나무 차양, 동양의 은은한 향이 물씬 풍겨나는 그런 집이었다. 하지만 그 모든 것은 내가 혐오하는 것들이었다.

 한 달 전부터 내 희곡을 바탕으로 한 연극이 상연되었는데, 훌리오는 그 연극의 무대감독이었다. 연극은 좋은 흥행 실적을 거두고 있던 터였다. 어느 날 훌리오가 자기 아내와 집을 보여주겠다며 저녁식사에 나를 초대했다.

 나는 그의 초대에 홀로 응했다. 훌리오는 집 안 분위기에 걸맞게 음식도 동양식으로 준비했다. 정확히 말하자면 인도식이었다. 하지만 음식 역시 그의 집 인테리어만큼이나 끔찍한 인상만을 심어줄 뿐이었다.

처트니*를 비롯해 여타의 이국적 음식을 맹목적으로 좋아하는 나였지만, 훌리오의 음식은 알록달록한 색깔로 시각을 자극했음에도 향만큼은 입맛을 돋우기는커녕 구토 증세를 유발할 정도였다. 무언가를 열정적으로 좋아하는 사람들이 늘 그렇듯, 힌두교에 각별한 애정을 갖는 사람들은 과장이 심한 편이다.

나는 이런 아파트보다는 공사장 같이 어지러운 집에 사는 걸 좋아하는 편이지만, 그의 집이 분명 감각 있게 꾸며졌다는 사실은 인정할 수밖에 없었다. 집 안 모든 물건이 공간과 제대로 조화를 이루고 있었다. 그런데 딱 한 가지가 두드러지게 시선을 끌고 있었다. 내 등 뒤로 부엌의 한쪽 벽에 걸린, 보기에도 흉측한 그림이었다.

나는 부엌으로 들어오면서 그 그림을 한번 쳐다보았다. 보는 순간부터 마음에 들지 않아 즉시 시선을 돌렸다. 거짓말에는 영 솜씨가 없는 사람인지라 처음 초대받는 자리에서 예의 없이 찡그리는 표정을 노골적으로 드러낼까봐 걱정되었기 때문이다. 식사는 정상적인 분위기에서 시작되었

---

* 과일에 설탕을 넣어 절이는 영국식 잼 요리.

고, 나는 기꺼이 그림을 등지고 식탁에 앉았다. 1초, 2초, 시간이 흘러가면서 다시는 이놈의 집구석에 발을 들여놓지도 않고, 훌리오가 만든 얼치기 힌두교 음식도 맛보지 않을 것이며, 숨쉬기까지 곤란해지는 갠지스 강물의 악취도 다시는 맡지 않으리라는 기분 좋은 확신을 갖게 되었다. 훌리오의 아파트는 아주 작정을 하고 내 모든 감각을 마비시키려는 수작을 부리는 것 같았다.

우리는 커피를 마시고 이어 위스키를 마신 다음 식탁에서 일어났다.

그러나 인간은 호기심의 동물이라 하지 않았던가. 나는 자리에서 일어나 몸을 돌려 그림을 다시 한번 바라보았다. 역시나 끔찍한 그림이었다.

어설프게 그려진 세 명의 노동자가 시커먼 하늘을 향해 주먹을 뻗어 올리고 있었다. 유화인 그 그림은 그렇고 그런 수준의 졸작이었다. 노동자들은 근육질에 얼굴 표정은 하나같이 근엄하고 신랄했다. 한마디로 거리에서 전혀 찾아볼 수 없는 그 옛날의 노동자들이었다. 표정은 그렇다 치고, 그들이 취하고 있는 전투적인 자세는 더욱더 비현실적이고 과장되어 보였다. 그림 속 인물들은 화가의 무능력과 미숙함을 그대로 드러내는 어색한 장면 속에 완벽히 녹아

들어 있는 것 같았다. 한마디로 서글픔과 역겨움을 동시에 느끼게 하는 그런 그림이었다.

"끔찍한 그림이지요." 세실리아가 말했다.

나는 깜짝 놀라 그녀 쪽으로 몸을 돌렸다. 다행히 그녀는 끔찍해하는 내 표정을 보지는 못했다. 결례를 범하는 것은 용납할 수 없다. 차라리 가식적이라도 위선을 부리는 게 백 번 낫다고 생각하는 편이다.

"여기 걸어놓은 이유는 라파엘 외삼촌이 직접 그린 그림이기 때문이에요." 그녀가 덧붙였다.

"이스라엘의 유명한 유머작가 에프라임 키숀*이 생각나네요." 내가 말했다. "그 사람 작품 중에, 언제 불쑥 찾아올지 모를 삼촌을 실망시키지 않기 위해 삼촌에게 받은 그림을 집에 걸어두어야 했던 한 부부의 이야기가 있거든요."

"이 그림은 외삼촌이 주신 건 아니에요. 10년 전에 돌아가셨거든요. 브라질에서 총을 맞고 돌아가셨어요."

나는 놀란 표정을 지으려고 노력했다.

"브라질 독재정권이 외삼촌을 죽음으로 내몰았지요." 훌리오가 정확한 설명을 덧붙였다.

---

* Efraim Kishon(1924~2005). 이스라엘의 풍자작가이자 미술사가.

훌리오는 정작 군대를 가지 않은 행운아이면서도 군대를 다녀온 불행아들을 부러워하는 가련한 사람이었다. 그들은 자신들이 경험해보지 못한 이 세상 모든 이야기에 언제나 관심을 보이는 사람들이다.

"외삼촌은 낭만적인 혁명가셨어요. 하지만 지나치게 열성적이셨지요." 세실리아가 말했다. "공장이나 카페에서 절대로 가만히 계시는 법이 없었어요. 글도 쓰고, 연극도 하고, 그림도 그리셨지요. 이 그림은 외삼촌이 브라질로 떠나기 전에 외할머니 집의 외삼촌 방에 남아 있던 유일한 물건이었어요. 언젠가 제가 어렸을 때 외삼촌이 이 그림을 그리는 걸 본 적이 있는데 완성되면 저한테 주신다고 약속했었거든요."

"당시 외삼촌의 연세가 어떻게 되셨습니까?" 내가 물었다.

"서른다섯이었어요."

"그런데도 어머님과 함께 사셨던 건가요?" 나는 가급적 목소리에 놀라움이나 조롱이 섞여들지 않도록 애를 쓰며 말했다.

"좀 유별난 구석이 있는 분이셨지요."

나는 기회를 놓칠세라 화제를 바꾸려고 애를 썼다. 마치

도둑질을 하러 들어간 집에서 값나가는 물건을 찾지 못하고 그냥 빈손으로 나오는 도둑처럼. 그러나 홀리오의 반응은 실로 격렬했다.

"이 그림, 정말 끔찍하지 않습니까? 세실리아의 과거와 성향을 존중하는 저 역시도 이 혐오스러운 그림을 모두가 보는 장소에 거는 데는 주저하지 않을 수 없었습니다. 집에 들어와 좋아하지 않는 물건을 마주 대하는 기분이 과히 좋지는 않은 법이니 말입니다. 하지만 과거를 지우는 일은 그보다 더 끔찍하지요."

세실리아의 '과거'와 '성향'이란 아르헨티나에 군부독재가 시작되기 두 달 전에 그녀가 UES(페론당 학생 연맹)로 활동한 것을 말한다. 당시 그녀는 겨우 열네 살이었다. 그렇게 시간이 흐르고 나이를 먹어 어느덧 그녀는 서른다섯이 되었고, 우리는 이렇게 저녁식사를 함께하고 있었다.

"외삼촌은 어떻게 돌아가셨습니까?"

"아마 국경을 넘어 우루과이로 가려고 했던 것 같아요. 사람들이 외삼촌을 뒤쫓고 있었거든요. 알려진 바로는 이마에 정통으로 총을 맞았다고 하더군요."

"도대체 누가 무슨 이유로 그분의 뒤를 쫓았던 겁니까?"
나는 머릿속으로 그림을 그리며 계속해서 물었다.

"정확하게 알려진 건 없어요." 세실리아가 대답했다. "외삼촌은 여러 가지 면에서 반사회적인 성향을 지니고 있었어요."

비록 집 안 분위기는 참을 수 없었지만, 영 마음에 들지 않던 그 부부의 아파트와는 달리 세실리아의 몸매는 아주 완벽했다. 풍만한 가슴, 탱탱한 엉덩이. 그녀는 정말이지 매끈하게 잘 빠진 암말처럼 탐스러운 몸매를 지니고 있었다. 그녀는 몸을 움직이는 방법을 제대로 알고 있었으며, 그 자태를 그저 무심하게 바라보기란 거의 불가능했다. 다행히 훌리오는 그다지 질투를 느끼는 것 같지는 않았다. 무대장식 전문가들은 자신들의 장식품을 경외의 시선으로 바라보는 게 일상이니 말이다.

두 부부는 산타페 대로와 카닝 거리에서 멀지 않은 곳에 살았다. 나는 그들과 작별인사를 나눈 뒤, 그날 저녁식사 자리와 키숀이 쓴 콩트의 유사점을 생각하며 산타페 대로를 걸었다. 새벽 한시 반쯤 되자, 거리는 마치 개똥벌레 떼처럼 파트너를 찾기 위해 거리로 몰려나온 동성애자들로 넘쳐났다. 외삼촌의 시체는 어디서도 발견할 수 없었다고 한다. 아마 세실리아는 자신의 외삼촌 혹은 그 혼령이 어느 날 불쑥 나타나 사랑하는 조카에게 맡겨야 했던 그 그림이 어떻게 되었는지 물어보리라고 생각하겠지. 우스꽝스러운 이야기는 침울한 분위기를 띠게 마련이다. 하지만 세실리아와 훌리오는 부엌에 그 그림을 걸어놓은 것 자체를 스스로 대견스럽게 여기는 것 같았다. 하기야 그 그림은 두 사람이 겪어보지 못한 정치적 과거와 그들을 이어주고 있었으며, 집을 찾는 손님들에게 가슴 쓰린 일화를 이야기하게 해주었으니 그럴 법도 하다.

나는 집으로 돌아와 아내 히메나를 깨우지 않으려 조용히 침대 속으로 들어갔다.

"저녁식사는 어땠어?" 아내가 물었다.

"그야말로 '두 번 다시 가나봐라'였어. 당신은 운이 좋았던 줄 알아."

아내는 미소를 지어 보이더니 이내 다시 잠 속으로 빠져들었다. 나는 죽은 사람들, 사기행위, 인간의 허영심 등에 대해 잠시 생각해보았다. 그래서였는지 잠자는 내내 꿈속에서 그런 일들을 겪었다.

연극 상연 기간 동안 심심치 않게 훌리오와 마주치곤 했다. 그는 매일 저녁 자신이 만든 무대장치가 제 역할을 하는지 확인하러 극장에 나왔다. 반면 나는 이따금씩 극장을 찾을 뿐이었다.

연극이 성공을 거두자 1년 내내 거리에서 공연 포스터를 볼 수 있었고, 훌리오와 나는 자주 만나게 되었다. 나는 그를 볼 때마다 그의 아내 세실리아의 몸매를 떠올릴 뿐이었다. 하지만 훌리오도 상당히 괜찮은 사람이었다. 그의 사교성, 언제나 단정한 옷차림, 그리고 진심 어린 마음을 높게 보아오던 터였다.

그런데 괜찮은 사람이란 진정 무엇을 의미할까? 간단히 말하자면 다른 사람에게 고통을 주지 않는 사람일 것이다. 주변 사람에게 듣기 나쁜 말을 하느니 차라리 그들을 속이는 게 낫다고 생각하는 희귀 종족…… 나는 그날 저녁식사 이후로 그와 여러 차례 만나면서 그런 생각을 하게 되었다. 어느 날 저녁, 우리는 무대 뒤 분장실 끝에 있는 구석에서 마주치게 되었다. 각자의 물건을 정리하던 중이었다.

훌리오와 그의 조수 오스발도는 무대장식으로 쓰이는 옷장에 덧칠을 하고 있는 중이었다. 매번 쓸 때마다 무언가를 기대어 놓아서인지 칠이 다 벗겨진 상태였다.

훌리오는 복도에서 나를 보자 조수 오스발도가 일하는 동안 분장실 귀퉁이에서 이야기나 하자고 했고, 나는 그러자고 대답했다. 그들이 작업하는 곳에는 마테와 진토닉이 준비되어 있었기에 나는 그것들을 번갈아 가며 마셨다.

"간혹 사람들 중에는 안 그래도 되는데 유난스럽게 조심하는 사람들이 있더군요." 훌리오는 그의 집에서 보였던 자세와는 달리 근엄하고 절도 있는 목소리로 말을 꺼냈다. 세실리아가 그를 변화시킨 것 같았다. 그녀가 남편에게 보다 능력 있고 위엄 있게 행동하라고 암암리에 시킨 것이리라.

"저 친구 오스발도를 좀 보십시오."

나는 오스발도라는 사람을 살펴보았다. 포동포동하고 땅딸막한 체구에 곱슬머리였다. 눈은 끊임없이 다른 이의 시선을 피하고 있었다. 수작업을 하는 사람치고는 인상이 매우 좋아 보였다. 특히 무대장식 전문가의 보조치고는 말이다. 그리고 남을 정면으로 바라보는 행위를 위협적인 행동으로 생각하는 사람처럼 고개조차 들지 않았다.

"저 친구는 언제나 그림을 그리고 싶어했어요. 알고 지낸 게 벌써 10년이나 되었는데 그동안 무대장식품에 색칠을 하거나 제가 만들어놓은 물건 위에 그림을 그려왔습니다. 그런데 아마 돈을 주고 그림을 사겠다고 해도 절대 그림은 안 그려줄 친구입니다. 엄두를 못 내더군요. 온전히 예술에 혼을 바치고 싶어합니다. 제 아내의 외삼촌, 라파엘을 예로 들어봅시다. 제가 그 양반을 인간적으로 얼마나 존경하는

지는 아시지 않습니까? 하지만…… 어떻게 그림을 그렇게 그릴 수 있습니까? 그림 그리는 방법에 대해서는 아는 것 하나 없으면서 도대체 왜 그림을 그리겠다는 생각을 하게 된 걸까요? 물론 제가 정치적인 것에 대해서는 아는 것 하나 없으면서 외양만 따지는 그런 사람일 수는 있습니다. 누가 알겠습니까? 과거의 정치적인 상황을 묘사한 흉측한 그림 하나가 아무런 사연은 없지만 예술적으로 훌륭한 그림보다 값어치가 더 나갈지 말입니다."

훌리오는 또다시 쓸데없는 잡소리를 늘어놓았다. 마치 집안 사정을 늘어놓는 행위에 중독된 듯 보였다. 하지만 제법 쓸 만한 문장으로 결론을 맺었다.

"어쨌든 아무것도 모르는 사람이 대담하게 그런 흉측한 그림을 그렸다는 사실과, 오스발도처럼 그림 그리는 일을 업으로 삼는 사람이 정작 제대로 된 그림을 그릴 엄두를 내지 못한다는 사실은 불공평하다고 생각합니다."

훌리오와 작별인사를 나누며 뒤를 도는 순간, 오스발도의 곱슬머리가 덧칠 작업의 리듬에 따라 흔들거리는 모습이 눈에 들어왔다.

어느덧 내 희곡을 바탕으로 한 연극은 막을 내렸고—물론 그 뒤로도 몇 년간은 겨울 휴가철이 되면 다시 막을 올렸다—나는 세실리아와 훌리오의 집에 다시는 발을 들이지 않겠다는 나 자신과의 약속을 지켰다.

우연하게라도 길을 가다가 세실리아와 마주치게 된다면 그리 기분 나쁘지 않을 거라는 생각이 들었다. 훌리오 같은 남자와 결혼한 그런 여자는 결국 어쩔 수 없이 다른 남자와 바람을 피우게 된다는 사실을 잘 알고 있었다. 그녀는 나 역시도 취하도록 들이켜고픈 샘물과도 같은 여자였기 때문이다. 그래도 내게 그런 유혹의 기회를 던져주지 않은 운명에 감사하는 기분으로 지냈다.

그 뒤로 세실리아와 마주치지는 못했지만, 훌리오를 만난 적은 있었다. 그것도 아주 우연히. 마지막으로 얼굴을 본 지 6개월이 지난 어느 추운 겨울날이었다.

당시 나는 코리엔테스 거리의 한 카페에 앉아서 '담배는 끊은 지 몇 년이 지나도 다시 피우고 싶은 생각이 드는구나' 하는 생각을 하고 있었다. 사실 그 카페에 들어가게 된 이유는 길을 가다가 급하게 볼일을 보고 싶어졌기 때문이었다. 급한 볼일을 해결하고 나니 이 동네 카페란 카페는 모조리 마음에 들지 않았지만 다시 거리로 나갈 생각이 들지 않았다. 그래서 추운 거리로 나설 마음이 들 때까지 자리를 잡고 커피나 한잔 마시기로 결심했다. 아내 히메나가 집에서 나를 기다리고 있다는 생각이 들자 기분이 좋아졌다. 우리 부부가 짧지 않은 시간 동안 잘 지내왔다는 사실이 대견스럽기도 했다. 그런 생각을 하고 있는데, 바로 그 순간 유리창 너머로 훌리오의 모습이 보였다.

처음에는 추위와 바람을 막기 위해 몸을 움츠리고 있어서인지 왜소해 보인다고 생각했는데, 유심히 살펴보니 피골이 상접할 정도로 수척해져 있었다. 마치 망치로 머리를 두드려놓은 듯 키가 오그라든 모습이었다. 예전의 온화한 표정은 온데간데없고 쓰라린 고통으로 일그러진 표정이었다. 솔직히 말해서 언제나 그랬듯이 조금 멍해 보인 건 사실이다. 나는 의식적으로 고개를 숙였다. 그가 그런 차림으로 내가 앉아 있는 테이블로 다가오는 게 싫었다. 술에 취했는지, 정신이 나갔는지, 아니면 경찰에 쫓기는 신세였는지 알 길이 없었기 때문이다. 골칫거리에 휘말리는 건 딱 질색이었다.

그의 행색은 초라하기 이루 말할 수 없었다. 입고 있던 밝은 색 바지에는 창 너머로도 눈에 띄게 보일 정도로 심한 얼룩이 묻어 있었다.

그가 지나갔으려니 하고 고개를 드는 순간, 나를 뚫어지게 바라보고 있는 그와 눈이 마주치고 말았다. 그는 미간까지 찌푸려가면서 나를 알아보기 위해 무진 애를 쓰고 있었다.

이윽고 훌리오는 카페 안으로 들어와 내 이름을 불렀다. 다행히도 고래고래 소리를 지르지는 않았다. 몇몇 손님들이 그를 향해 돌아보았고 나는 부리나케 자리에 앉으라고 권했다.

그는 몹시 안쓰러워 보였다. 비록 겉으로 드러나지는 않았지만, 목소리는 여전했다. 꼭꼭 숨겨놓았지만 분명히 빛을 발하는 부자들의 비밀스러운 보물 같은 느낌이었다. 그의 입에서 술 냄새가 나지는 않았다. 하지만 그 상황이 오히려 더 우울하게 느껴졌다. 차라리 거나하게 취해 있는 상태라면 그런 몰골로 돌아다니는 게 이해가 됐을 테니 말이다.

그는 어울리지도 않는 검은색 상의 안주머니에 손을 넣어 담배 한 개비를 꺼냈다. 완전히 현실과 동떨어진 모습을 바라보는 느낌이었다. 등나무 가구로 집을 꾸미고 향초를 피워놓던 사람이 담배를 피우는 모습이라니……

담배에 대한 애착이 이리도 대단할 줄이야! 담배를 입에 물고 한 모금 길게 뿜어내는 그 모습을 보는 순간, 그의 초라한 행색은 까맣게 잊고 그가 죽도록 부러워지는 게 아닌가! 만약 담배 한 모금 뒤로 터져나온 발작에 가까운 기침 소리만 아니었다면 그에게 담배 한 개비만 달라고 부탁했을 정도였다.

"저희 부부, 갈라섰습니다." 훌리오가 한숨을 내쉬며 말을 꺼냈다.

굳이 설명하지 않아도 알 만했다.

"무슨 일이 있었던 겁니까?"

그는 담배 한 모금을 더 빨더니 이내 기침을 했다.

"왜 담배는 끊지 않는 겁니까?" 나는 그의 손가락 사이에 끼워져 있는 담배를 가리키며 다시 물었다.

훌리오는 나를 보며 알 수 없는 미소를 지어 보였다.

"첫번째 몇 모금 빨 때만 심한 기침을 할 뿐이지요. 그 다음에는 습관이 되어놔서 괜찮습니다."

그러나 그는 담배가 다 타 들어갈 때까지 연신 심한 기침을 해댔다. 나도 나였지만, 카페에 있던 다른 손님들도 성가시다는 눈치를 주고 있었다.

"도대체 무슨 일이 있었던 겁니까?" 내가 재차 물었다.

"이혼한 지 두 달 됐습니다."

"아니 그래, 두 달 만에 이렇게 몰골이 형편없어졌단 말입니까?" 나는 놀라서 큰소리로 묻지 않을 수 없었다.

"지금은 많이 나아졌습니다. 이렇게 담배 피우는 일도 즐겁습니다." 그는 다시 담배 연기를 내뿜으며 끔찍한 기침 소리를 냈다.

"라파엘 외삼촌이라고 기억하십니까? 그 양반, 멀쩡히 살아 있더군요."

나는 자리에서 일어났다. 왜 그랬는지는 모르지만 아무튼 그 얘기를 듣고는 자리에서 벌떡 일어나야만 할 것 같았다. 거의 반사적 행동이었다. 물론 소득도 있었다. 왜냐하면 자리에 다시 앉고 나니, 훌리오의 담배가 재떨이 위에 걸쳐져 있었기 때문이다. 나는 그 틈을 타서 얼른 담배를 재떨이에 비벼 껐다. 그는 몇 분간 나를 담배 연기와 끔찍한 기침 소리에서 구제해주는 것 같더니 이내 두번째 담배에 불을 붙였다.

"사연을 말씀해보시지요." 나는 지난 몇 년간 전혀 가져본 적 없는 이례적인 관심과 주의를 기울이며 나지막이 말했다.

"외삼촌이라는 작자가 브라질로 갔던 건 사실이었습니다. 그리고 국경에서 이마에 총상을 입었던 것도 마찬가지고요…… 이마에, 국경이라……" 그는 똑같은 말을 되풀이했다. "하지만 죽지 않았습니다. 몇 달이나 혼수상태에 빠져 있었는지는 모르겠지만, 아무튼 의식을 회복했다더군요……"

"기억을 잃어버렸겠군요."

"그런 셈이었지요." 훌리오는 내 말에 전적으로 동의하지는 않았지만 비슷하게 대답했다.

"그게, 그렇게 간단하지가 않더군요. 의식을 되찾았을 때 그는 당황스럽기도 하고 무얼 어떻게 해야 할지 몰랐다고 했습니다. 어떤 상황에 놓여 있었는지도 기억할 수 없었지요. 국경 근처에서 어린 소녀와 함께 자그마한 식당을 운영하던 어떤 노파가 삼촌을 찾아냈다더군요. 노파와 소녀는 땅바닥에 쓰러져 있던 라파엘을 데리고 가서 돌봐주었습니다. 아마 뒤쫓던 무리들은 야밤에 대충 방향만 보고 총을 쏘고 나서 맞았는지 안 맞았는지 확인도 안 해봤을 겁니다. 아무튼 그들은 라파엘을 찾을 수 없었던 거지요. 그는 브라질 쪽에 숨어 있었습니다. 아무도 걱정해주는 이 없는 가련하고 멍청한 인간이었지요. 그는 불법으로 국경을 넘으려 했고, 멈추라는 명령을 듣고도 고분고분 따르지 않았기에 총을 맞은 거고요. 아마 그들은 라파엘을 전자제품 밀수꾼 정도로 여겼을 겁니다."

"지금 영화 이야기 하는 겁니까, 뭡니까? 마치 마르첼로 마스트로얀니*가 주연한 〈해바라기〉의 한 장면 같군요."

"그 영화는 그래도 2차대전을 배경으로라도 하지 않았습니까? 하지만 라파엘이라는 작자는 뭘 한 게 있습니까?" 훌리오는 다분히 감정이 섞인, 깎아내리는 듯한 목소리로 소리쳤다.

"하기야, 그 양반도 나름 우여곡절을 겪긴 했지요." 그는 다시 말을 이어나갔다. "그런 셈이지요. 총성이 울리는 곳에는 모험담도 빠질 수 없으니 말입니다. 눈을 씻고 찾으면 뭔들 안 나오겠습니까? 제아무리 문제의 주인공이거나 그가 주장하는 대의명분이 평가할 가치도 없는 싸구려라도 말입니다. 아무튼 말입니다, 선생님도 쉽게 상상하실 수 있듯이, 라파엘이라는 작자는 자신이 정부에 쫓기는 위대한 혁명가가 될 수도 있겠다는 생각을 한 겁니다. 그러고는 의식을 되찾고 몸을 추스르게 되면서 자신을 돌보아준 식당 주인의 손녀를 꼬셨다더군요. 가련한 처자는 뭣도 모르고 그가 탈출할 수 있도록 도와주었습니다. 그녀는 라파엘을 아마조나스의 이름도 모르는 부족에게 데리고 갔고, 라파엘은 몇 달 전에야 비로소 가족에게 생사를 알려야겠다는

---

* Marcello Mastroianni(1924~1996). 이탈리아의 영화배우.

생각을 하게 된 것이지요. 왜 그토록 오랜 세월 동안 죽은 사람 행세를 하고 다녔는지 가족에게 구구절절하게 설명할 필요는 못 느꼈다더군요. 시인이 따로 없어요."

"화가 아닙니까?" 나는 훌리오처럼 신랄한 목소리로 그의 잘못을 바로잡아주었다.

"아니오." 훌리오가 말했다. "화가가 아닙니다."

나는 그의 대답에 놀라움을 금치 못하며 다시 물었다.

"삼류 화가라는 말씀이시죠?"

"그는 평생 그림을 그려본 적이 없어요. 그 라파엘 삼촌이라는 작자가 처음에 우리 집에 찾아왔을 때, 제가 얼마나 자랑스럽고 감격스러웠는지 모르실 겁니다. 하지만 저는 그가 도착하기 바로 직전에 세실리아에게 그림에 대해서 먼저 아무 말도 하지 말고 외삼촌이 그 그림을 발견하도록 하자고 말했습니다. 수년 전에 그려놓고는 갑작스레 조카에게 주게 된 그 사연 많은 그림이 우리 집에 버젓이 걸려 있는 걸 발견했을 때의 그 표정을 보고 싶었기 때문입니다. 벅찬 감동에 젖는 그 모습을 제 두 눈으로 직접 보고 싶었습니다. 삶에 대한 찬가처럼, 황혼의 재회 같은 그런 장면을 상상했지요."

훌리오의 얼굴은 순간 과거로 돌아간 듯 환해졌다. 부티나게 집을 꾸며놓았던 그때 그 순간으로 잠시 돌아간 듯했다. 하지만 또다시 담배를 피워 물면서 그런 분위기는 싹 가시고 말았다.

"세실리아도 싫다고 하지는 않더군요." 그는 담배 연기를 들이켜고 난 후 다시 심한 기침을 하며 설명을 이어나갔다. "제 말에 기쁘게 동의하지는 않았지만, 거절하지도 않았습니다. 그녀 생각에도 그러는 편이 좋겠다고 여기는 것 같았습니다. 그러고는 정성껏 음식을 준비했습니다. 저는 인도 음식을 내놓기에는 분위기가 그다지 어울릴 것 같지 않다고 생각했고, 향도 피우지 않았습니다. 라파엘이 찾아왔을 때, 문을 여는 순간 제 두 눈에서는 눈물이 왈칵 쏟아지더군요. 그런데 세실리아는 그다지 감동하는 것 같지 않았습니다. 문 앞에 서 있던 라파엘 외삼촌은 제가 생각했던 사람과는 영 딴판이었습니다. 그의 사진을 몇 장 보기는 했지만 정확하게 어떤 분위기의 사람이었는지 제대로 판단할 만큼 많은 사진을 본 건 아니었습니다. 과거에 그 인간을 본 적이 있든 없든 그건 그리 중요한 문제가 아니었습니다. 어쨌든 다 늙어빠진 노인네가 되어버렸더군요. 지금의 저보다도 꼴이 형편없었습니다. 수척한 얼굴에 이마에는 흉측한 상처가 남아 있더군요. 몸은 부들부들 떨면서 말도 제대로 하지 못했습니다. 예순은 되어 보이는 누이와 같이 왔습니다. 그를 직접 보고 나니, 그가 자신의 그림을 알아볼 만큼 정신이 있는지 의아스럽더군요. 아무튼 우리는 식탁에 둘러앉았습니다.

우리 부부는 라파엘 외삼촌을 그림의 정면에 앉도록 했습니다. 그런데 아무런 반응이 없더군요. 게다가 그림을 처음 보는 여타 손님들과는 달리 인상을 찌푸리지도 않았습니다. 라파엘이 그 그림을 보고 끔찍한 표정을 짓는다, 그러면 세실리아와 제가 여느 때와 마찬가지로 그 그림에 얽힌 일화를 마치 다른 사람의 이야기인 것처럼 설명해준다, 하는 상상으로 웃음을 터뜨릴 뻔했지요. 정말이지 감동적인 순간 아닙니까.

'라파엘 외삼촌, 혹시 저 그림 기억나십니까?' 저는 디저트를 먹을 즈음 자연스럽게 질문을 던졌습니다. 그런데 식사를 하는 동안 굳게 입을 다물고 있었던 라파엘은 단호하게 고개를 절레절레 저었습니다. 그랬더니 세실리아가 이렇게 말하더군요. '외삼촌이 떠나기 전에 저한테 주신 거잖아요.' 당시 집사람의 목소리는 평소 그 그림에 대해 이야기하던 때와는 딴판이었습니다.

선생도 기억하시지 않습니까? 애착과 사랑, 확신에 찬

목소리로 외삼촌 이야기를 하던 세실리아를 말입니다. 그런데 그 문제의 당사자에게 마치 그가 이해할 수도 없는 기억 저 너머의 이야기를 하는 것처럼 얼버무리다니요. 그녀는 울지도 않더군요. 감격에 겨워 외삼촌을 껴안지도 않았습니다. 전 외삼촌이 감정이 너무 격해지지 않도록 식사 자리에서 과거의 끔찍한 이야기를 일부러 꺼내지 않은 거라고 제 자신을 설득했습니다. 세실리아는 아무런 억양도 없고 마치 수줍음 때문에 겁을 집어 먹은 사람처럼 들릴 듯 말 듯한 소심한 목소리로 라파엘 외삼촌의 비극적인 이야기를 상기시켰습니다. 바로 그 순간, 저는 무언가 이상하다는 낌새를 눈치챘습니다.”

신기하게도 마지막 담배 연기를 내뿜던 훌리오는 더이상 기침을 하지 않았다.

“'난 모든 기억을 잃어버렸다.' 라파엘은 결국 그렇게 말하더군요. '아니…… 모든 기억은 아니지만……' 그러면서 몇 마디 덧붙였습니다. '나는 그림을 그린 적은 없었다. 산문과 시를 쓰고 수필을 쓰기도 했고, 배우로 활동하기도 했지만 그림을 그렸다니……? 정말이지 나는 그림을 그려본 기억이 전혀 없다.'

그의 누이가 한마디 거들더군요. 라파엘은 피아노를 치

긴 했었지만 그림을 그린 적은 전혀 없다고. 집에서 그가 그린 그림을 본 적은 없다고 말입니다…… 라파엘은 통조림 복숭아를 후루룩 소리를 내며 게걸스럽게 먹어치우더군요. 음식 먹는 예절도 까맣게 잊은 사람 같았습니다. 세실리아는 기억상실증에 걸린 삼촌을 제발 그냥 이해하고 넘어가달라는 눈치로 저를 바라보았지요. 저도 그리 꽉 막힌 사람은 아니었습니다. 그럼요, 꽉 막힌 사람은 아니지요. 저 역시 세실리아에게 조용히 방으로 따라 들어오라고 무언의 신호를 보냈습니다. 잠시 후 그녀가 저를 따라 방으로 들어오더니 제게 소리를 지르더군요.

'이게 무슨 짓이에요? 집에 손님이 와 계시잖아요!'

'저 그림, 누가 그린 거지?'

'삼촌이 그린 거예요. 라파엘 삼촌이.'

'빌어먹을 여편네, 당장 누가 그렸는지 말 안 하면 가만두지 않겠어!'

그렇게 옥신각신하는 사이 누가 방문을 두드리더군요. 성이 난 채로 문을 열어젖히니 라파엘의 누이라는 사람이 서 있었어요. '당장 가세요!' 저는 상대를 집어삼킬 듯 으르렁거리며 그렇게 말했습니다. 라파엘 삼촌이라는 사람도 자리에서 일어나더군요. 하기야 그 사람 역시 문제를 일으키고 싶지는 않았겠지요. 문지방에 서 있던 누이라는 노친네는 갑자기 저를 경계했어요. 그래서 저는 두 사람 코앞에서 문을 확 닫아버렸습니다.

세실리아는 공포에 벌벌 떨며 저를 쳐다보더군요. 아마 세실리아가 저를 경외하는 눈빛으로 쳐다본 건 그때가 처음이었을 겁니다. 지금 드는 생각이지만, 당시 그녀는 제가 그녀를 정말 죽이고 싶어했다면 아마도 기꺼이 받아들였을 겁니다. 아무튼 저는 계속해서 살기 어린 눈빛으로 그녀를 쏘아보며 다그쳤습니다. 도대체 어떻게 된 일이냐고.

세실리아는 아무런 말도 하지 않았지만 모든 걸 알아낼 수 있었습니다. 그 순간, 오스발도가 그림을 그리던 방식이 불현듯 떠오르더군요. 똑같은 자리에 계속해서 집요할 정도로 덧칠을 하며 1센티미터마다 두껍게 색을 입히던 그 방식…… 그 그림은 바로 오스발도가 평생 딱 한 번 과감히 완성한 그림이었던 겁니다. 제가 데리고 다니던 오스발도가 집사람하고 같이 놀아났던 것이지요. 순식간에 모든 상황이 이해되더군요. 처음부터 눈치채고 있었다고는 말할 수 없겠지만, 모든 증거가 한눈에 들어왔습니다. 어찌된 일인지 정황을 알 수는 없지만 사건을 재구성하기에 필요한 모든 증거를 확보하고 있는 그런 상태 말입니다.

저는 세실리아에게 물었습니다.

'도대체 무슨 이유로 저 그림을 식당에다 걸어놓은 거지? 왜 안 보이는 곳에 몰래 숨겨두지 않은 거냐고!'

그렇게 말했더니 그녀 역시 제가 모든 걸 알고 있다는 사실을 깨닫더군요. '그 사람이 특별히 나한테 준 거예요.' 진실하게 말하면 제가 자신을 용서할 거라고 생각하는 것 같았어요.

'그가 그린 유일한 그림이에요. 그래서 어떻게든 우리 집에 걸어놓겠다고 약속했어요.'

선생은 제 말이 믿기지 않으시겠지만, 저는 그 그림을 찢어발기기는커녕 손도 대지 않았습니다. 물론 세실리아에게도 손 하나 까딱하지 않았습니다. 그런데 이제는 후회스럽네요. 머리채를 휘어잡고 절단을 냈어야 했는데…… 그랬다면 기분이 한결 좋아졌을 겁니다. 어찌 되었든 앞으로 마음을 다잡고 다시 살아봐야겠지요."

"물론 그러셔야지요."

나는 종업원에게 손짓을 하며 그에게 말했다. "훌리오, 저는 이만 가봐야겠습니다."

"커피 값은 제가 계산하겠습니다." 훌리오가 말했다.

"무슨 그런 말씀을 하십니까? 제가 내지요."

수상한 그림 309

"돈에 쪼들리지는 않습니다."

그는 자리에 계속해서 앉아 있었다. 싸늘한 거리로 문을 열고 나서면서 문득 블랙 콩트의 소재가 떠올랐다. '당신, 미술에 취미가 있었어?'

나는 코리엔테스 거리와 근처 극장, 얼치기 예술가, 그리고 협잡꾼 들로부터 한시라도 빨리 벗어나기 위해 탈카우아노 거리로 접어들었다.

나는 택시 한 대를 불러 세워서 우리 집이 아닌 다른 주소를 말해주었다. 택시를 타고 가면서 나는 세실리아를 떠올렸다. 그녀는 왜 그런 행동을 했던 걸까? 대놓고 남편 앞에서 바람을 피우면서 짜릿한 흥분을 느꼈던 것일까? 음흉하고 변태적인 기질을 가지고 있었던 걸까? 비극적인 이야기로 집 안을 장식하고 싶었던 걸까? 그녀는 삶 자체를 혐오했던 것일까? 여자로서 살아간다는 것은 쉬운 일이 아니다. 남자로서 살아가는 일 역시 마찬가지이다. 나는 그림을 떠올리고 이 이야기를 듣기 위해 사람들이 얼마의 대가를 지불할지 생각해보았다. 나는 택시에서 내리자마자 가장 먼저 눈에 들어오는 전화부스로 들어갔다. 그러고는 집에 전화를 걸어 아내 히메나에게 원래 말한 귀가 시간보다 아주 늦게 들어가게 될 것 같다고 말했다.

사라진 남녀
Perdidos

I

 우리는 작은 트럭을 타고 미라마르에서 집으로 돌아가는 길이었다. 나는 그 트럭을 이번 휴가 때 쓰기 위해 특별히 임대해두었다. 이번에 우리를 데려다주기로 한 운전사는 부에노스아이레스에서부터 우리 가족을 태워왔던 바로 그 운전사였고 차도 역시 같은 차였다. 이름은 곤살로. 건장한 체격에 나이는 마흔에서 쉰가량 되어 보이는 남자였다. 금발머리와 가무잡잡한 얼굴로 미루어보아 슬라브 계 크리오요(criollo)* 혈통인 듯했는데, 목 깊숙한 곳에서부터 소리를 내어 말하는 버릇이 있었다. 그렇다고 발음에 큰 문제가 있는 건 아니었다. 어쨌든 문제는 곤살로가 한참이나 늦게 나타났다는 것이었다. 나는 차를 기다리는 걸 포기하고 막 버스표를 사러 가려던 참이었다. 나와 아내 그리고 두 아이들은 열흘간의 여름휴가 동안 머물렀던 콘도 앞에서 곤살로를 기다리고 있었다. 이미 체크아웃을 한 상태였기 때문에 다시 짐을 갖고 들어가서 기다릴 공간도 없었고, 그나마 1층에 있는 휴게실도 들락거리는 사람들로 쉴새없이 북적거렸다. 게다가 그 안의 공기는 또 얼마나 탁한지. 그렇다고 바깥 사정도 그리 좋은 편은 아니었다. 세찬 바람이 인정사정 볼 것 없이 아이들의 얼굴을 때리고 있었다. 하지만 마땅히 들어갈 방도 없이 아이들을 건물 안으로 데리고 들어갔다가는 틀림없이 컵이라도 깨거나 다른 집 아이들과 싸우는 등 온갖 소동을 일으킬 게 뻔했다. 아니면 한술 더 떠 금연 경고를 피해 몰래 담배를 피우는 사람들에게 다가갔다가 화상이라도 입을지 모를 일이었다. 그러나 날이 어둑어둑해지자 급기야 바람은 돌풍으로 변했고, 바다는 요동을 쳐댔다. 실제로 우리가 있는 곳에서는 바다가 보이지

---

* 원래 아메리카 대륙의 스페인 식민지에서 태어난 에스파냐인을 일컫는 말이지만, 넓은 의미로 식민지 태생의 유럽인이나 유럽계 혼혈인을 가리키기도 한다.

는 않았지만 거친 파도소리는 우리 모두를 쓸어버릴 듯이 들려왔다. 나는 벌떡 일어나 아내에게 말했다.

"가서 표 사올게." 바로 그 순간, 귀가 먹먹해질 정도로 경적이 울리며 두 개의 헤드라이트가 나를 향해 불빛을 쏘는 바람에 나는 눈 빨간 토끼처럼 소스라치게 놀랐다. 곤살로였다.

"차가 도로에서 갑자기 멈춰 서는 바람에 그만 늦었습니다." 그가 말했다.

나는 그제야 안심이 되어 그때라도 도착한 것에 대해 신께 감사를 드렸고 우리는 차에 올라탈 채비를 했다. 아내와 나는 이미 기진맥진해 있는 아이들을 먼저 차에 태운 다음 산더미 같은 짐들을 싣기 시작했다. 짐이 얼마나 많았는지 집에서 여기까지 그것들을 끌고 온 것 자체가 이미 기적이라 할 정도였다. 그 모든 일이 끝난 다음에야 아내와 나는 차에 오를 수 있었다. 그리 드라마틱한 출발은 아니었지만 이것이야말로 새로운 버전의 '후후이 대탈출'*이 아니고 무엇이겠는가. 악몽과 같은 기다림에 대한 보상이었을까?

---

* 1812년 아르헨티나 독립 전쟁 당시, 스페인 군대가 후후이 지역으로 진군해오자, 아르헨티나의 벨그라노(Belgrano) 장군이 후후이 주민을 이끌고 그 지역을 탈출한 사건.

곤살로가 시동을 걸기도 전에 우리는 완전히 곯아떨어졌다. 그리고 세 시간 정도가 지난 후에야 잠에서 깨어났다. 그런데 차는 미동도 없었고 내 오른쪽 창밖으로 바다가 보이는 게 아닌가. 시계를 본 나는 깜짝 놀랄 수밖에 없었다. 왜 아직도 바다가 보이는 거지? 갑자기 불길한 예감이 엄습해왔다. 곤살로가 가족들을 다 죽여버리고 이제 나만 남았구나. 하지만 아이들은 뒷좌석에서 코까지 골면서 곤하게 자고 있었고 아내는 눈을 감은 채 몸을 뒤척이고 있었다.

"무슨 일입니까? 왜 아직도 우리가 여기 있는 거죠?" 시계는 이미 밤 열한시 반을 가리키고 있었다. 원래대로라면 지금쯤 최소한 차스코무스를 지나고 있을 시각이었다.

"주무시는 동안 저한테 무슨 일이 있었는지 선생님은 꿈에도 모르실 겁니다." 곤살로가 나를 무심히 바라보며 말했다.

"차가 또 섰습니까?"

"아니오."

"그럼 길을 잘못 들었습니까?"

"그것도 아닙니다." 곤살로는 왼쪽 뺨을 긁적이며 말했다. 멍하기만 한 그의 눈은 단 한 번도 영민하게 반짝였던 적이 없었을 것 같았다.

"여기는 아직 미라마르예요." 그가 마침내 털어놓았다.

"도무지 무슨 영문인지 모르겠군요."

"저도 잘 모르겠어요. 가스를 충전하러 충전소에 들렀는데 부에노스아이레스로 가려면 거기서 나와 오른쪽으로 쭉 가야 했거든요. 그런데 저는 다시 미라마르로 차를 돌리고 있더라고요."

"도대체 왜요?" 나는 목소리에 흥분을 감추지 못한 채 이렇게 물었다. 하지만 질문을 하면서도 곤살로 자신조차도 이 상황을 제대로 설명할 수 없으리라는 것을 알고 있었다.

"제 잘못입니다. 그게, 제 집사람 생각을 하는 바람에 그만 실수를 했어요."

우리는 서로를 바라보았다. 그렇게 한동안 침묵이 흘렀다. 마침내 내가 물었다.

"부인 생각을 했다고요?"

"아내가 돌로레스에 절인 청어 요리를 잘하는 집이 있다면서 거기에 들러서 청어를 좀 사오라고 하더군요. 그런데 저는 청어를 싫어합니다. 게다가 아내가 청어를 먹는 것도 본 적이 없어요. 그럼 대체 그 청어는 누굴 주려는 걸까요?"

예상 밖의 대답에 그만 웃음이 터질 뻔했다. "난 잘 모르겠네요, 곤살로. 부인한테 직접 물어보지 그랬어요?"

"나오기 전까지는 이상하다는 걸 알아채지 못했지요. 그런데 집을 나온 후로 그 생각이 머릿속에서 떠나질 않는 겁니다."

"곤살로, 우리는 부에노스아이레스에 가려고 이 차를 탔는데 당신은 다시 미라마르로 돌아왔어요. 이건 단순한 문제가 아닙니다."

"알아요. 제 잘못입니다." 곤살로는 실수였다는 말만 되풀이했다.

한 가지 확실한 건 나와 내 가족이 미친 사람이 운전하는 차에 타고 있었다는 것이었다. 이 미친놈은 건물이나 가솔린 탱크로 차를 돌진시켰을 수도 있고, 우리 가족과 짐을 그대로 실은 채 바다 속으로 곤두박질쳤을 수도 있었다. 하지만 그렇다고 내가 거기서 뭘 할 수 있었겠는가? 그 시간에는 이미 버스도 끊겼고, 아내와 아이들을 깨워 그 많은 짐을 끌고 호텔방을 찾아 헤매느니 차라리 죽는 게 나을지도 모를 일이었다. 나는 내 직감을 믿어보기로 했다. 더구나 그 상황에서도 나는 계속 잠이 쏟아져 미칠 지경이었다. 나는 곤살로에게 기다려줄 테니 원한다면 공중전화로 아내에게 전화를 해보는 게 어떻겠냐고 제안했다(핸드폰은 통화권을 벗어난 상태여서 아예 사용할 수도 없었다). 하지만 그는 그까짓 일로 아내를 깨우고 싶진 않다고 했다. 여전히 아내 생각을 떨쳐버리지 못하고 있는 게 내 눈에 뻔히 보이는데도 말이다.

"좋을 대로 해요. 하지만 내가 다시 잠에서 깼을 때 우리는 부에노스아이레스에 있어야 합니다."

"여부가 있겠습니까." 곤살로는 자동차에 시동을 걸며 말했다. "두 번 다시 이런 일은 없을 겁니다."

분명히 내가 뭐라고 대꾸를 하긴 했는데 큰 목소리로 말을 했는지, 아니면 잠결에 얼버무리고 말았는지는 지금도 알 수가 없다. 그러나 이 한 문장만은 분명히 기억난다. "이런 일은 본래 한 번도 일어나지 않아야 정상이죠." 그리고 오늘까지도 그때 내가 정확히 무슨 이야기를 했는지 기억해내려는 노력을 게을리 하지 않고 있다.

아이들이 소리를 지르는 바람에 잠에서 깼다. 나는 깜짝 놀라 몸을 일으켰다. 보랏빛 하늘이 눈에 들어오자 드디어 안심이 되었다. 아직도 한밤중인가? 설마 사고가 난 건 아닐 테지? 나는 여기가 어디쯤인지도 모른 채 기도라도 하듯 감히 눈도 뜨지 못하고 안 좋은 상상만 되풀이하고 있었다. 그곳은 막 태양이 떠오르고 있는 부에노스아이레스였다. 내 오른쪽 창밖으로 바다 대신 우리 집 대문이 보였다.

"바루흐 아타 아도나이"*라고 나도 모르게 중얼거렸다. 아내는 짐을 내리고 있었다.

"곤살로에게 무슨 일이 있었는지 들었어?" 아내에게 물었다.

"듣긴 했는데 나는 아직도 믿기지가 않아." 에스테르가 대답했다.

곤살로는 미소를 지으며 우리가 계약한 금액의 반도 안 되는 액수만 받겠다고 했다.

"무슨 소릴, 두 배는 더 받으셔야죠." 내가 말했다. "그런 재미있는 에피소드를 매일 겪는 것도 아니지 않습니까."

곤살로는 껄껄 웃기만 하며 대답을 피했다. 나는 그 웃음이 진짜인지 의도한 것인지는 알 도리가 없었다.

"부인이랑은 통화해봤어요?" 그에게 물었다.

"아뇨, 그런 얘기는 직접 하는 게 좋을 것 같아서요." 그가 대답했다.

"그렇군요." 나는 속으로 생각했다. '절인 청어의 비밀은 누구나 하나쯤은 갖고 있는 거니까.' 우리는 드디어 차에

---

* '하느님 감사합니다'라는 뜻의 히브리어.

서 모든 짐을 내렸다. 곤살로가 잉카 성벽만큼이나(이보다 더 적절한 비유는 없을 것이다) 한 치의 틈도 없이 꼼꼼하게 실었던 그 짐을 우리가 어찌나 빨리 허물어 내렸는지, 벨그라노*가 후후이 지역을 무장해제한 속도에 견줄 수 있을 정도였다. 나는 또다시 그런 짐들을 내 집 문 앞에서 20분 만에 내려야 하는 상황이 올까봐 매우 두려웠지만 다행히도 최근 2년 동안 그런 일은 일어나지 않고 있다.

아이들은 자기 침대로 들어가 잠이 들었지만 곧바로 다시 깨어났고, 아침 일곱시 반이 되자 우리 모두는 이미 완전히 잠에서 깨어났다. 하지만 나는 처음부터 잠을 잘 수가 없었다. 잠을 청하려고 침대에 누웠지만 곤살로 일이 계속 머리에 맴돌았던 것이다.

아이들이 평소와 다름없이 자기들 방을 어지럽히는 동안 아내는 식당 전화로 장모님에게 우리가 미라마르에서 돌아오면서 겪었던 일을 시시콜콜 전하고 있었다. 그리고 그 이후 거의 40분 동안 우리는 돌아가면서 친척들과 친구들에게 그 얘기를 전하고 또 전했다.

"당신은 계속 자고만 있었잖아." 나는 전화를 끊을 때마

---

* Manuel Belgrano(1770~1820). 아르헨티나의 정치가이자 독립투사.

다 아내에게 그렇게 말했다.

"아무렴 어때? 나도 그 자리에 있었는걸." 에스테르가 대꾸했다.

이 경험은 그야말로 우리 가족 역사의 한 페이지를 장식하게 될 중요한 사건이자 에스테르나 내가 앞으로 살아가면서 수없이 되풀이하게 될 이야기의 원조가 될 것임이 분명했다. 입에서 입으로 그 이야기를 전할수록 에스테르는 점점 더 생생해져 갔고, 반대로 나는 점점 더 졸렸다. 어느 순간 ─ 해질녘이었던 듯싶다 ─ 용감했던 우리의 여정을 들려줄 이야기 상대는 바닥이 났고, 마침내 에스테르와 아이들은 침실에서 곯아떨어지고 말았다. 나는 해가 있는 동안, 특히 오후 나절에는 절대로 잠을 자지 않는 사람이었기에, 식당에 홀로 앉아 나무식탁에 놓인 마테를 마시면서 머릿속을 맴돌고 있는 곤살로를 생각했다. 미라마르를 떠난 후 처음으로 갖는 혼자만의 시간이었다. 종종 생각지도 않게 일어나는 크고 작은 사건들은 알듯 말듯하게 나라는 존재를 지탱하는 뿌리가 되었으며, 동시에 내가 지어내는 이야기의 중요한 소재가 되기도 했다. 나는 일곱 살 때 길을 잃었다가 다섯 시간인가 여섯 시간 만에 어른들에게 발견된 적이 있었다. 그런데 내 인생의 어디쯤에선가 그 기억을 매우 특별한 경험으로 여기게 되었고, 그때부터 그 일에 대한 이야기를 지어내기 시작한 것이다. 나는 미아가 되었던 그 순간을 이리저리 부풀려 일곱 살 아이가 느꼈을 기분을 이야기, 소설, 우화, 영화와 연극의 시나리오로 만들었다. 마테를 앞에 놓고 나무식탁에 앉아 있던 나는 곤살로로 인해 겪은 그 사건이 바로 종종 생각지도 않게 일어나는 사건들 중 하나라고 믿어 의심치 않았다. 나는 다시 한번 길을 잃는 경험을 한 것이다. 물론 이번에는 내 잘못이 아니었지만 말이다. 하지만 사실 우리가 길을 잃었을 때 누가 그 잘잘못을 따질 수 있겠는가? 세상에는 지도에도 나타나지 않는 경계선 같은 것이 있다. 그곳은 바로 우리의 영혼과 대지가 만나는 곳이다. 우리가 그 경계선을 넘어섰다가 길을 잃었다고 해서 누구 탓으로 돌리겠는가? 본래 세상이 그런 것을.

그해에는 미라마르에서 사라져버린 사람들 이야기를 들은 것만으로 한 여름이 다 갔다는 느낌이 들었다. 곤살로 이야기가 아니다. 내가 들었던 그 이야기는 일종의 사랑 이야기이기도 하고 그 반대이기도 했는데, 어쨌든 내용만큼은 매우 충격적이었다. 웬 기이한 운전사가 본래의 목적지를 향해 가다 말고 자기 의사와는 상관없이 다시 출발지로 되돌아온 사건보다 더하면 더했지 덜하지는 않을 만한 이야기였던 것이다.

미라마르는 아르헨티나에 얼마 남지 않은 진짜 유대인들의 도시 중 하나이다. 미국에서는 20세기 내내 카스티킬스, 애디론댁스 같은 해수욕장이 유명했는데 그 해수욕장의 온갖 호텔과 바다, 해변에는 유대인들이 바글거렸다. 실로 이상한 조합이 아닐 수 없다. 그런 면에서 미라마르도 어느 정도 비슷한 점이 없지 않았다. 다른 점이라면 미국보다 호텔 수가 굉장히 적다는 것이다. 미라마르에서는 그래서 보통 콘도를 빌린다.

우리처럼 유대인 사회에서 멀리 떨어져 지내던 사람들에게 미라마르로 해수욕을 간다는 것은 어린 시절이나 청소년 시절에 알고 지냈던 유대인 친구들의 반 이상을 거기서 만날 수 있다는 걸 의미한다. 해수욕을 하다 보면 고등학교 동창이나 동아리 친구를 수도 없이 만나기 때문이다. 모두들 결혼도 하고 자식도 낳고 살고 있다. 여자들은 뚱뚱해지고 남자들은 머리가 벗겨졌다. 하지만 모두들 오랜만에 친구들을 만났을 때에는 여전히 좋아 보였으면 하는 희망을 품고 있는 것이다. 우리는 바다에 몸을 담그며 다시 청년으로 돌아갈 수 있기를, 아니면 그대로 바다가 영원히 우리를 삼켜버리기를 바란다. 하지만 둘 중 그 어떤 일도 일어나지 않는다.

나는 단 한 번도 미라마르에서 누가 물에 빠졌다는 말을 들어본 적이 없다. 나는 유대인들이 지금까지도 해변에서는 지나치게 담담한 모습을 보이는 것은 그들의 추격자들이 홍해에 수장되는 꼴을 그저 지켜만 보고 있었던 과거의 경험 때문이 아닌가 하는 의문이 들곤 한다.

내가 들었다는 그 이야기는 내 이전 세대의 사람들 이야기로, 그 주인공은 당연히 내 세대도 아니고 그렇다고 정확하게 우리 부모님 세대도 아니다. 바로 지금 쉰에서 쉰다섯 살에 해당되는 사람들의 이야기이다. 그 나이쯤 되는 사람들 중에 당시 미라마르에 벌어진 그 이상한 사건을 모르는 사람은 없을 것이다. 그 세대 사람들은 그 아래 세대보다 훨씬 더 건강해 보인다. 이미 아이들은 모두 성장한 데다 무엇보다도 이미 20년 전에 노화의 첫 징후를 잘 견뎌냈기 때문이리라. 특히 지금 서른여섯이나 서른일곱, 서른아홉 살 먹은 남자와 여자가 세 살, 여섯 살배기 아이를 키우면서 겪는 그 끔찍한 현상들, 소화기관은 망가져가고 온몸의 털들은 우수수 빠지는 데다 녀석들의 고함소리나 울음소리에 기억력까지 쇠퇴해가면서 그만 꽉삭 늙어버리는 그 시기를 그네들은 이미 오래전에 겪었기 때문이기도 할 것이다.

레오폴도와 아다는 그 사건이 일어났을 때 각각 마흔둘, 마흔셋이었다. 아다가 한 살이 더 많았다. 그 이야기는 내가 그 이야기를 들었던 시점에서, 그러니까 미라마르의 곤살로 사건이 있던 해로부터 무려 10년을 거슬러 올라가는 이야기였다. 나는 그 사람들의 전 부인과 전 남편인 셀리타와 마리오가 지금 어떻게 살고 있는지 알고 싶지도 않았고, 그들을 만나볼 이유도 전혀 없었다. 아다의 경우도 마찬가지였지만 나는 우연히 그녀를 한 번 본 적이 있다. 그것은 뜻하지는 않았지만 '결국'이라고밖에 말할 수 없는 그런 종류의 만남이었다. 내가 아다를 본 건 그녀가 쉰다섯이 되었을 때였다. 오늘 내가 하려는 이야기는 그 나이에 간직할 수 있는 아름다움에 대한 건 아니지만, 어떤 의미에서 보자면 성적 매력이라는 요인이 없었다면 그 이야기가 불가능했을 것이며, 따라서 성적 매력이 객관적인 미의 기준에서 매우 중요한 부분을 차지한다는 생각을 지울 수 없다. 그렇지만 또 한편으로는 오늘 신문에 실린 대머리 남자들과 그들의 절망적인 표정, 그리고 축 늘어진 여자들의 납작한 코가 전부인 치정 살인사건 사진들을 보면서 나 자신에게 반문하지 않을 수가 없다. 아무리 성적 매력이 중요하다고 해도 어떻게 그런 이유로 살인을 할 수 있다는 것인가? 여자를 열다섯 번이나 칼로 찌르고 총까지 쏜 뒤 창밖으로 내던져버렸다는 것이다. 그것도 잠자던 여자를…… 살인을 불러일으킬 정도로 격렬한 열정을 내뿜던 이글거리는 눈동자며 거대한 가슴과 곧게 뻗은 두 다리는 어디로 갔을까? 아무 곳에도 없다. 추하고 텅 빈 껍데기만 남은 사람들이 그리스 신과 그들의 총애를 받던 인간들처럼 사랑이라는 이름으로 서로를 죽이고 있다. 아름다움은 모든 인간이 지닐 수 있는 것이 아니지만 광기는 다르다.

처음 아다와 레오폴도의 이야기를 들었을 때 나는 가족 곁에서 옴짝달싹 못하며 휴가를 보내고 있었다. 막내딸이 곧잘 걷기 시작했고 뛰기까지 하는 바람에 나와 아내는 번갈아 가면서 딸아이가 해변 밖으로 뛰쳐나가거나, 모래구멍을 파고 그 속에 들어가거나, 아프리카까지 헤엄쳐 가지 못하도록 지켜봐야 했다. 아들 녀석으로 말할 것 같으면 그래도 꽤 커서 거의 소년처럼 보였고, 벌써 파라솔 번호와 해수욕장 이름까지 외울 정도였다. 하지만 그러니저러니 해도 해변에서 뛰는 아이들은 하늘에서 떨어지는 유성과 다를 바 없다. 유성을 볼 수는 있지만 그 유성들이 어디에서 어디로 떨어지는지 정확히 알 수 없는 것처럼, 우리 부부는 아이들에게서 한시도 눈을 뗄 수가 없었다. 내 기억으로는 여름 내내 내가 바다에 들어가본 건 단 두 번뿐이었다. 한쪽 눈에 한 명씩 동시에 두 아이들을 지켜보면서 그놈의 모래투성이 샌드위치를 먹으니 차라리 할 수만 있다면 관이라도 연결해 음식을 섭취하고 싶은 심정이었다. 하지만 그것은 홀로 유영을 즐기는 우주비행사들만이 누릴 수 있는 특권이었고, 땅에 빌붙어 사는 사람들, 특히 모래판에서 헤어날 길이 없는 사람들에겐 그저 그림의 떡이었다. 내 유일한 오락거리는 가족을 피해서 병문안이나 마피아 두목에게 인사라도 하러 오듯 나를 찾아오는 두세 명의 친구들과 함께 우리 쪽으로 지나가는 여자들의 뒷모습에 대해 품평회를 하는 일이었다. 사실 우리 쪽에서 보이는 여자들은 죄다 내가 전에 알고 지냈거나 사귄 적이 있는 여자들, 또는 내 아이들 친구의 엄마들이어서 대놓고 그 여자들의 엉덩이 얘기를 할 수는 없는 일이었다. 그래도 가끔은 젖가슴 품평회를 즐길 수 있는 낯선 여자들이 지나가기도 했는데 내 본성을 자극해 시선을 끌 정도가 되려면 꽤나 풍만한 몸매의 소유자여야 했다.

레안드로 파비시니—아마 이 친구가 미라마르에서 유일한 비유대인이었을 것이다—가 그날도 내게 인사를 하러 들렀다. 그는 2년 전 이혼한 뒤 두 딸과 함께 여름을 보낼 장소로 미라마르를 택했다. 그 이유는 미라마르가 깨끗하고 가족적인 분위기라고 생각했기 때문이라는 것이다.

손에 카드 한 벌을 쥐고 내 옆에 앉은 레안드로의 뒤쪽으로 쉰에서 예순가량 되어 보이는 구부정한 여자가 어울리지도 않는 비키니를 입고 지나가는 모습이 보였다. 손바닥만 한 팬티가 처진 두 엉덩이 사이에 잔뜩 끼어 있었다. 원숭이 같은 팔에는 마테에 부을 뜨거운 물이 담긴 보온병까지 껴안고 있었다. 어디서 온 사람일까? 어디로 가는 것일까? 혹시 내게 남은 시간이 얼마 되지 않았다고 알려주러 온 사신(死神)인가?

"저기 좀 봐." 나는 눈짓으로 파비시니의 어깨 너머를 가리키며 말했다. "들키지 않게 슬며시 봐." 그러나 레안드로는 크게 개의치 않고 휙 몸을 돌렸다. 다행히 누군가 자기를 보고 있다는 사실을 그녀가 알아차린 것 같지는 않았다.

"봤어? 내가 여러 번 너한테 말했었지? 아무리 살아 있는 여자라도 어쩌고 싶지 않은 여자가 분명히 존재한다고. 저 여자가 바로 그런 여자야."

레안드로는 다시 내게 몸을 돌리고 말했다.

"그렇지 않아. 저 여자는 사연이 있는 여자야."

"그래, 사연이라…… 당연히 사연이야 있겠지." 내가 말했다. "과거가 없으면 현재도 없는 법이니까."

"과거 없는 현재란 어떤 걸까?" 파비시니는 마치 토라 수업에 나가는 학생이라도 된 것처럼 철학적인 질문을 던졌다.

"제발 유대인들이 자네를 이렇게 만든 게 아니라고 말해 줘." 내가 말했다.

"그것 때문에 여기 오는걸." 그가 대답했다.

"사실 지금 남아 있는 유대인들은 다 너같은 사람들이야. 진짜 유대인들이 오히려 일반 사람들과 비슷하지."

"우리나라 사람들은……" 파비시니는 말을 꺼내다가 갑자기 웃음을 터뜨리는 바람에 채 말을 잇지 못했다.

그 여자가 우리 쪽 해변의 관리사무소에서 나와 어떤 아줌마에게 돈을 주더니 뜨거운 물을 받아가는 것이었다.

"마테를 마실 뜨거운 물을 왜 여기까지 찾으러 왔을까?" 파비시니에게 물었다.

"여기에 뜨거운 물이 나오는 수도꼭지 같은 게 있다는 소문이라도 났나보지."

"저 사연 있다는 여자, 네 해변 쪽에서 온 여자 아니야?" 내가 물었다.

파비시니도 그렇게 생각하는 듯했다.

"가자. 트루코*나 하자고 부르러 온 거야." 그가 말했다.

나는 벌떡 일어나 바람을 가르며 성큼성큼 걸었다. 아내와 다른 여자들은 한 380명쯤 되는 아이들과 놀아주고 있었는데, 그중 두 명은 우리 아이들이었다. 나는 아내에게 손짓을 해 보였다. 그 제스처는 여러 가지로 해석될 수 있었다. 곧 돌아올게, 혹은 영원히 안녕, 혹은 나 지금 간질 발작중이야. 하지만 내 목적은 어떤 의미를 전달하려는 게 아니라 무슨 의미인지 정확히 알 수 없도록 해서 내가 몇 시간 동안 자리를 비울 거라는 걸 알아차리지 못하도록 하는 데 있었다. 나는 파비시니와 함께 그의 파라솔 쪽으로 자리를 옮겼다.

나는 파비시니와 한편이 되었고 투렉과 가르미사가 다른 한편이 되었다. 그 둘은 스페인의 아랍계 유대인 단체 소속이었다. 두 사람은 마치 권총으로 결투를 해서 이긴 사람이 도시의 주도권이라도 얻는 것인 양 진지하게 카드놀이를 했는데 그렇다고 매번 우리를 이기는 것도 아니었다.

내 패는 곤봉, 칼1 그리고 칼7 이었다. 짐짓 아무런 내색

---

* 아르헨티나 식 카드놀이.

을 하지 않기 위해 나는 파비시니에게 말했다.

"그래서 그 여자의 사연이라는 게 도대체 뭐야?"

"시작하지." 투렉이 말했다. "패 다 돌렸어."

가르미사는 이에 대답이라도 하듯 자신의 카드를 펼쳤다.

파비시니는 일어나서 주변을 살폈다.

"셀리타 얘기를 듣고 싶어해." 파비시니는 두 터키 친구에게 말했다.

"케케묵은 수법이군." 가르미사가 말했다. "그 이야기를 듣고 싶으면 먼저 우리를 이겨야 할걸."

"카드놀이만 하기는 지루해." 내가 말했다. "하는 동안 그 얘기나 좀 들려줘."

"러시아 녀석이랑은 이래서 게임이 안 돼." 투렉이 말했다. "카드놀이가 지루하다고? 그럼 뭐가 재미있는데? A채널?"

"아니, 셀리타 이야기." 내가 말했다.

"좀 작게 얘기해. 28번 파라솔에 마리오가 있는 것 같아."

"마리오는 누군데?"

"울리 녀석 말이야." 투렉이 말했다. "그런 것까지 시시콜콜 다 얘기해줘야 하나?"

나는 점점 이야기를 듣고 싶어 견딜 수 없었고 칼자루는 그가 쥐고 있다는 사실을 깨달았다.

가르미사는 자기 패를 보더니 그대로 탁자 위에 내려놓았다. 그러고는 자리에서 일어나서 파라솔 사이를 맨발로 걷기 시작했다. 그는 발바닥으로 뜨거운 모래를 디디며 파라솔을 살펴본 후 다시 돌아와 탁자 위에 놓인 카드를 집어 들고 말했다.

"콜."

"콜 하기에는 한참 부족하지 않을까, 머저리 씨?" 내가 말했다.

"그러는 너는 '머저리'랑 비교해서 얼마나 점수가 나는데?" 투렉이 물었다.

"나도 콜." 내가 말했다.

가르미사는 피부가 하얗고 뚱뚱했으며 축 늘어진 배에다가 성격상 항상 도가 좀 지나치는 경향이 있었다. 그리고 목에는 굵직한 금 사슬 목걸이를 하고 다녔으며 왼쪽 손목에는 액운을 쫓는 팔찌를 차고 있었다. 곱슬곱슬한 머리는 끈 두 가닥으로 질끈 동여맸는데 머리 한복판은 머리카락이 다 빠져서 휑한 것이 마치 '바보 삼인방'의 레리 같았다. 투렉은 점점 살도 빼고 기르던 콧수염도 싹 밀어버렸고, 사슬 목걸이도 이제 더이상 걸고 다니지 않았다. 머리에도 젤만 약간 바른 상태였다. 젊은 시절의 건들거리던 모습이 아주 천천히 사라지고 있었다.

"계속 갈 거야? 아니면 포기할까?" 파비시니가 말했다.

나는 항상 카드게임을 할 때마다 어떻게 행동해야 할지 알 수가 없었다. 곧 죽어도 자신만만한 모습을 보여주어야 하나? 아니면 보잘것없는 패를 가진 척 기운 없이 행동해야 하나? 고심 끝에 나는 거짓말에 능수능란한 사람의 역할을 연기하기로 했다. 탁자 위에 카드의 4분의 3 정도가 모두 펼쳐졌을 때 나는 상대편이 모두 포기하도록 하려고 자신만만하게 '콜'과 '났어'를 외쳤다.

"쇼하는 거야." 투렉이 말했다. "러시아 사람이잖아. 위험한 거나 모험 같은 걸 좋아한다고."

"내 패가 더 좋아 보이는데." 가르미사가 말했다.

"가보자." 투렉이 말했다.

나는 가만히 침묵을 지켰다.

"콜." 가르미사가 말했다.

"좋아, 모두 말해봐." 파비시니가 말했다.

"31." 가르미사가 말했다.

나는 패배의 쓴맛을 겨우 면할 수 있게 만들어준 내 점수를 들여다보았다. 사실 지루한 게임에서는 항상 지는 편이었는데 말이다.

"뭐, 내 점수도 그리 나쁘진 않네." 내가 말했다.

"32점이면 최고지." 파비시니가 소리쳤다.

나도 기쁨에 겨워 펄쩍 뛰려고 하다가 그만 의자와 함께 뒤로 나동그라지고 말았다. 그때 파비시니가 나를 도우려고 달려와서는 나를 확 껴안는 것이 아닌가.

"나는 아직 이런 거 익숙지 않다고." 내가 말했다.

우리는 환호성을 지르며 손을 맞잡고 펄쩍펄쩍 뛰었다. 터키 친구들은 명예롭게 그들의 패배를 받아들였지만 드러나는 실망감은 어쩔 수가 없었다. 어중이떠중이 팀에게 져 버렸으니 그럴 만도 했다.

"자, 이제 그 이야기 좀 해줘, 그 많은 사연의 주인공 이야기." 나는 신이 나서 말했다.

가르미사는 체념한 듯 바에서 우리 넷이 마실 맥주를 주문했다.

"덧붙이자면 나는 짧은 이야기가 좋아."

II

 가르미사가 이야기를 시작했다. "레오폴도와 아다는 초등학교 시절부터 좋아했던 사이였어. 그러다가 한 2년 동안은 아다의 아버지가 차코에서 일하게 되는 바람에 서로 만나지 못했어. 내 기억으로는 아버지가 병원 원장이었던 것 같아. 하지만 아다는 다시 부에노스아이레스로 돌아왔고 그때부터 대학에 갈 때까지 두 사람은 내내 사귀는 사이였지."

 "대학 가서도 1년은 만났어." 투렉이 덧붙였다.

 "전공이 같았어?" 내가 물었다.

 "아니야, 아다는 건축 전공이었고 레오폴도는 사회학이었지."

 "그 당시에 사회학부가 있었다고?" 나이를 계산해보고 나서 내가 물었다.

 "그때 막 신설됐을걸." 투렉이 말했다.

 하지만 나는 그가 별 생각 없이 말하고 있다고 확신했다. 파비시니만 빼고 거기 있는 사람들 중 대학을 나온 사람은 아무도 없었다.

 "지금 아다와 레오폴도가 어쩌고저쩌고 하는데 셀리타

는 그럼 언제 등장하는 거야?" 내가 물었다.

"네가 카드놀이에서 이겼고 나는 약속대로 맥주를 사고 네게 이야기를 해주고 있는 중이야. 그러니까 최소한 중간에 끼어드는 짓은 안 했으면 좋겠어." 가르미샤는 주문한 맥주가 도착하는 것을 보면서 말했다. 나는 조용히 듣기만 하기로 했다.

"두 사람은 투렉이 말한 것처럼 대학 1학년 때까지 사귀었고, 그러고 나서 레오폴도는 무슨 일 때문인지는 모르지만 이스라엘로 가버렸어."

"공부를 하러 갔다고들 하는데, 무슨 비공식 교육*에 관한 거라고 하는 것 같았어." 파비시니가 말했다.

"넌 어떻게 그렇게 잘 알고 있는 거야?" 내가 물었다.

"사람들한테서 들었지, 한 50번은 들었다니까. 이 해수욕장은 아다랑 레오폴도, 셀리타 그리고 마리오 이야기의 보고라고 할 수 있거든."

"비공식 교육을 들으러 간 게 맞아." 투렉이 말했다.

"설마 그럴 리가." '설마' 라는 말에는 항상 불길한 예감이 든다.

---

* 유대인 지도자 양성 과정.

"내 생각도 그래." 투렉이 말했다. "하지만 그게 사실인 걸. 비공식 교육 이수."

"신이 그를 가만둘 리가 없지." 내가 말했다.

"당연하지. 결국 대가를 치렀어." 가르미사가 말했다. "레오폴도가 돌아왔을 때 아다는 마리오와 막 결혼하려던 참이었거든."

"대체 무슨 일이 있었던 거야?" 내가 물었다.

"다 비공식 교육의 결과라니까." 투렉이 농담처럼 되풀이했다.

"원래는 아다가 레오폴도에게 돌아오라고 했었나봐. 돌아와달라고 빌기까지 한 모양이야. 하지만 그는 이스라엘에서 받은 장학금 때문에 돌아갈 수 없다고 했어. 공부가 끝나기 전에 돌아가게 되면 비행기 표며 학비며 모든 걸 물어줘야 했나보더라고. 한 천 달러 정도."

"그런데 아다는 왜 그렇게 레오폴도가 와주기를 바란 거야?"

"비공식 교육을 받으러 갔으니 당연한 거지." 투렉이 말했다.

"이 부분에서는 논란이 많아." 가르미사는 잘 쓰지도 않는 단어까지 사용해가며 내게 상세한 이야기를 들려주려고 했다. "어떤 사람들은 아다가 레오폴도에게 그렇게 돌아와 달라고 한 이유가 바로 그녀의 아버지 돈 하이메 때문이라고 해. 돈 하이메는 그 당시 임종하기 일보 직전이었고, 딸은 생전에 자신이 결혼하는 모습을 보여드리고 싶었던 거라는 거지. 또 모두가 다 해리성 장애 때문이라고 하는 사람들도 있어."

"뭣 때문이라고?" 내가 큰소리로 물었다.

"해리성 장애." 가르미사가 반복했다. "머리에 문제가 생겨서 사람을 피곤하게 만드는 병이야. 간헐적으로 발작증세가 나타나."

"그건 그 병이 아닌 것 같은데." 내가 말했다. 사실 그 단어를 수백 번도 더 들어봤지만 정확히 무슨 뜻인지 아는 사람은 나를 포함해서 아무도 없었다.

"일종의 과민성 스트레스지." 파비시니가 말했다.

"나는 차라리 '비공식 교육' 쪽이 이해하기 쉬워 보이는군." 내가 말했다. "아다에게 무슨 문제가 있었나보지?"

"아다가 히브리 컨트리클럽에 갔던 날이었어. 당시 그 클럽은 클럽이라기보다는 수련회장 같은 곳이었지. 아다가 아마 열아홉 살 즈음이었을 거야."

"섹시한 여자였어?"

투렉은 잠시 생각하더니 말했다.

"여자로선 매력적이었지."

가르미사는 손짓을 해가며 설명했다.

"특별하게 예쁜 건 아니었지만 그렇다고 못생기지도 않았어. 하지만 여자로서는 최고였어. 발정 난 암말 같아서 누군가 꼭 붙들고 있어야만 할 것 같은 여자였지."

"마치 적을 상대하는 것 같았겠군." 내가 말했다.

"바로 그랬어. 적과 몸싸움을 하듯 온갖 체위를 시도해보고 싶은 신기한 매력이 물씬 풍기는 여자였지. 몸집은 보통이었는데도 마치 거인 여자의 사이즈를 보는 기분이었어."

"어떤 여잔지 상상이 가는군."

가르미사는 털투성이 가슴에 손을 모아 불룩한 여자 가슴 모양을 흉내 냈다.

"그리고 엉덩이로 말할 것 같으면……" 투렉이 말했다. "내가 스무 살이고 그 여자가 마흔이었을 때 내 눈에는 그 여자밖에는 보이지 않았지. 맹세할 수 있어. 내 또래 여자들은 눈에 들어오지도 않았어. 남자들에겐 그만한 여자가 없었지."

"그런데 지금 몇 살쯤 됐을까?"

"음…… 지금 마흔둘이나 마흔셋쯤……"

"그럼, 그 여자가 마흔이었을 때 네가 스무 살이라는 건 말도 안 되는 소리잖아."

"어떻게 알았지?" 투렉이 말했다.

"그런 건 알 필요도 없어. 계산만 하면 되는 거라고."

"원래 이런 얘기를 할 때는 일일이 따지면서 듣는 게 아니라네." 지혜로운 투렉의 말에 나는 그만 할 말을 잃고 말았다. 갑작스럽게 침묵이 흐르는 와중에 나는 상관도 없는 질문으로 이야기를 끊는 것보다는 그저 조용히 듣기만 하는 것이 좋겠다고 생각했다.

"그때 아다는 히브리 컨트리클럽에서 다른 여자아이들과 점심을 먹기로 했는데 오질 않았던 거야. 친구들은 한 시간을 기다리고 나서 그녀 없이 점심을 먹었는데 아다는 결국 나타나지 않았지. 점점 걱정이 되기 시작한 친구들은 탈의실과 수영장으로 아다를 찾으러 다녔어. 하지만 어디에도 아다를 보았다는 사람은 없었지. 아까 말했다시피 그 컨트리클럽은 수련회장 같은 곳으로 숨을 만한 장소도 없었고, 길을 잃을 만큼 규모가 크지도 않았어. 일곱시쯤 되었을 때는 이미 집에도 전화가 간 상태였어. 말도 없이 집으로 돌아갔을 수도 있었으니까(더 일찍 전화하지 않은 건 아다의 아버지 때문이었는데, 당시 두 차례에 걸친 심장마

비 때문에 나쁜 소식을 전하기가 쉽지 않았던 거야). 그런데 갑자기 아다가 나타났어. 막 샤워를 하고 옷을 갈아입은 상태로 말이야. 그러고는 매우 이상한 이야기를 했어. 오후 한시에서 여섯시 사이의 기억이 없다는 거야. 잠을 잤는지, 기절이라도 했던 건지, 하나도 기억을 못 하겠다고. 기억나는 거라곤 여섯시에 갑자기 막 잠에서 깬 것 같은 기분이 들어 샤워를 하러 갔다는 게 전부였대."

"에헴." 나는 헛기침을 했다. 친구들이 나를 쳐다보았다.

"이제야 분명해졌군." 내가 말했다.

"뭐가?" 가르미사가 말했다.

"최고의 여자께서 남자 맛을 알아버린 거야." 나는 통속소설이라도 쓰는 양 말했다. 나는 그때 그렇게 천박하게 말했던 것에 대해서 아직도 후회하고 있는 중이다. "남자친구가 밖에 있었던 거야. 클럽에 있던 누군가였을 수도 있지. 친구의 아버지였을지도 몰라. 그게 누구든 아다에게 첫 경험을 선사했던 거야. 그러니 기억을 잃었다고 하는 건 당연하지. 두 가지 시나리오가 가능해. 하나는 부적절한 관계로 임신을 하고 낙태를 해야 하는 상황이 닥쳤던 거야. 여자는 남자친구를 불러서 그 문제를 해결한 거지. 또 하나의 시나리오는 그 한 번의 경험으로 그녀는 눈을 뜬 거야. 너무 좋았던 나머지 그 남자와 최대한 빨리 결혼이라도 해서 그를 영원히 곁에 두고 싶어했을 거야. 여섯 시간 만에 나타났는데 옷을 갈아입고 샤워까지 한 상태라면 그런 것 외에 다른 설명은 불가능해."

"다른 설명도 가능해." 가르미사가 말했다.

"어떤 설명?" 내가 물었다.

"네 말은 다 헛소리야."

"왜?" 나는 당연히 내가 옳다고 생각했기 때문에 일부러 아닌 척하며 대답할 필요도 없었다. 무엇보다도 나는 카드 게임에서 그를 이기지 않았던가!

"왜냐고 묻기 전에 이야기를 끝까지 듣는 게 좋을 거야."

"좋아." 나는 여전히 전투적인 태도를 버리지 않은 채 말했다. "하지만 그 여자의 외모에 대한 묘사를 들은 나로서는 당연히 그런 추측밖엔 할 수 없다고."

"당연히?" 루이스 가르미사는 나를 책망하듯이 되물었다. "우리는 아다를 수없이 봐왔어. 그리고 넌 그녀를 한 번 본 적도 없는 사람이야. 그런데 감히 그녀에게 무슨 일이 있었는지 다 아는 것처럼 거들먹거려?"

"난 작가니까." 내가 말했다.

순간 내 자신이 용서 받지 못할 실수를 저질렀다는 사실을 깨달았다. 두 터키인은 말문을 닫았다. 파비시니는 내 어리석음을 꾸짖는 눈길로 나를 쳐다보았다. 나는 게임에서도 이겼겠다, 본색이 그래도 작가이니 이제는 말로도 한번 이겨보자, 하다가 본전도 못 찾은 꼴이 되고 말았다. 더욱이 상대방은 내가 정말 듣고 싶은 이야기를 알고 있는 사람이 아닌가! 어쩌다 한 번 카드게임에서 이기더니 그 사실에 심취해 우쭐거리다 모든 걸 망친 것이다.

"좋아." 내가 말했다. "알았어, 얘기 계속해줘."

"무엇 때문에 너한테 얘기를 계속해야 하는데?" 투렉이 말했다.

"이봐, 친구, 그러지 말고 얘기 좀 해주지그래."

"뭐, 이것도 행운이라고 생각해." 파비시니가 말했다. "자네가 미라마르에서 그 이야기를 모르는 단 한 사람이 되는 영예를 안게 되었으니 말이야."

"좋아. 내가 어떻게 하면 좋겠어? 하라는 대로 다 할게." 나는 결국 협상에 나섰다.

하지만 이야기와 내 목숨을 바꿀 기회는 셀리타가 나타나면서 흐지부지되고 말았다. 이 절체절명의 순간이 오기까지 자신이 어떤 역할을 했는지도 모른 채, 그녀는 한 손에는 마테를 들고, 다른 한 손으로는 친구와 팔짱을 끼고 걸어오고 있었다. 그녀의 등장과 동시에 아내와 두 아이들의 모습도 시야에 들어왔다.

"어딜 갔었어?" 아내는 화가 난 목소리로 말했다.

"계속 여기 있었어." 나는 방어적인 자세로 대답했다.

"좋아, 당신이 여기 있으니까 당신 자식들도 당연히 여기 있어야겠지? 애들 잘 보고 있어. 난 산책이나 좀 다녀올 테니."

"어디로 가는데?"

"당신이 한 시간 반 동안이나 사라졌던 곳!" 아내는 소리를 질렀다.

"계속 여기에만 있었다니까!" 나도 아내에게 소리를 질렀다.

아내의 대답은 잘 들리지도 않았다. 나는 그녀가 멀리 사라지는 모습을 바라보았다. 아내는 여전히 나를 사랑했다. 아이들은 콜라와 먹을 걸 사달라고 칭얼거리기 시작했다. 정확히 말하자면 그건 큰 아이가 한 말이었고 아직 말을 할 줄 모르는 막내딸은—내가 짐작하기로는—어디엔가 숨겨진 보물이라도 찾아달라는 것 같았다.

III

 그날 밤 나는 내가 지은 죄의 대가로 온갖 참회의 노력을 기울여야 했다. 아내와 친구들의 사랑을 다시 한번 되찾아야만 했던 것이다. 작가로서 가지는 자신만의 시간 운운 하는 것은 씨도 먹히지 않았고, 그저 나는 한 시간 반 동안이나 남편과 아버지의 자리를 내팽개친 범죄자 신세일 뿐이었다. 엎친 데 덮친 격으로 내게 재미있는 이야기를 해주던 터키 친구들에게 작가 티를 내며 잘난 척 한 번 했다가 친구들의 화만 돋우고는 이야기도 다 듣지 못한 채 헤어지고 말았다. 나는 내 죄를 '키푸르'*해야 했다. 나는 단 한 번도 욤 키푸르 날에 회개를 하거나 금식을 해본 적이 없었지만, 그날 저지른 죄의 무게는 남은 생을 회개만 하고 살아도 부족할 판이었다.

 나는 아내에게 아이들은 내가 볼 테니 미라마르 친구들과 영화도 보고 차도 한잔 마시면서 놀다오라고 등을 떠밀었다. 그리고 그날 저녁 때 친구들을 다시 만난 자리에서는 무조건 잘못했다고 빌었다. 우리는 저녁 여덟시쯤, 저녁거

---

* '회개, 속죄'를 뜻하는 히브리어.

리를 사려고 콘도 근처에 음식을 만들어 파는 가게에서 다시 만나게 되었다.

"다 네 잘못이야." 가르미사가 말했다. "너 때문에 나까지 브렌다와 루카스를 떠맡게 됐어."

나는 속으로 생각했다. '그건 아이들에게 그런 이름이나 지어준 네 탓이라고.'

"뭐라고?" 오라시오 투렉이 깜짝 놀라며 물었다. "네가 바로 여자들더러 놀다오라고 한 장본인이야?"

나는 고개를 푹 숙인 채 아무 말도 하지 못했다.

"너 정말 개자식이구나! 너는 러시아 놈이 아니라 개자식이야. 어떻게 여자들끼리 나가서 놀다오라고 할 수가 있어? 그런 건 어디서 배워먹은 방식이야? 미라마르에서는 그야말로 꿈도 못 꿀 일인데. 너는 그러니까 개자식이야, 러시아 놈은 바로 이 녀석이고." 그는 레안드로 파비시니를 가리키며 말했다.

"난 상관없어." 레안드로가 말했다. "엎어치나 메치나 아이들을 돌볼 사람은 나밖에 없으니까. 그런데 우리 어디서 볼까?"

"이보게들." 나는 두 터키 녀석들을 불렀다. "나는 지금 내가 지은 죄의 대가를 톡톡히 치르고 있는 중이야. 아내는 웃어주지도 않지, 친구들은 하던 이야기도 마저 해주기 싫어하지. 나는 지금 그 이야기의 결말이 궁금해서 죽을 지경이라고. 마치 욥 같아. 하지만 상황은 욥보다 내가 더 심해. 내가 스스로 벌을 주기로 한 거니까. 그래서 나 혼자 아이들을 보기로 한 거야. 그것도 저녁 내내 돌보기로 약속까지 했지. 내 발로 지옥불로 뛰어든 셈이라고. 그러니 그만큼 하고 우리 콘도로 와서 내 고통을 좀 달래주는 건 어때? 욥의 친구들이 욥을 찾아와주었던 것처럼 말이야."

친구들이 잠시 생각하는 동안 나는 카운터에 있는 주방장 모자를 쓴 남자에게 말했다.

"닭고기 요리 이인분하고 베이컨이랑 브로콜리요."

친구들은 밤 열시에 우리 콘도로 오기로 했다. 계산해보니 아이들이 다 합쳐서 여덟 명이나 되었다. 우리 네 명이 각각 두 명의 아이를 낳은 것이다. 그래도 다행인 건 그 시간이면 아이들이 곧 잠자리에 들 여지가 많다는 사실이었다. 네 명은 안방에서 재우고 나머지는 두 명씩 작은 방 침대 두 개에 나누어 재우면 될 것 같았다. 반대로 최악의 시나리오는 아내들이 돌아오는 밤 열두시나 새벽 한시까지 아이들이 잠도 자지 않고 소리를 지르며 이리저리 뛰어다녀서 그 북새통 속에서 내 이름까지 잊어버리게 되는 불상

사가 발생하는 것이었다. 하지만 파비시니의 딸들이 좀 큰 편이니까 아이들이 잠든 뒤에는 그 딸들 중 하나에게 아이들을 맡기고 우리끼리 1층 카페에 가서 커피를 마시며 대화를 나눌 수 있을 것이라는 일말의 희망은 계속 품고 있었다.

마침내 지옥은 한순간에 천국으로 변했다. 친구들과 아이들은 정시에 도착했고 마침 텔레비전에서는 어린이를 위한 지루한 영화가 방영되고 있었다. 아이들은 찍소리 하나 없이 곧장 안방 침대로 기어 올라가 텔레비전에 빠져들었고, 우리가 눈치챌 틈도 없이 파비시니의 큰 딸만 빼놓고는 모두 잠이 들어버렸다. 나는 그야말로 최선을 다해 조용히 아이들을 안고 각자의 방에 데려다놓았다. 우리 책임감 투철한 남자들은 '이 정도면 내려가서 커피 정도는 마셔도 괜찮겠지'라고 생각하게 되었고, 드디어 카페에 가서 이야기를 마저 끝내기로 했다.

아이들은 잠들었지, 아내는 놀러 나갔지, 친구들은 이제 막 아까 하던 이야기를 마저 다 해주겠다고 하지, 내 인생에 항상 나쁜 일만 일어나는 건 아닌 것이다. 우리는 커피를 주문했고, 누가 시키지도 않았는데 루이스 가르미사가 먼저 이야기를 시작했다.

"조금 전에 얘기한 그 다음부터 시작하도록 하지. 아다는 결혼할 때 처녀였어."

"나한테 묘사했던 그 여자의 외모로 봐서는 처녀로 결혼했다는 건 말도 안 돼." 내가 말했다.

"처녀로 결혼한 게 맞아." 투렉이 거들었다. "그때만 해도 지금이랑은 달랐어. 결혼이 어느 정도는 신성하게 여겨졌던 시대였다고."

나는 입을 다물고 이야기를 계속 듣기로 했다.

"아다는 마리오랑 결혼했어." 가르미사가 말했다. "너한테 얘기했다시피 아다가 레오폴도랑 헤어진 이유에 대해서는 여러 가지 설이 있어. 아다가 해리성 장애를 앓고 있다고 말했는데도 레오폴도가 돌아올 생각을 하지 않아서였다는 둥, 아다의 아버지가 돌아가시기 직전이라고 했는데도 그가 돌아오지 않아서였다는 둥 말이 많았지."

"그래서 그 여자 아버지는 언제 돌아가셨는데?" 내가 물었다.

"작년에 돌아가셨어. 부인보다도 1년이나 더 살다 가셨지." 가르미사가 기다렸다는 듯이 대답했다.

"결국……" 투렉이 말했다. "결국 문제는 레오폴도가 아르헨티나에 제때 돌아오지 않았다는 거였어. 그리고 그야말로 자기 것을 빼앗긴 기분이었겠지."

"슬픈 이야기네." 내가 말했다.

"진짜 슬픈 부분은 아직 시작도 안 했다네." 파비시니가 말했다.

"아다와 마리오는 레오폴도가 돌아온 지 두 달 만에 결혼했어. 아다는 처음에는 편지로 이별을 선고하더니 나중에는 전화로도 확실하게 끝냈다더군. 레오폴도가 아다에게 전화를 했었거든."

"요즘에는 다들 이메일로 해." 나는 아무 생각 없이 또 끼어들었다.

친구들은 갑자기 말없이 나를 싸늘하게 바라보았다.

"아다와 마리오는 어떻게 알게 된 사이야?" 나는 주눅이 든 목소리로 물었다.

"마리오는 레오폴도의 가장 친한 친구 중 한 명이었어." 투렉이 말했다. "레오폴도는 마리오에게 보내는 소포에 아다 것도 같이 보냈고 가끔은 아다에게 보내는 소포에 마리오 것을 같이 보냈어. 결국 우정은 두 사람이 사귀면서 끝장났지."

가르미사는 남은 커피를 훌훌 마시더니 그날 처음으로 이야기 도중에 흥분하는 모습을 보였다. 내가 조바심을 낼

만한 이야기라도 하려는 모양이었다.

"마리오와 아다의 결혼생활은 행복했지만 아이는 생기지 않았어. 그리고 레오폴도는 그 두 사람이 결혼한 지 3년 만에 셀리타와 결혼했지. 한번 깨진 아다와의 관계는 다시 돌이킬 수 없었어. 레오폴도와 셀리타는 귀여운 아이들을 둘이나 낳았지. 딸 하나, 아들 하나 이렇게. 그애들은 얼마 전까지도 여기서 여름을 지내곤 했어. 너한테 방금 말했지? 레오폴도가 다시는 아다와의 관계를 회복할 수 없었다고. 하지만 그렇다고 해도 거의 십수 년 가까이 연락도 안 하고 산 건 조금 심하지 싶어. 그는 인생에서 가장 중요했던 관계가 그렇게 끝나버렸다는 사실을 죄다 잊어버린 사람처럼 십수 년을 평범하게 살았어. 아다와 결혼했더라면 그는 아이들을 낳을 수 없었을지도 모르지. 어떤 의미에선 아이가 별거 아니라고 생각할지 모르지만 말이야. 남자들은 결혼하기 전에는 다 그렇게 생각하거든. 이 경우는 특별한 경우이긴 하지. 두 사람 다 다른 사람과 결혼하기 전까지 서로에게 유일한 사람이었으니까. 그리고 또 한 가지는 네가 믿거나 말거나 두 사람은 사귀면서 단 한 번도 그걸 한 적이 없다는 거야."

"단 한 번도?"

"내가 얘기했잖아. 결혼할 때 처녀였다고." 투렉이 말했다. "레오폴도가 자기 부동산에서 셀리타를 만나 결혼한 지 10년 정도 지난 뒤에……"

"사회학자 아니었어?"

"아니." 투렉이 말했다. "공인중개사무소를 운영했어. 셀리타는 비서였고. 두 사람은 여기 미라마르의 부동산까지 취급하게 됐지. 방금 말했다시피, 레오폴도가 결혼한 지 10년쯤 지났을 때 두 커플은 미라마르에서 재회하게 돼. 우연히도 앞뒤로 나란히 있는 파라솔을 사용했던 거야. 오늘 우리가 있었던 바로 그 해변에서였지."

"그 당시에도 이 해변 이름이 '엘 카리오코'였어?" 파비시니가 물었다. "그때나 지금이나 카리오코지." 가르미사가 대답했다.

"레오폴도와 마리오는 다시 친구가 됐어. 그리고 셀리타와 아다도 친하게 지냈지. 마치 〈캄파넬리 가족〉*이 다시 돌아온 듯했어. 과거는 잊혔고, 매일매일은 아니었지만 모두들 즐거운 시간을 보냈어. 레오폴도와 셀리타의 아이들이 태어나고 나서는 유모를 고용해 아이들을 돌보도록 하

---

* 아르헨티나의 유명한 TV드라마.

고 넷이서 함께 외출하곤 했지. 마리오는 아이들에게 깊은 애정을 가지고 있었어. 아다도 마찬가지였고. 하지만 사람들이 말하길 아다는 단 한 번도 자기한테 문제가 있다고 하지 않았대. 그러니까 마리오가 불임이었다는 거지. 마리오에게 있어서 레오폴도의 아이들은 자신이 못 가진 유일한 것이었어. 자식 말이야."

"아다는 레오폴도와 결혼하지 않은 걸 후회하지 않았을까?" 내가 물었다.

"그런 건 아니야." 가르미사가 대답했다. "사람들이 그러는데 꼭 레오폴도의 아이들이라 그런 게 아니라 아이가 있는 친구들한테는 다 비슷한 감정을 느꼈다는군. 아이가 없다는 사실에 아다는 쓸쓸해하긴 했지만 그 외에는 아무 문제도 없었어. 아다와 마리오는 사이가 아주 좋았고 결혼생활도 만족스러웠지. 아다가 레오폴도를 그리워한다거나 그와 헤어진 걸 후회할 거라고 생각하는 사람은 아무도 없었어. 각자 자기 몫의 인생을 살아간 것뿐이야. 미라마르에서 이들이 만난 건 너무나 당연한 일이었어. 오히려 못 만나는 게 더 이상한 일이지. 이런 일은 매일같이 일어난다니까. 지금 당장 해변에 가서 다른 사람과 결혼한 예전 애인을 몇 명이나 만날 수 있는지 알아볼까? 바로 저 앞에 있는 파라솔에는 열다섯 살 때 자기 여자친구의 벗은 몸을 봤던 남자가 있을 수도 있고, 열일곱이던 자기 남자친구의 얼굴을 신의 얼굴이라도 되는 듯 바라보던 여자도 있을 거야. 그 순간만큼은 자신들이 헤어질 거라는 생각은 눈곱만큼도 할 수 없을 테지. 하지만 그런 날은 어김없이 찾아오게 돼 있어."

"항상 똑같지." 내가 대꾸했다.

"우리가 이 이야기를 어떻게 알게 됐을까?" 가르미사가 철학자라도 된 듯 읊조렸다(투렉은 가르미사에게 계속해서 그 이야기를 할 수 있는 특권이라도 부여한 듯했다). "어디서 흘러나온 건지는 아무도 모르겠지? 이 이야기는 대를 이어 입으로 전해져 내려왔으니까. 하지만 나는 왜 그런지 모르겠지만 마리오가 이 모든 이야기의 출발점일 것 같다는 생각이 들어. 그런 게 아니라면 어떻게 이런 사적인 이야기가 공공연하게 떠돌겠어? 어쨌든 당시 레오폴도는 마흔을 넘기면서 주위 사람들을 통해 아다가 자신이 정복하지 못한 처녀림이라는 사실을 조금씩 인식하기 시작했어. 아다를 갖지 못했다는 것에 아쉬움을 느끼기 시작한 거야. 나는 레오폴도의 심정이 이해가 가. 비록 이미 중년에 접어든 여자였더라도 상대가 아다였더라면 나라도 같은 생각을 했을 거야. 아다는 레오폴도에게 있어 정복할 게 남아 있는 처녀림이었어. 레오폴도는 아다와 몇 년간이나 사귀면서도 머리카락 하나 건드리지 않았지…… 세상에 그런 바보짓이 있을까?"

우리 남자들은 체념할 수밖에 없었던 레오폴도의 그 마음을 십분 이해했다. 그때 우리의 심정을 한 마디로 표현할 길은 없다. 해소될 수 없는 그 열망의 끝에서 우리는 착잡함을 금할 수가 없었다.

"마리오도 그런 사실을 알았고, 여기 미라마르 사람들도 다 알고 있었어. 그리고 내 생각에는 아다와 셀리타도 아마 알고 있었던 것 같아. 마리오가 지나가는 말로 두서없이 한 번쯤은 이야기했겠지. 그러다가 아다가 마흔한 살이 되자 미라마르 사람들 대부분은 레오폴도가 아다와 한 번쯤은 잘 권리가 있다고 생각하게 된 거야. 아니면 최소한 그 여자에게 그런 요구 정도는 할 수 있을 거라고 믿었지. 그 여자와 잠자리를 함으로써 레오폴드의 과거가 보상되고 그의 삶이 완벽해질 거라는 생각에서 말이야."

가르미사는 손가락으로 원을 그리다 말았다.

"나는 가끔 그 사람들이 한 번은 자야 했을 사람들이라고 생각해." 투렉이 말했다. "딱 한 번인데 안 될 건 없잖아?

한 번 자고 완전히 그 여자를 뇌리에서 지우는 거야."

"그게 그렇게 말처럼 쉬운 일이 아니야." 내가 말했다. "남녀가 잠자리를 같이한다는 건 그저 함께 앉아서 커피를 마시는 차원의 일이 아니라고."

"게다가 자식 문제도 있고." 파비시니가 끼어들었다. "아이가 없으면 괜찮아. 하지만 중간에 아이가 있으면? 그냥 여자가 아니라 한 아이의 엄마와 자는 셈이잖아. 그저 단순히 '못 다한 정을 나누는' 일이 아니란 말이야."

"하지만 지금은 여자 쪽에 아이가 없는 상황이잖아." 투렉은 자신의 생각을 밀고 나가고 싶어했다.

"레오폴도에게는 있었잖아." 파비시니가 당연한 걸 묻는다는 듯 말했다.

"어쨌거나," 가르미사가 말했다. "이미 지나간 일이야. 아다가 마흔세 살이 되던 해에 해변에서 실종됐어. 나머지 세 사람과 함께 세시에 만나서 같이 샌드위치를 먹으며 트루코를 하기로 했는데 아다가 나타나지 않은 거지."

"부라코*가 아니고?" 내가 물었다.

"아니." 가르미사가 대답했.

---

* 카드게임의 일종.

사라진 남녀 357

"나는 왜 그 사람들이 '부라코를 하려고 했다'고 하는 편이 더 설득력 있게 들리지?"

"그 사람들은 샌드위치를 먹으면서 트루코를 하려고 아다를 기다린 거라니까." 투렉이 나를 책망하는 투로 말했다. "그리고 아다는 나타나지 않았어."

"히브리 클럽 사건의 재현이로군."

두 터키 친구들은 고개를 끄덕였고 그중 가르미사는 다시 손가락으로 원을 그리는 시늉을 했다. 이번에는 원을 끝까지 그려나갔다.

"나머지 사람들은 아다를 찾으려고 온 해변을 이 잡듯 뒤졌어." 가르미사는 마치 꼬마에게 설명이라도 하듯이 또박또박 말했다.

"아다를 찾아 나선 건 오후 다섯시가 다 되었을 때였는데 그 시간까지는 늦을 수도 있다고 생각했나봐. 네시 반부터 사람들은 조금씩 불길한 생각이 들기 시작했지. 마침 아이들은 벌써 음식을 다 먹고 낮잠을 자고 있었기 때문에 셀리타는 아이들 곁에 남아 있어야 했어. 그래서 레오폴도와 마리오가 아다를 찾아 나섰지. 두 사람은 열 군데가 넘는 해수욕장을 찾아다녔지만 결국 빈손으로 돌아왔어. 하지만 아직 본격적인 수색작업이 시작된 건 아니었어. 두 사람은 다른 친구들에게 아다의 행방을 물었지만 다들 모른다는 대답뿐이었나봐. 정각 다섯시가 되자 셀리타는 잠에서 깬 아이들을 야쿠보비츠 가족에게 맡기고 나머지 두 사람과 함께 아다를 찾아 나섰어. 경찰에 신고한 시각은 일곱시였고."

 "한 가지만 물어볼게." 내가 중간에 끼어들었다. "아다가 히브리 클럽에서 사라졌을 때 말이야, 그 이후에 어떻게 된 건지 아무도 아는 사람 없어? 병원에 가서 검사를 받는다거나 하지도 않았대? 단기 기억상실증 같은 거였나? 아다가 무슨 일을 당했던 건지 걱정하는 사람도 없었던 거야?"

 "응. 히브리 클럽 일은 까마득한 옛날 일이었다고. 그때 아다를 찾아 헤맸던 친구 중 한 명이 아다와 이야기를 나눈 적이 있었는데 그 친구가 말하기를, 아다가 그 일을 비밀로 해달라고 하더라는 거야. 병중이신 아버지한테 걱정을 끼쳐드리고 싶지 않다면서 말이야. 또 다행스럽게도 그 이후로는 같은 일이 일어난 적이 한 번도 없었어. 열아홉 살에서 마흔두 살이 될 때까지는 그와 조금이라도 비슷한 일은 한 번도 겪질 않았지. 사람들은 그 일이나 다른 나쁜 일들도 결국은 다 잊어버리고 있었어. 일곱시에 경찰에 신고하고 나서 모두 아다를 찾기 위해 미라마르 전체를 수색하고 나섰어. 아다의 행방에 대해서는 천국과 지옥을 오가는 추측이 난무했지. 말도 없이 마르 델 플라타로 갔다는 말도 있었고, 물에 빠져 익사했을 거라는 말도 있었어. 또 어떻게 된 일인지 아버지가 돌아가신 줄 알고 부에노스아이레스로 갔다는 말도 있었고, 강간에 살해까지 당했을 거라는 말도 나왔지. 숨겨놓은 애인이 있었는데 임신을 하는 바람에 자살했다는 설까지 나돌았어. 일곱시 십오분에 마리오와 레오폴도, 셀리타 세 사람은 서로 떨어져서 다른 사람들과 함께 아다를 찾아 나섰어. 그러면서 아홉시에 레오폴도와 셀리타의 집에서 다시 만나기로 한 거야. 마리오는 아다를 찾지 못한 채 아홉시에 정확히 약속장소에 도착했는데 레오폴도는 아홉시에도, 그 이후에도 오질 않았지. 그리고 그 이후로 그 두 사람을 본 사람은 아무도 없어."

"대단한 이야기군." 내가 말했다.

여자들이 돌아왔다. 우리는 키스를 하고 아이들은 위에서 자고 있다고 알려주었다.

"많이 힘들었지?"

"응." 우리 넷은 그렇게 대답했다. 대재앙이 휩쓸고 지나간 것 같아. 오디세우스의 모험보다도 더 힘들었지. 마치 야생 소떼를 방목하거나 이스라엘 백성들을 이집트에서 가

나안까지 인도하는 모세라도 된 기분이었어. 심하게 말하면 정신병이 있는 죄수들을 감시하는 것 같았다니까. 당신은 어땠어? 좋은 시간 보냈어? 영화는 재미있었어? 애들이 엄마를 얼마나 찾았는지 안쓰럽더라니까. 여기서 뭐 하고 있었냐고? 아이들은 조금 전에 겨우 잠들어서 우리는 정신이나 차리려고 커피 마시면서 숨 돌리고 있던 거지. 여자들은 마치 한 1년 만에 아이들을 만나기라도 하는 것처럼 급히 위로 올라갔다.

"제일 많이 회자되는 이야기는 이거야." 가르미사가 말했다. "아다와 레오폴도는 그야말로 순수한 의도로 두 사람 사이에 남아 있는 일을 청산하는 게 좋겠다고 생각했던 거야. 하지만 운 나쁘게도 그 결과로 아다가 임신을 하게 된 거지. 그 둘한테는 떠나는 게 최선이었을 거야. 이것 말고는 그 일을 설명할 다른 이유는 없다고 생각해."

"왜 아이를 지울 생각은 안 했던 걸까?" 파비시니는 마치 몇 년 동안 그 문제를 생각해오다가 결국 답을 찾지 못하고 우리에게 물어보기로 결정한 사람처럼 물었다.

"여자 나이 마흔둘에 한 번도 임신할 기회가 없었는데 아이가 생긴 거란 말야. 어떻게 낙태를 할 수 있겠어?" 지혜로운 투렉이 말했다. "지금쯤이면 아이가 바르 미츠바*를 할 나이가 되었을 거야."

"나는 더이상 이야기를 성적인 내용으로 끌고 가지 않기로 했어." 내가 말했다. "왜 다들 아다가 진짜 길을 잃은 거라는 생각들은 안 하는 거야? 열아홉 살 때 아다에게 일어났던 현상이 재현된 거라고. 레오폴도도 역시 그렇게 믿고 아다가 영원히 돌아오지 않을 거라고 생각한 나머지 바다에 몸을 던지고 만 거야."

"그건 정말 말도 안 되는 이야기야." 가르미사가 말했다. "오늘 하루 동안 네 입에서 나온 말 중 가장 멍청한 소리라고. 너 같은 녀석에게 트루코를 지다니 수치스럽기 그지없다."

파비시니가 눈치도 없이 끼어들었다. "게다가 네 말대로라면 시체가 있어야 하는데 바다에서 시체 같은 건 발견된 적이 없다는 거지."

"내가 한 가지 확신하는 점은……" 투렉이 뒤로 등을 기대며 말했다. "가르미사의 가설로 미루어보면 두 사람은 의도적으로 도망친 게 아니라는 거야. 계획적인 것도 아니었고 사랑해서는 더더욱 아니었어. 마치 목구멍에 걸린 가시

---

* 유대교의 성인식. 보통 13세 때 치른다.

라도 빼내듯이, 두 부부 사이의 우정의 걸림돌을 제거하기 위해 한 번 잤을 뿐이었던 거야…… 임신이 되었을 수도, 아닐 수도 있겠지. 그 부분부터는 나도 잘은 몰라. 하지만 결코 사전에 자신들의 결혼생활에 종지부를 찍겠다는 등의 결정을 한 건 아니라는 거야. 어쨌든 진실을 아는 사람은 아무도 없어."

"결국은 모센이 한 말이 맞는 것 같군." 파비시니가 나를 가리키며 말했다. "남녀가 잠자리를 같이한다는 건 그저 함께 앉아서 커피를 마시는 차원의 일이 아니라고 한 말."

친구들은 말없이 그 말에 수긍하는 듯했다. 갑자기 내 주가가 높아지자 조금만 추켜세워주면 스스로 일을 망쳐버리고 마는 성격이 불쑥 나타나 나는 또다시 느긋하게 의자에 등을 기대었다.

"간단해. 그저 두 사람 모두 길을 잃은 것뿐이야. 아다가 먼저 길을 잃었고, 레오폴도가 그 다음이었지. 그리고 둘 다 돌아오는 길을 찾을 수가 없었던 거야."

그런데 이상하게도 내 말에 반박하는 사람은 아무도 없었다. 뭔지 모를 불안감만이 주위를 감싸고 있었다. 그때 마침 다행히도 여자들이 잠이 덜 깬 아이들을 데리고 내려왔다. 두 터키 친구들은 아이를 한 명씩 받아 안았다. 파비시니도 두 딸의 손을 잡고 자신의 콘도로 돌아갔다. 아이들은 마치 꼬마아가씨 같았다. 우리 두 아이들은 방에서 자고 있었고, 아내는 그날 나의 노고를 충분히 보상해주었다. 서서히 새벽이 가까워왔고, 잠들기 직전 나는 이제는 온갖 감정에 초연해졌을 그 사람들을 떠올렸다. 마리오와 셀리타. 버림받은 두 사람의 모습은 매우 평안해 보였다. 두 사람은 어떻게 그토록 비슷한 사람들과 결혼하게 되었을까? 셀리타에게 있어서 시간은 무의미하게 흘러간 듯했다. 그 여자에게는 이제 더이상 과거의 아픔을 들추어낼 만한 기력조차 남아 있지 않은 것 같았다. 하지만 마리오는 온화하고 평온한 남자의 전형적인 이미지를 풍기고 있었다. 비록 누구도 더이상 마리오에게 말을 걸거나 그의 말을 듣지 않았지만, 그의 겉모습만은 배도 조금 나오고 턱수염도 길렀으며 머리도 자연스럽게 벗겨진 것이 아무 근심걱정도 없는 전형적인 중년 남자처럼 보였다. 마리오는 여러 신문의 독자이자 TV 프로그램의 시청자였으며 동시에 수십 가지나 되는 비슷비슷한 낭설의 근원이었다. 정신적 고통조차도 자유를 되찾은 유대인의 기질 앞에서는 맥을 못 추는 듯했다. 친구들이 말하길, 마리오는 셀리타를 만나면 마치 자신이 친구나 형제라도 되는 양 온갖 친절을 베풀며 친근하게 굴었다고 한다. 셀리타에게 도움을 주고 아이들이 어릴 때는 함께 놀아주기도 했다는 것이다. 하지만 누가 알겠는가. 한 번쯤은 서로에게 위로의 손길을 내밀었을지. 아니, 그건 아닐 것이다. 버림받은 사람은 그 상처를 안고 평생 복수에 대한 집념으로 아무것도 할 수가 없게 된다.

IV

 2년이라는 시간이 흘렀다. 곤살로의 트럭을 타고 다시 미라마르로 되돌아왔던 사건 이후로, 그리고 아다와 레오폴도의 사연을 알게 된 이후로 2년이라는 시간이 지났다. 내가 이미 앞에서 쉰다섯이 된 아다를 만난 적이 있다고 말했던 것 같은데, 어쨌든 확실한 건 아다를 만나지 않았더라면 내가 그 이야기에 그토록 큰 의미는 두지 않았을 거라는 것이다. 아다를 만나지 않았더라면 그해 여름은 곤살로와 트럭 이야기로만 기억되었을 텐데…… 아다와 레오폴도의 이야기는 그 이후 두 사람의 행적에 대해서 알고 있는 사람이 아무도 없었기 때문에 그나마 조금 더 특별했을 뿐, 내 기억 속에서는 미라마르에서나 전 세계에서 비일비재하게 일어나는 열정적인 사랑 이야기 중 하나에 불과했다. 우리의 정신은 대지와 모래 그리고 바다와 만나 온갖 추악한 경험을 하게 되지만, 그렇다고 해도 그건 시간이 지나면 한낱 기억으로만 남을 뿐인 것이다.

내가 아다를 만난 곳은 미라마르에서는 한참 떨어진, 그야말로 남자들의 천국이라 부를 만한 곳이었다. 나는 아다를 바르셀로나의 한 전시회에서 만났다. 나는 내 책 중의 하나를 소개하고자 바르셀로나를 찾았지만 철저히 무시당한 터였다. 바로 그때 신문에서 아르헨티나 작가들이 유럽 순회전시를 마치고 이번 달부터 바르셀로나에서 전시회를 열고 있다는 기사를 읽게 되었다. 전시회의 주제는 바로…… 침묵이었다.

솔직히 말하자면 나는 천금을 준다고 해도 침묵에 관한 전시회에서 관람객이나 기자 또는 안내인 노릇을 할 사람은 아니었다. 하지만 그 기사에 나와 있는 전시회 스텝들―아다와 나의 운명적인 만남을 마련한 기획자 또는 작가들이라고나 할까―의 이름 중에서 내가 젊은 시절에 알았던 여류 사진작가의 이름을 발견한 것이다. 그녀는 내게 있어 아다처럼 못 다 이룬 정을 나누고픈 그런 사람이었다. 나는 이미 두어 개의 르포를 완성한 참이었고―그 중 어느

것도 출판되지 않았다—마드리드로 돌아가서 다음날 부에노스아이레스로 날아가기 전에 이곳 바르셀로나에서 하루 동안 온전하게 나의 시간을 가질 수 있었다. 하지만 나의 상황은 절망적이었다. 마지막 날 아침, 잠에서 깨어났을 때 나는 혼자 중얼거렸다. '이미 작가로서는 망쳐버린 인생이야. 그러니 이제 몸뚱이만 죽이면 되겠군.' 이유는 모르지만 사람이 죽기로 결심하면 무슨 일이든 저지르고 죽어야 한다는 의무감에 사로잡히게 된다. 그래서 나는 내가 죽게 될 그날, 침묵의 전시회에 가서 그 사진작가에게 보란 듯이 거절을 당하기로 마음먹었다.

전시회는 침묵을 상기시키는 그림과 예술작품으로 구성되어 있었다. 텅 빈 스튜디오, 건전지 없는 라디오, 텅 빈 방 한 가운데에 놓인 마이크, 아무 소리도 내지 않고 녹음기에서 돌아가고 있는 카세트, 하얀 종이. 이게 다 무슨 짓인지.

거기에는 또 말하는 것이 금지된 방이 하나 있었다. 전시회의 가장 마지막 부분이었다. 나는 그 여자를 찾으러 온 전시회장을 돌아다녔고 드디어 그녀를 발견했다. 임신중이었는데, 스물다섯도 안 돼 보이는 새파랗게 어린 남편과 함께였다. 그런데 그녀는 임신 상태에다 누군가와 함께 있었는데도 마치 우리에겐 아직 기회가 있다는 듯이 나를 향해 웃어 보였다. 누가 알겠는가? 다른 나라, 다른 도시에서 열린 어둠에 관한 전시회에서 다시 만나게 될지.

  나는 마치 나의 상황을 완벽하게 재현해놓은 것 같은 침묵의 방으로 발걸음을 옮겼다. 그곳은 전체 전시회장 중에서 가장 적나라하게 침묵을 이야기하고 있었다. 사람들이 텅 빈 공간에서 가능한 한 침묵을 유지하며 거닐도록 한 게 전부였다. 그 여자를 찾아내 임신한 것도 보고 누군가와 같이 있는 것도 이미 보았는데, 왜 나는 아직도 이곳에서 수치심에 얼굴을 붉히고 있는 걸까, 하고 나는 자문했다. 옆에서 나를 곁눈질하는 대머리 남자도 내가 한 것과 똑같은 질문을 스스로에게 하고 있는 것처럼 보였다. 우리는 우리 스스로에게 창피를 주기 위해 그곳에 간 것이다. 우리 같은 사람들을 위한 서비스로 사회가 이런 종류의 전시회를 기획한 것이다. 그런 생각을 하던 도중 갑자기 붉은 머리의 한 여자와 눈이 마주쳤다. 쉰에서 예순 정도 되어 보이는 여자가 나를 반짝거리는 눈으로 바라보고 있었다. 콘택트렌즈를 낀 것이 분명했다. 그 방은 매우 좁아서 서로의 눈길을 피하기란 사실상 불가능했지만 대머리 남자가 나를 흘끗흘끗 쳐다본 것과는 달리 그 여자는 똑바로 나를 바라보고 있었다. 전시회 설정인가보군, 나는 중얼거렸다. 그녀는 내게 다가와 살며시 말했다.

"여기서는 말하는 게 금지되어 있어요."

그 순간 나는 몸이 달아올랐다. 하지만 그건 그녀의 외모나 나이 때문이 아니라 장난기 있는 행동 때문이었다. 문득 이런 생각이 들었다. 도대체 누가, 왜 이 방에서 소리내어 말하지도 못하게, 이 말도 안 되는 짓을 하지 않을 수 없게 만들었을까? 왜 우리는 순한 양처럼 이 방의 규칙에 순종하고 있는 것일까? 여기 들어오는 데 돈을 낸 것도 아닌데. 전시회는 무료였다. 그녀가 내 귓가에 대고 말했다.

"당신, 하비에르 모센 맞지요?"

전시회는 시립문화원 1층에서 열리고 있었다. 우리는 침묵의 방과 전시회장에서 빠져나왔다. 여자의 얼굴은 머리색과 마찬가지로 붉은빛이 돌았다. 치아는 매우 하얀 편이었고 웃을 땐 마치 틱 증후군이나 경기가 있는 사람처럼 보였다.

"신기한 일이네요." 그녀가 말했다.

"네." 나는 대답했다.

"책 소개차 오셨군요."

"네, 어떻게 아세요?"

"라디오에서 들었어요."

"저는 들어본 적이 없는데요. 신문이나 다른 곳에 소개된 것도 한 번도 못 봤습니다." 나는 대답했다. "제 책은 침묵의 전시회에나 어울릴 법하지요."

여자는 어색한 기색을 감추느라 과장된 몸짓으로 재미있다는 듯 크게 웃었다. 그녀의 웃음에서 그녀의 젊은 시절이 묻어났다. 내 어깨를 부여잡으며 웃는 그녀에게서 나는 지나간 세월과 그 세월을 거스르려는 그녀만의 향취를 맡을 수 있었다. 함께 걷기 시작한 지 얼마 되지 않아 나는 갑자기 그 여자가 '늙은 여자'로 느껴졌다. '늙은 여자'가 내게 접근한 것이다. 페페 비욘디*의 말처럼 '이것이 무슨 일인가!'라고 외치고 싶을 지경이었다. 침묵의 전시회를 빠져나오니 황혼의 여자가 나에게 집적거린다? 오래 살다보니 이런 일도 다 있구나 싶었다.

그 여자를 길에서 밀어내버리고 싶었지만 그러자니 차에 치일 것 같아서 그만두었다. 내가 전혀 흥미를 느끼지 못하는 사람들과 만나면서(그런 사람들은 항상 차고 넘쳤고, 진

---

* 아르헨티나의 유명한 마술사이자 코미디언.

작 내가 관심을 가질 만한 사람들은 극소수에 불과했다) 한 가지 배운 것은 그 사람들을 쫓아버리려고 하면 할수록 오히려 그 사람들과 처음보다 더 가까운 관계를 맺게 된다는 것이다. 그렇다고 그 사람들을 죽이거나 다치게 하거나 또는 알아듣게 말로 타일러서 대답할 여지를 만들어주어서도 안 된다. 그래서 나는 도망갈 길을 만들어보려고 그 여자에게 말을 걸었다.

"관광객이신가봐요."

"어딜 가도 관광객 신세지요." 여자가 말했다.

그 말을 듣고 나니 그 여자가 일말의 동정심을 가질 필요도 없이 따돌려도 될 사람이라는 것을 확실히 알 수 있었다.

"댁이 이스라엘에 관해 쓴 책에 대해 한마디 해도 될까요?" 여자가 물었다.

"그럼요. 그런데 제가 지금 바로 가봐야 될 것 같네요. 이렇게 하죠. 이메일 주소를 하나 주시면 바로 연락드리겠습니다."

그녀의 얼굴이 실망감으로 벌겋게 달아올랐다. 그러자 그녀의 나이가 그대로 드러났다. 붉은 얼굴 뒤에 숨어 있던 주름살들이 툭툭 갈라져 나왔던 것이다. 하지만 그녀는 아무렇지도 않은 듯 커다란 가방에서 카탈루냐 스타일의 작고 현대적인 디자인의 수첩과 유명 메이커의 만년필을 꺼내 들고 여백에 줄을 몇 번 긋고 나서 골뱅이 표시를 해가며 장황하게 이메일 주소를 써 내려갔다.

boroviczada@yahoo.com

여자는 이메일 주소를 적은 부분을 찢어 내게 건넸다. 수첩에 남은 처참하게 찢긴 부분을 보고 있자니 왠지 모를 안타까움이 느껴졌다. 고작해야 사치스러운 수첩의 종잇조각에 불과한데 말이다. 주소를 들여다보고 있는데 꼬마 악마가 내 귓가에 뭔가를 속삭였다. 마치 모기 한 마리가 웽웽거리면서 물지 않겠다고 나를 안심시키고는 내 귀를 의심할 정도로 믿기지 않는 사실을 말해주려 하는 것 같았다.

"이름이 아다이신가요?" 아무리 노력해도 이 질문을 하지 않을 수 없었다.

"아뇨." 여자가 말했다. "리디아예요. 리디아 보로빅사다. 왜 그러시죠?"

여자가 '왜 그러시죠?'라고 묻기 전, 입술이 조금 떨리는 게 보였다.

"다른 게 아니라, 보로빅스나 보로비치라는 성은 들어봤어도 '보로빅사다'라는 말은 처음 들어봐서요. 그래서 혹시나 아다가 이름이 아닐까 하고 추측해본 겁니다."

 "아니에요. 이건 그냥 말장난이에요. '에치사다(hechizada)' '엔칸타다(encantada)'처럼 말이지요. 나는 보로빅스라는 성을 가진 남자와 결혼했어요. 그래서 '보로빅사다'라는 말을 만들어낸 거예요."

 "그렇군요. 그럼 이만……"

 작별인사를 하기 위해 나는 그 여자의 뺨에 입술을 가져갔다. 뺨에는 화장품이 덕지덕지 쌓이고 쌓여 마치 두꺼운 모래층에 입술이 닿는 느낌이었다. 자유를 얻기 위해 치러야 할 대가라고 생각하기로 했다. 하지만 나는 갈 수가 없었다. 이집트 왕이 이스라엘 민족에게 자유를 주고서는 곧바로 추격해온 것이다. 여자는 내가 반 블록도 채 가기 전에 내게 소리쳤다. 아마도 그 자리에서 움직이지도 않고 있었던 것이리라.

 "어떻게 내가 아다라는 사실을 알았죠?"

 나는 그 순간 그 여자가 아다라는 사실뿐만 아니라 내 인생이 수많은 기적으로 점철되어 있다는 사실도 알았다. 그 기적은 우리에게 자유를 가져다주는 기적이 아니라 반대로 우리에게 이야기를 안겨줌으로써 그 이야기에 구속되도록 만드는 기적이었다.

나는 다시 발걸음을 돌렸다.

"몰랐어요. 이름이 아다이신가요?"

"아다 코렘블릿이에요." 여자가 말했다.

"미라마르, 1990년." 나는 마치 다큐멘터리의 내레이터라도 된 듯 그녀의 고백에 이렇게 답했다.

"1991년이지요." 여자가 말했다. "걸프전이 일어난 해였어요. 그해의 미라마르는 나에게 있어서 불타는 바그다드보다 더 절망적인 곳이었어요."

여자는 감상에 젖은 듯 말을 이어갔지만 이번에는 충분히 들을 가치가 있었다.

"커피 한잔 할까요?" 아다가 물었다.

"원하신다면요." 나는 모든 걸 다 체념한 채 대답했다.

우리는 바르셀로나의 여느 바처럼 세련된 인테리어의 쾌적한 바에 들어갔다. 나는 곧 그곳이 불편해지기 시작했다. 내 실패작 인생에 어울리는 주인 없는 의자들과 50년은 더 된 창문들, 나무탁자 위에 볼펜과 칼로 새겨진 음담패설이 한데 섞인 부에노스아이레스의 지저분하고 오래된 바가 그리웠다. 그래도 여기에서 한 가지 좋았던 것은 전

세계의 모든 커피가 다 구비되어 있다는 점이다. 나는 가장 쓴 아르헨티나 산 커피를 주문했다. 손님들도 모두 세계 각지에서 모여든 듯했다. 푸른 눈 또는 갈색 머리의 흑인들, 동그란 눈의 중국인들, 러시아 여자들의 모습이 눈에 띄었다. 그중에는 또 머리에서부터 발끝까지 긴 옷으로 몸을 가린 거무스름한 피부의 아프가니스탄 남자도 한 명 있었다. 길고 검은 턱수염은 마구 엉켜 있었다. 그곳에서 튀지 않는 건 우리 두 유대인뿐이었다. 하지만 우리는 해야 할 이야기와 들어야 할 이야기가 있었기 때문에 그곳에 있어야 했다.

"나는 당신에 대한 모든 걸 알고 있어요." 두번째 잔을 마시고 나서 나는 그렇게 말했다. 두 사람이 그런 곳에서 우연히 만난 건 기적이라는 말을 수차례나 주고받고 나서 어떻게든 내가 이미 알고 있는 이야기를 그녀에게서 끌어내려고 30분 동안이나 노력한 끝에 내뱉은 말이었다. 아다는 아다 코렘블럿이라는 이름을 버리기 위해 이스라엘에서 리디아 보록이란 이름으로 신분을 바꾸었다고 했다. 그러고 나서 약간의 뇌물을 주고 아르헨티나에서 보로빅스라는 성을 취득해 리디아 보로빅스가 이스라엘로 건너간 아다 코렘블럿이라는 증거를 없애버렸다는 것이다. 그 정도면

웬만해서는 누구도 찾기 힘들 것이다.

"하지만 저는 그 중간 내용을 전혀 모르고 있어요." 내가 말했다. "마치 가장 중요한 장면에서 무대의 막이 내려진 기분이랄까요?"

"그때 나한테 무슨 일이 있었냐고요? 왜 그렇게 사람들이 당신에게 시시콜콜 다 이야기한 거예요? 술에 취했던 것도 아니라면서요."

"커피에 취했었거든요…… 그리고 모든 죄악의 어머니, 호기심 때문이었죠."

"당신이 쓴 글에는 항상 과거의 시간 속으로 여행하고 싶다는 말들이 나오더군요. 그래서 나이 든 여자들과 자는 건가요? 그 여자들에게서 과거를 읽으려고?"

"저는 나이 든 여자들과 자지 않습니다. 그리고 저도 이미 젊은 나이가 아닙니다. 그런 것 말고도 다른 문제들도 많고요."

아다는 웃으면서 입술에 묻은 커피 방울을 핥았다. 분명 립글로스가 너무 두텁게 발려 입술에 묻은 커피가 마르지 못한 채 흘러내렸기 때문이리라. 아다는 짧지만 유혹적으로 혀를 내밀어 커피를 핥았다. 혀는 아직도 붉은빛을 띠고 있었다. 나는 아다와 레오폴도 두 사람이 열정에 휩싸인 모습을 상상하지 않을 수 없었다. 아다는 레오폴도가 어디 있는지 알고 있을 것이다.

"나머지 이야기를 해주시면 안 되겠습니까?" 내가 물었다.

"나도 그쪽 이야기를 좀 듣고 싶은걸요. 나이 든 여자들한테 무슨 짓을 하는 건지, 그 여자들을 이용해서 어떻게 과거의 시간 속으로 여행을 하는지 궁금하군요."

이미 앞에서 아다가 약간 정상이 아니라고 말했을 것이다.

"그런 게 아니라고 말씀드리지 않았습니까. 여자들을 이용하거나 그런 적은 없습니다. 이야기를 듣는 건 그저 제가 글을 쓰기 위한 자료로 삼기 위해서일 뿐입니다. 제 글을 읽거나 그것에 대해 이야기하는 사람은 없지만, 아주 우연히 누군가가 서점에서 제 책을 넘겨본다면 저는 그 즉시 모든 종류의 비판이란 비판은 다 받게 될 게 뻔합니다. 과거로의 시간여행을 떠나고 싶은 건 사실입니다. 유년 시절로, 청소년 시절로, 젊은 시절로 돌아가 많은 것들을 허물어버리고, 그땐 하지 못했던 새로운 일들을 다시 시작해보고 싶다고요. 그게 바로 제가 진정으로 원하는 겁니다. 그리고 이런 일은 나이 든 여자를 통해서 할 수 있는 일이 아니지요. 나이 든 여자와 자는 건 시간여행이 아니라 그저 다른 세대의 사람을 느껴보는 거라고 할 수 있겠죠. 아니면 그저 시간도 뭣도 아닌 급한 김에 아무 여자와 자는 행위나 마찬가지거나요."

"다른 세대라……" 아다가 말했다. 그러고는 내가 마치 철학적인 질문이라도 던진 것처럼 깊은 생각에 잠겼다.

"그런 걸 경험으로 알 수 있나요?" 아다가 물었다.

"무슨 말을 해도 소용없겠네요. 자, 들을 이야기나 듣고 갑시다. 시청에서 다들 절 기다리고 있을 거예요."

그날 내 입에서 '시청'이란 말이 왜 튀어나왔는지는 모르겠다. 아마도 그 전날 읽었던 어떤 번역서에서 그 단어를 본 것이리라.

"좋아요, 내가 얘기를 할 테니까 그쪽도 이야기를 들려줘요."

"그러지요." 나는 거짓으로 대답했다.

"미라마르의 해변을 한참 지나면 또다른 해수욕장이 있는데 나는 그때 거기에 있었어요. 그런데 레오폴도가 나를 찾아낸 거죠. 그 해변은 부자들만 가는 곳이었는데 그곳에는 나를 아는 사람이 아무도 없었지요. 그때가 오후 일곱시 반쯤 되었던 것 같아요. 아직 날이 어두워지기 전이었어요. 나는 해변에 앉아서 바다를 바라보고 있었지요. '하느님 감사합니다. 당신 여기 있었군.' 레오폴도가 내게 말을 걸었어요. '왜, 무슨 일 있어?' 내가 물었죠. '왜라니? 우리는 세시부터 당신이 오기를 기다리고 있었다고! 하지만 나는 당신이 왜 사라졌는지 알아.' 나는 레오폴도가 무슨 말을 하고 있는 건지, 무슨 생각을 하고 있는지 도통 알 수가 없었어요. 하지만 내가 모른다는 걸 알게 되면 레오폴도는 분명 아무 말도 안 할 게 뻔했지요. 그래서 어려운 승부수를 띄워보기로 했어요. 내가 가진 단 한 장의 카드를 사용하기로 한 거예요. 그에게 이렇게 말했지요. '왜 그랬던 거야?' 이 방법은 상대방이 무슨 짓을 했는지 또는 무슨 말을 했는지 모를 때 유용하게 써먹을 수 있는 방법이에요. '나도 잘 모르겠어.' 레오폴도가 말하더군요. '누군가 내게 왜 그랬냐고 묻는다면, 그리고 내가 그에 대한 대답을 생각해내야 한다면 내가 할 수 있는 말은 '나도 내가 왜 그랬는지 모르겠어' 밖에 없어. 당신도 아마 오후 세시에 사라져서 지금 여기 있는 이유를 정확히 설명할 수는 없을 거야.'

'아니, 나는 할 수 있어. 하지만 먼저 당신이 말해봐. 왜 그랬던 거야?'"

"레오폴도는 마리오에게 나와 잤다고 말했대요." 카탈루

냐의 한 바에서 아다 코렘블릿은 종업원이 그녀의 프랑스산 커피와 내 아르헨티나 산 커피를 가져다주는 동안 내게 그렇게 말했다(그 종업원은 마치 '나는 생계를 이어가기 위해 이런 일을 하는 게 아니라 그저 기회를 찾고 있는 청년일 뿐'이라고 말하는 듯한 태도였다).

"마리오에게 거짓말을 한 거예요."

"왜 그랬을까요?" 내가 물었다. 나는 이미 커피를 너무 마셔 카페인 포화상태에 이르렀고 마신 커피 중에 아르헨티나 커피가 어떤 커피였는지도 분간할 수조차 없는 상태였다.

"나도 잘은 몰라요. 레오폴도는 나에게 그 이유를 설명하려고 하면서 스스로도 납득해보려고 노력하는 것 같았어요. 아마 현실에서는 불가능한 일을 그렇게라도 해서 가능한 일로 만들어보고 싶었던 건지도 몰라요. 그리고 또 한편으로는 마리오에 대해 섭섭한 마음이 남아 있었고요. 하지만 그 이유는 마리오에게 여자친구를 빼앗겨서라기보다는—이것에 대한 섭섭함 같은 건 1년도 되지 않아 사라져버렸다는군요. 그런 건 아무 일도 아니었던 거죠—마리오가 자신의 잃어버린 과거를 되찾는 데 걸림돌이 되었기 때문이었어요. 잃어버린 줄 알았던 보석이 소파 뒤에 떨어져 있는 걸 발견했는데도 마리오 때문에 그 보석을 주울 수가 없었던 거예요. 나랑 잘 수가 없었던 거지요. 레오폴도는 나에게 같이 자자고 직접 요구할 용기도 없었던 데다 이미 내가 거절할 거라는 걸 알고 있었어요. 나를 사랑해서 그런 건지 미워해서 그런 건지도 모르겠다고 하더군요. 그러더니 내게는 미안한 말이지만 사랑 때문에 그런 거짓말을 한 건 아니라고 솔직하게 말했어요. 레오폴도는 나와 몇 년을 사귀면서 단 한 번도 관계를 맺은 적이 없었다는 사실에 2년 가까이 밤잠을 설쳤다는 거예요. 하지만 결국 그 문제를 해결할 아무런 방도가 없다고 결론을 내렸대요. 막다른 골목에 부딪힌 셈이었어요. 그러다가 마리오와 함께 낚시를 간 그날, 방파제에서 무의식적으로 그런 거짓말이 튀어나온 거예요. 마리오에게 나와 단 한 번 잔 적이 있다고 말을 하고 나니 기분도 훨씬 나아지고 마음속에 영원한 평안을 되찾은 느낌이 들었대요. 그러고는 더이상 자세한 설명은 하지 않았어요."

"솔직히 저는 사람들이 자신의 모험담을 무덤까지 갖고 가는 모습을 수없이 보아왔지만, 있지도 않은 일을 고백하는 사람은 단 한 번도 본 적이 없습니다."

"음, 흔한 이야기는 아니죠."

"당신은 레오폴도가 이해가 되던가요?" 나는 아다 코렘 블릿에게 물었다.

긴 정적이 흘렀다. 내 커피는 에스프레소도 아니고 드립 커피도 아니었다. 아르헨티나 커피를 여기서는 뭐라고 해야 되나? 어디서 마실 수 있을까? 여기서 나가자마자 아르헨티나 대사관에 가서 서면으로 항의라도 해야겠다.

"사실 나는 레오폴도를 이해할 수 있어요." 아다가 말했다. "하지만 그 이유는 딱히 설명할 수가 없네요."

아다는 자신도 어쩔 수 없다는 듯 미소를 지었다.

"레오폴도는 당연히 마리오가 나를 질책했을 줄 알고 내가 그 때문에 사라져서 네 시간 동안이나 나타나지 않은 거라고 생각한 거지요. 나는 레오폴도 때문에 정말 많이 놀랐고 그런 거짓말에 대해 어떻게 반응해야 할지 모르겠더군요. 레오폴도와 그의 아내의 얼굴을 어떻게 봐야 할지도 감이 잡히질 않았어요. 레오폴도는 계속해서 말을 하더니 나중에는 울기까지 하며 용서를 빌더군요. 나는 그 옆에서 밀려오는 파도만 바라보며 듣기만 했어요. 그러다가 그의 입을 막고 고개를 잡아당겨 키스를 했지요."

"고개를 잡아당겨 키스를 했다……" 나는 중얼거렸다.

"그래요, 내가 왜 그랬을까요?" 아다는 내게 도전적으로 질문을 해왔다.

"당신도 내심 원하고 있었던 거겠지요."

"맞아요, 어느 정도는요." 아다는 인정했다. "하지만 그렇다고 레오폴도와 함께 떠날 이유는 없잖아요."

"그 부분이 제가 이해가 안 되는 부분이에요."

"마리오는 레오폴도가 나와 잤다는 말을 들었어요. 레오폴도의 입을 통해서 직접 들었지요. 그런데 아무 행동도 취하지 않았어요. 레오폴도가 자기한테 부인과 잤다고 털어놓았는데도 아무런 반응을 보이지 않았다고요."

"하지만 레오폴도는 딱 한 번뿐이라고 했으니까……" 내가 왜 그랬는지는 모르겠지만 무턱대고 마리오를 변호해주고 나섰다. "모든 걸 잊고 다시 살아나가기 위해서는 그 행위가 반드시 필요했다고 이해하고 넘어간 게 아닐까요? 딱 한 번뿐이었으니까……"

나는 말을 계속하려다 그만두었다. 갑자기 내가 마치 얼간이처럼 느껴졌기 때문이었다.

아다 코렘블릿은 내 기분을 알아채고 나의 갑작스런 침묵을 덮어주었다.

"마리오는 내가 레오폴도와 잤다고 일주일 내내 생각하고 있었으면서 나한테 일언반구도 없었지요. 자기 나름대로 그 일을 이해하고 받아들인 거예요. 자신의 친구가—지금은 아니지만—못 다한 정을 나누기 위해, 그리고 과거의 아쉬움을 달래기 위해 나와 잤다는 사실을 받아들였어요…… 그 행위를 인정해준 거예요."

"마리오에게는 기정사실이었겠네요." 나는 말했다.

"남편은 레오폴도를 두들겨 패서 산산조각을 내든가, 그 방파제에서 바다로 내던져버리든가 해야 했어요. 아니면 최소한 나한테 화를 내든지 헤어지자고 하든지, 어떤 행동이든 했어야 하는 게 옳아요. 아이도 없었는데 문제될 게 없잖아요. 무엇 때문에 남편은 그렇게 행동했던 것일까요? 왜 나를 버리지 않았을까요? 어떻게 그렇게 무덤덤할 수 있었을까요?"

"이런 말을 하면 어떨지 모르겠지만 사랑해서 그런 건 아닐까요?" 내가 말했다. "아직 사랑하는 마음이 남아 있었던 거죠."

"그럴지도 모르겠군요. 하지만 가끔은 없느니만 못 한 게 사랑이죠."

"사랑을 정의하는 데 아주 알맞은 표현이네요." 나는 수긍했다.

"나는 마리오에게 돌아갈 수가 없었어요. 그렇다고 레오폴도와 도망을 간다는 생각은 꿈에도 해본 적이 없었어요. 하지만 조금씩, 아주 서서히 마리오는 나를 레오폴도가 미처 건드리지 못한 여자로 여겼다는 걸 알 수 있었지요. 그리고 나한테도 슬며시 그렇게 말한 적이 있었는데 당시에는 그게 농담인지 진담인지 알 수가 없더군요. 하지만 그 모든 걸 떠나서 나는 레오폴도에게 털끝만큼도 관심이 없었어요. 그래서 우리가 섹스 없이 사귀다 헤어졌다고 해서 그 보상으로 내 몸을 그 사람에게 준다거나 하는 생각은 단 한 번도 해본 적도 없었지요. 나는 그런 남자들의 생각에 모욕을 느끼거나 불쾌하기에 앞서 어리석다는 생각밖에 들지 않더군요. 아이까지 딸린 유부남에다가 배도 나오기 시작했으면서 아내 이외의 다른 여자에게 눈독이나 들이는 그런 속물로밖에는 보이지 않았어요. 이미 20년도 훨씬 전에 레오폴도에 대한 나의 관심은 사라지고 없었지요. 아버지 일은 그와 헤어지기 위한 핑계 같은 거였죠. 그때 이미 레오폴도에게서 아무런 매력도 느낄 수 없었거든요. 사실 아버지는 그 이후에 30년이나 더 사셨어요. 하지만 미라마르 바닷가에서 멀리 떨어진 해변에서 레오폴도의 거짓말과 마리오의 체념을 알고 난 후에는 다시 발길을 돌릴 수가 없었어요. 몸도 마음도 이미 내 의지대로 움직여지지 않았죠.

레오폴도와 떠나고 싶지도 않았지만 그렇다고 마리오와의 생활로 돌아갈 수도 없었어요. 결국은 모든 걸 뒤로하고 레오폴도와 떠났죠."

나는 커피를 다 마시고 물었다.

"그래서 둘이 뭘 했어요?"

"우리는 우선 마르 델 플라타로 갔어요. 거기서 레오폴도가 내게 옷을 사주었죠. 그리고 기차를 타고 부에노스아이레스로 갔어요. 우리는 차코에서 한 달간 머물렀는데, 사람들이 그곳을 찾아보지 않은 게 좀 이상하더군요. 물론 우리가 외진 곳에 머무르긴 했지만요. 차코에 도착하자마자 우리는 처음으로 관계를 가졌지만, 단언하건대 결코 기억에 남을 만한 첫날밤은 아니었어요. 우리가 머물렀던 빈 집도 로맨틱한 분위기와는 거리가 멀었죠. 그러던 어느 날 나는 레오폴도에게 알리지 않고 이스라엘로 떠났어요. 레오폴도는 그렇게 당해도 마땅해요. 여러 장의 카드를 손에 쥐고 게임을 한 사람이에요. 그 이후론 나도 레오폴도에 대해 아는 게 없어요."

"자살했을지도 몰라요." 나는 생각나는 대로 말했다. "그 이후로 당신들 두 사람의 행적에 대해선 아무도 아는 사람이 없어요."

"자살 가능성도 배제하진 않아요." 아다가 말했다.

사실 나는 레오폴도나 그 여자의 행적에 대해서 깊게 생각해본 적은 없었다.

"나에 대해서 모르는 건 당연해요. 이스라엘에서 이름까지 바꾸고 살았으니까요. 생각해봐요, 당신은 오늘 자신이 쓴 책을 소개하려고 이곳까지 왔건만 사람들이 당신을 알아보지 못해서 화가 났잖아요. 사람은 종종 잊히기도 하는 거예요."

"그리고 다른 사람들은 더이상 그 사람을 찾지 않고요." 나는 마치 아멘이라도 하듯 대답했다. "그래도 한 가지만 대답해주세요. 그날 저녁에 일곱시가 다 될 때까지 어디서 뭘 하고 계셨어요? 이왕 이렇게 이야기하기 시작했으니 말씀 좀 해보시죠. 그때, 당신이 열아홉 살 때, 히브리 클럽에서 무슨 일이 있었던 거예요?"

아다 코렘블릿의 미소는 더이상 유혹적이지 않았다. 아다의 미소는 이제 비밀을 알려달라고 조르는 사람 앞에서 비밀을 알고 있는 사람만이 지을 수 있는 여유로운 미소로 바뀌어 있었다.

"그걸 알고 싶다면 먼저……" 아다는 이렇게 말하면서 내 손 위에 자신의 손을 올려놓았다. "시간여행보다는 아까 말했던 다른 세대 사람의 느낌을 경험해보는 게 좋지 않겠어요?"

아다는 내 손을 감싸쥐면서 혀를 내밀었다.

나는 두렵고 한편으로는 난처한 기분이 들어 여자의 손을 뿌리치고 떨리는 목소리로 말했다.

"남녀가 같이 잔다는 건 같이 앉아서 커피를 마시는 것과는 차원이 다른 일입니다."

최소한 나는 내 터키 친구들과 이야기를 나누던 그 당시에 이미 나름대로 한 가지 결론은 내린 셈이었다.

아다 코렘블릿은 말없이 미소를 지어 보였다. 나는 동전 몇 개를 던져놓고 그곳에서 도망치듯 빠져나왔다. 나는, 분명히 존재하지만 아무도 모르는 진실에 대해 대가를 지불하면서까지 알고 싶어하는 사람은 아니다.

얼마나 걸었을까. 문득 나는 내가 호텔로 가는 대신 뚜렷한 목적도 없이 침묵의 전시회가 열리고 있는 시립문화원 쪽으로 향하고 있다는 걸 깨달았다. 억지로 발걸음을 멈추고 택시를 잡았다. 마치 내 스스로 목을 잡아끌어 택시에 강제로 태우기라고 하듯 택시 안으로 힘겹게 몸을 던졌다. 그리고 기사에게 큰 목소리로 주소를 말해준 다음 눈을 감아버렸다. 나는 눈을 뜨지 않으려고 부단히 애를 써야 했다. 그렇게라도 하지 않으면 결코 목적지에 다다를 수 없을 것 같았기 때문이다.

옮긴이의 말

일상과 유머의 유쾌한 조화

라틴아메리카 문단의 새바람, 마르셀로 비르마헤르

아르헨티나 문단에서 마르셀로 비르마헤르를 평가하는 목소리는 두 갈래로 나뉜다. 그가 중남미 문학계에서 가장 훌륭하고 전도유망한 젊은 작가라는 호평과, 그의 작품이 너무 상업적이며 현실적인 주제만 추구한다는 혹평이 그것이다. 일부 비평가들이 그가 철학적이거나 무게감 있는 주제를 다루기를 기피하며, 단순히 가독성이 뛰어나고 현실적인 소재만을 다루는 단편만 쓰는 작가라고 깎아내리기 때문이다. 하지만 이에 대해 작가 본인은 매우 의연한 반응을 보인다. 그는 다음과 같은 말로 자신의 철학을 피력한다. "혹자들은 현실적이라는 것을 단점이자 덕목이 아닌 것으로 치부한다. 하지만 나는 언제나 나 자신이 문학의 일꾼이며, 현실 속의 소재를 예술적 차원으로 끌어올리는 문학적 생산자라고 생각한다. 나는 독자들이 내게 다가와 '당신의 책은 한번 잡으면 손에서 놓을 수가 없어요'라고 말해줬으면 좋겠다. 작가에게 이보다 더한 찬사가 또 어디 있겠는가?"

모든 독자에게 쉽게 다가가는 소설, 이것이 비르마헤르가 추구하는 작품세계이다. 그렇다면 그와 같은 작가의 생각은 과연 어디서 비롯된 것일까. 그가 각종 언론과 한 인터뷰를 살펴보면, 그에게 영향을 준 작가로 빠지지 않고 등장하는 이들이 있다. 바로 아이작 싱어와 서머싯 몸이다. 아이작 싱어는 20세기의 유명한 유대 작가로, 그의 작품은 삶이라는 소재를 진지하게 다루면서도 유머와 섹스라는 요소를 빠뜨리지 않는다. 작품에 등장하는 인물들도 일상에서 접할 수 있는 평범한 사람들이며, 배경이 되는 것도 일상인 경우가 다반사이다. 주인공들이 내뱉는 의미 없는 말이나 신에게 간절하게 매달리는 행동들은 하나의 이야기를 구성하고, 그 무의미한 말과 행동에서 파생되는 의미들이 독자에게 감동으로 다가가는 것이 그의 작품이 담고 있는 특징이다. 비르마헤르는 청소년 시절부터 아이작 싱어의 작품을 읽으며 문학이라는 세계를 동경했고 작가로서의 꿈을 키워나갔다. 그는 훗날 자신의 정신적, 문학적 지주였던 싱어에 대한 비평을 일부 잡지에 기고하기도 했다.

『유부남이 사는 법』이 탄생하는 데 많은 영향을 준 또다른 작가는 서머싯 몸이다. 『달과 6펜스』로 유명한 서머싯 몸은 감성적인 작가로 평가받고 있다. 비르마헤르는 서머싯 몸을 '러브스토리의 대가'라고 부르며, 『유부남이 사는 법』을 집필하는 데 많은 영감을 받았다고 밝힌 바 있다.

위에서도 이야기했듯 현실과 일상에서 작품 소재를 찾는 비르마헤르는 자신이 아는 것에서 출발하는 것이야말로 가장 중요한 것이라고 말한다("글을 쓰는 것이 이야기를 만들어내는 것이라면 그 출발점은 현실이어야 합니다. 그러므로 내 이야기의 10퍼센트는 현실이고 나머지는 허구입니다"). 그가 인터뷰를 할 때마다 받는, "왜 주인공이 전부 유대인이냐?"는 질문 역시 이런 관점과 깊은 관련이 있다. 비르마헤르는 자신이 유대인이기 때문에 가장 잘 알고 있는 것을 기반으로 이야기를 풀어나가는 것이 안전하다고 생각한다고 설명한다. 그는 "점점 유대인이 주인공으로 등장하는 작품만 쓰게 되며 유대인 문제에 대한 내 관심도 커지고 있다. 유대인이라는 소재는 앞으로 내 작품에서 결코 빠지지 않을 것이다. 그리고 이것이야말로 내가 글쓰기에서 느끼는 매력이기도 하다. 유대인이라는 소재가 글쓰기에 좋은 도구이기도 하지만 동시에 나는 훌륭한 작품을 쓰기 위해 유대인이라는 내 출신을 이용하고 있는 것이기도 하다"라고 대답한다. 이 부분도 그의 우상인 아이작 싱어의 영향이라고 할 수 있다. 아이작 싱어의 작품에도 유대인과 유대교라는 소재가 빠지지 않고 등장하기 때문이다.

지금껏 비르마헤르가 집필한 작품을 보면 단편집이 주를 이루고 있다. 이렇게 단편집만을 고집하는 이유는 무엇일까? 이에 대해 비르마헤르는 "장편을 쓸 때보다 단편을 쓸 때 나는 작가로서 편안함을 느낀다. 짧은 글을 쓰고 있노라면 구전동화가 떠오른다. 모닥불을 피워놓고 그 주위에 둘러앉아 사람들을 즐겁게도 해주고 두려움을 잊게 해주는 사람이 된 듯한 기분이 들기 때문이다"라고 대답한다. 특히 장편소설이 상업적 측면에서 더욱 이득이라는 생각은 편견이라고 비판하며, 그러한 주장을 뒷받침해줄 만한 진지한 통계자료가 과연 존재하는지 반문한다.

아이러니한 인생에 대한 유쾌한 통찰, 『유부남이 사는 법』

『유부남이 사는 법』은 1999년에 처음 출간된 『유부남 이야기 *Historias de Hombres Casados*』를 시작으로 『새로운 유부남 이야기 *Nuevas Historias de Hombres Casados*』(2001), 『마지막 유부남 이야기 *Últimas Historias de Hombres Casados*』(2004) 등 '유부남 시리즈' 세 권 중 작가가 선별한 목록에서 다시 역자가 한국 독자들에게 맞을 만한 이야기를 추려 묶은 소설집이다. 총 2권으로 묶인 소설집 중 첫째 권은 2006년도에 『유부남 이야기』로 출간된 바 있다.

『유부남이 사는 법』은 그야말로 마르셀로 비르마헤르라는 젊은 작가를 중남미를 비롯해 전 세계 문단에 알리는 대표적인 작품으로 평가받고 있다. 첫번째 시리즈인 『유부남 이야기』가 출간되자, 각종 신문과 잡지에서는 그를 이 시대의 가장 훌륭한 젊은 작가이자 '우디 앨런과 서머싯 몸을 적절히 합쳐놓은' 작가라고 앞 다투어 소개했다. 실제로 비르마헤르 자신도 서머싯 몸의 영향을 받아 이 작품을 썼다고 여러 인터뷰에서 밝힌 바 있다.

이 작품은 중년의 남성이 가정과 사랑 그리고 직업에서 비롯되는 갈등과 고민에서 벗어나 삶에 활기를 불어넣어줄 달콤한 일탈을 꿈꾸는 짤막한 이야기들로 구성되어 있다. 또한 동시에 부성애와 죽음, 배신과 고독에 대한 두려움 등 중년이 겪는 위기의 소재들도 적절히 등장한다. 이야기의 주된 주제는 욕망에 사로잡혀 고루한 결혼생활에서 벗어나고자 하는 주인공들이 '바람', 즉 불륜이라는 극약처방을 선택함으로써 벌어지는 일장춘몽 같은 일상이라고 할 수 있다. 그러나 작가는 도덕적, 사회적인 잣대를 들이대고 이야기를 풀어나가기보다는 일탈을 통해서나마 절대 실현 불가능한 행복을 꿈꾸려는 남자들의 모습을 차분하면서도 실감나게 그려나간다. "내 이야기를 통해 모든 세대와 세태를 반영하려는 것이 아니다. 그렇다고 해서 내면적으로 겪는 개인적 갈등을 투영하고자 하는 의도도 없다. 내가 원하는 것은 독자들을 끊임없이 불편하게 만드는 것이다. 그들은 이 세상 어딘가에서 언젠가 일어난 이야기를 읽고 있지만 '나는 이게 실화가 아니라는 걸 알고 있어'라는 야릇한 느낌을 받을 것이다. 그러나 책을 다 읽고 덮는 순간 그들은 마음속에 어떤 변화가 일었다는 확신을 갖게 되는 것이다. 설명은 할 수 없지만 돌이킬 수도 없는 변화가."

그의 작품에서 눈길을 끄는 또다른 요소는 유머러스하고 재치 있는 입담이다. 아르헨티나 국민들은 특히 유머를 좋아한다. 비르마헤르는 아르헨티나로 이민 온 이민자의 후손이기에 그의 내면에는 유대인이라는 정체성 외에도 아르헨티나인이라는 정체성 역시 깃들어 있다. 아르헨티나인으로서 비르마헤르라는 작가가 얻은 재산은 바로 이들 국민의 낙천성과 유머 그리고 재치일 것이다.

 또한 『유부남이 사는 법』에는 중남미 문학의 대표적인 특징이라고 할 수 있는 마술적 사실주의가 드러나 보이기도 한다. 사실을 환상처럼, 환상적인 것을 사실적인 것처럼 둔갑시키는 마술적 사실주의는 그가 현대작가이며 유대인 출신이지만 문학의 근간은 중남미 문학에 두고 있다는 것을 반영한다. 이렇듯 실험적인 여러 편의 단편을 통해 그는 가벼운 일상을 입담으로 풀어내는 작가가 아닌, 때로는 작품의 극적인 효과를 위해, 혹은 전통적 문학을 추구하기 위해 일상과 허구의 경계도 넘나들 수 있는 역량을 보여주었다.

 2년 전 한국문학번역원에서 주최한 '2006 서울, 젊은 작가들' 행사에 참석차 한국을 방문했던 작가를 통역할 기회가 있었다. 그때 비르마헤르는 부인과 생후 4개월 된 딸을 데리고 지구 반 바퀴를 돌아 서울에 도착했다. 그의 첫인상은 소설과는 전혀 다르게, 소위 '가정적'이었다. 나는 작가에게 매우 진부하지만 개인적으로 몹시 궁금했던 질문을 슬쩍 던져보았다. "소설 속의 주인공들과 당신은 공통점이 있는가?" 그는 내 질문의 저의(?)를 간파하고는 "그들은 단지 내 소설에 등장하는 가상의 인물일 뿐이다. 그 이상, 이하도 아니다"라며 응수했다. 인간은 누구나 상상을 한다. 그 중 자신의 환상을 실행에 옮기는 이가 있는가 하면 상상에만 그치는 이가 있다. "사랑과 유머는 국경과 언어를 초월한다"는 게 작가의 철학이다. 그는 그렇게 아르헨티나 독자들뿐만 아니라 지구 반대편 한국 독자들의 마음을 사로잡았다.

작가는 2006년 서울을 찾았을 때 한국 기자들과의 인터뷰에서 자신의 인생관을 이렇게 소개했다. "인생에서 하지 말아야 할 두 가지가 있다. 첫째는 결혼이고, 둘째는 이혼이다." 결혼은 인생의 무덤이지만 결국은 안식처인 셈이다.

조일아

이 글은 2006년에 출간된 『유부남 이야기』에 실린 '옮긴이의 말'을 일부 발췌하고 책의 특성에 맞게 수정하여 재게재한 글입니다.

옮긴이 **조일아**
한국외국어대학교 스페인어과를 졸업하였으며 동 대학 통역번역대학원에서 박사과정을 마치고 현재 동 대학원에서 강의 중이다. 국제회의 통역사 및 전문 번역가로 활동하고 있다. 아르헨티나 시사만화 『마팔다』를 비롯해, 아르헨티나의 대표적인 작가 호르헤 부카이의 『사랑은 어떻게 시작되는가』, 마르틴 카파로스의 『발피에르노』를 우리말로 옮겼다.

문학동네 세계문학
유부남이 사는 법

초판인쇄	2008년 5월 2일
초판발행	2008년 5월 9일

지 은 이	마르셀로 비르마헤르
옮 긴 이	조일아
펴 낸 이	강병선
책임편집	이은현 조현나
마 케 팅	안정원 한숙경 장으뜸 방미연 정민호 신정민 한민아
제 작	안정숙 차동현 김정후
관 리	박옥희 지수현 박숙진 경성희 한보미

펴 낸 곳	(주)문학동네
출판등록	1993년 10월 22일 제406-2003-000045호
주 소	413-756 경기도 파주시 교하읍 문발리 파주출판도시 513-8
전자우편	editor@munhak.com
전화번호	031) 955-8888
팩 스	031) 955-8855

ISBN 978-89-546-0559-5 03870
www.munhak.com